Crônicas dos Senhores de Castelo
Renúncia

LIVRO 4

Crônicas dos Senhores de Castelo
Renúncia
LIVRO 4

G. Brasman & G. Norris

1ª edição

Rio de Janeiro-RJ / Campinas-SP, 2019

VERUS
EDITORA

Editora
Raïssa Castro

Coordenadora editorial
Ana Paula Gomes

Copidesque
Maria Lucia A. Maier

Revisão
Cleide Salme

Projeto gráfico e diagramação
André S. Tavares da Silva
Juliana Brandt

Ilustrações (capa e miolo)
Rafael Pen

ISBN: 978-85-7686-751-7

© Verus Editora, 2019

Todos os direitos reservados, no Brasil, por Verus Editora. Nenhuma parte desta obra pode ser reproduzida ou transmitida por qualquer forma e/ou quaisquer meios (eletrônico ou mecânico, incluindo fotocópia e gravação) ou arquivada em qualquer sistema ou banco de dados sem permissão escrita da editora.

Verus Editora Ltda.
Rua Benedicto Aristides Ribeiro, 41, Jd. Santa Genebra II, Campinas/SP, 13084-753
Fone/Fax: (19) 3249-0001 | www.veruseditora.com.br

CIP-BRASIL. CATALOGAÇÃO NA FONTE
SINDICATO NACIONAL DOS EDITORES DE LIVROS, RJ

B831c

Brasman, G.
    Crônicas dos senhores de castelo: renúncia, livro 4 / G. Brasman, G. Norris; ilustrações Rafael Pen. – 1ª ed. – Campinas [SP]: Verus, 2019.
    ; 23 cm.   (Crônicas dos senhores de castelo; 4)

ISBN 978-85-7686-751-7

1. Ficção brasileira. I. Norris, G. II. Pen, Rafael. III. Título. IV. Série.

18-54229   CDD: 869.3
                                  CDU: 82-3(81)

Vanessa Mafra Xavier Salgado – Bibliotecária – CRB-7/6644

Revisado conforme o novo acordo ortográfico.

Seja um leitor preferencial Record.
Cadastre-se no site www.record.com.br e receba informações sobre nossos lançamentos e nossas promoções.

Atendimento e venda direta ao leitor:
mdireto@record.com.br ou (21) 2585-2002

Para Gustavo Girardi (G. Brasman),
porque ele acreditou primeiro.

G. Norris

Por dividir sua vida comigo. Por me acompanhar por tantos anos.
Por fazer parte deste sonho que se tornou uma grande aventura.
Fico honrado e feliz por dedicar este livro
... A VOCÊ!

G. Brasman

SUMÁRIO

Prelúdio 11
Registros 12
Fim da Infância 13
Ecos de Liberdade 19
O Chamado 25
Destino Compartilhado 30
Missões e Segredos 35
Espírito Livre 39
Um Último Abraço 42
O Início do Caminho 46
O Curso do Tempo 49
Trunfo 50
Liberdade Plena 53
Tentativas Frustradas 58
Torneio do Submundo 60
Um Duelo Há Muito Esperado 66
De Volta ao Lar 71
Coração Esperançoso 78
Sensações Familiares 82
Cinturão de Oorth 85
Até Logo 88
Sabedoria 94
Dois Lados 97
A Voz Inesquecível 104
Conclave Sombrio 106
Amor Transformador 108
O Preço da Paz 114
Um Aviso Inesperado 118

Desafio Insuperável..124
Tributos...129
Luz Negra...133
Perda, Ruína e Morte...136
A Invasão...141
Metal e Rocha...146
As Lendas Retornam...151
Escuridão Incontida..154
A Ceifeira Cósmica...159
Rastro Vazio...161
Duplas Improváveis..162
Encontros Inesperados..163
O Mago e o Gaiagon...168
Uma Luz que se Apaga..169
A Guerra se Espalha...171
A Rainha Dourada..173
O Cavaleiro e o Rei..177
A Plenitude da Existência..181
Cascata Mortal..185
Um Sopro Suave no Multiverso...189
Uma Corrida Indesejada..192
Realidade Impossível..198
Certeza, Coragem e Amor...201
Testemunha de um Gigante...202
Cortina Negra..206
Sono Eterno..208
O Peso do Saber..210
Iguais e Opostos..214
Colapso..217
Kaput...219
Velhos Amigos...221
Verdade Sinistra..222
Senhores da Destruição..224
Caminho sem Volta..229

A Última Esperança..231
A Renúncia..233
No Princípio... 236
Aos Navegantes dos Mares Boreais...239
Sobre aquele fim..249

PRELÚDIO

Há muitas e muitas eras, seres naturalmente mágicos chamados Espectros ameaçavam destruir o equilíbrio de todo o Multiverso, aniquilando tudo que existia.

Para combatê-los, a sábia Nopporn, descendente de uma das primeiras raças sapientes, convocou os principais líderes, regentes, imperadores e soberanos de todos os planetas civilizados para formarem um grupo de combate especial chamado Senhores de Castelo.

Depois de mais de uma década de guerras devastadoras, os Senhores de Castelo conquistaram a vitória. Os poucos Espectros sobreviventes foram aprisionados em pedras preciosas mágicas, que foram incorporadas a seres colossais, naturais dos confins do Multiverso.

Assim surgiu a Ordem dos Senhores de Castelo, formada por seres únicos, que usam seus dons, habilidades e artefatos de poder para incentivar a paz e a prosperidade pelos quatro quadrantes do Multiverso.

REGISTROS

E, com a força da tormenta negra, o véu da realidade se desfez.

EPÍSTOLA RASDIAMANDA

FIM DA INFÂNCIA

República Planetária Sartorell
Ano 3258 da Ordem dos Senhores de Castelo

Carrasco era incansável, insensível e, acima de tudo, eficiente. Nenhum outro antes dele executara suas funções com tamanha dedicação.

Em frente à fornalha, carinhosamente chamada por ele de "libertadora de verdades", bombeava ritmadamente o gigantesco fole, mantendo as chamas que lambiam uma barra de metal finamente entalhada. Um sorriso insinuado denunciava seu prazer em assistir à dança do fogo ao redor de sua ferramenta de trabalho.

Quando a ponta do metal pareceu ganhar vida própria, de tão brilhante e avermelhada, Carrasco retirou-a da fornalha, segurando com suavidade e cuidado o equipamento incandescente, sentindo com deleite o calor em suas mãos de aço.

Com passos pesados, que soavam como martelos chocando-se contra o chão de rocha a cada passo de suas botas de ferro, aproximou-se da grande cadeira metálica no centro do calabouço onde a pequena Amabile, desesperada, tentava se afastar.

Carrasco sorriu largamente, revelando dentes prateados, ao ver os olhos infantis tomados de horror, vidrados na ponta ardente do instrumento de tortura.

https://goo.gl/kkYNYm

— SEU MONSTRO! — gritou a mãe, desesperada. Algemada a alguns passos da filha, era obrigada a assistir à tortura sem poder reagir. Os pulsos da bibliotecária-mor da Ordem, lacerados pelas inúmeras tentativas de se soltar, voltaram a sangrar. Forçando as correntes outra vez, gritou: — SOLTE MINHA FILHA!

Carrasco lançou um olhar de desgosto para ela. Suas roupas esfarrapadas e seu corpo coberto de feridas, algumas bem recentes, eram a lembrança de um trabalho inacabado.

— Me ajuda, mamãe... — Amabile, com o rosto molhado de lágrimas, suplicou mais uma vez. — Me ajuda...

— Por favor... — a bibliotecária-mor implorou. — Pare...

Assim como tantas outras vezes, Carrasco não atendeu às súplicas.

Girando uma manivela atrás da cadeira de tortura, os braços do móvel começaram a se elevar, erguendo consigo os bracinhos de Amabile, expondo um dos poucos lugares em que ele não havia aplicado sua arte.

A criança urrou quando o ferro tocou a pele rosada de sua axila, chiando e levantando fumaça. O odor de carne queimada se alastrou pelo calabouço. Impotente, a mãe chorou mais uma vez enquanto Carrasco usava sua filha como tela, criando uma obra macabra, insana e cruel.

Ele aplicava a tortura de forma metódica e precisa, como apenas anos de prática podem ensinar. Ferro quente. Pele e carne laceradas. Gritos e choro. A rotina prosseguiu até o pequeno corpo de Amabile ficar coberto de ferimentos e queimaduras.

Sem suportar mais, a criança perdeu a consciência. Sua mãe, com o corpo exausto e a alma destruída, nada podia fazer.

Lançando o ferro novamente ao fogo, Carrasco ficou imóvel, apreciando com indisfarçado orgulho o resultado do seu trabalho.

Seu sorriso metálico se transformou em uma expressão de raiva ao ver que a respiração de Amabile tremulou, sinal de que sua *obra* estava prestes a ser mudada novamente.

Da testa suada da criança, uma luz dourada suave surgiu, cobrindo todo o seu corpo machucado.

— Não, de novo não! Acorde, Amabile, *acorde!* — a mãe gritou.

Sua súplica era inútil. Inconsciente, a criança não conseguia evitar que seu poder se manifestasse. O que deveria ser uma dádiva era agora uma maldição, permitindo que Carrasco a torturasse de novo e de novo, em um ciclo de horror sem fim.

A luz brilhou intensa sobre os ferimentos. Queimaduras sararam, feridas cicatrizaram e marcas sumiram. Apesar de os ferimentos na carne e na pele sumirem, o efeito do sofrimento constante dilacerava o espírito de mãe e filha como nenhuma outra tortura havia sido capaz de provocar até então.

Com o corpo recuperado, Amabile recobrou a consciência, despertando para a realidade de um infindável pesadelo.

Vendo que o processo de cura estava novamente terminado — a terceira vez apenas naquele dia —, Carrasco dirigiu-se até um grande gongo perto da porta. Com os punhos de aço, bateu duas vezes. O som alto e agourento reverberou pelas paredes úmidas de pedra.

Por alguns momentos, somente o silêncio. Pouco depois, ouviu-se o barulho de trancas se abrindo. Uma porta pesada rangeu.

A bibliotecária-mor sentiu um arrepio na coluna e mordeu os lábios salgados pelo choro. Amabile se encolheu, tremendo de terror. Carrasco estufou o peito e se afastou, postando-se respeitosamente perto da parede.

O farfalhar de um manto e o ruído de passos descendo vagarosamente a escadaria precederam uma luz avermelhada na ponta de um longo cajado, iluminando um homem extremamente magro, coberto com um manto escarlate e com diversas tatuagens espalhadas pela pele pálida.

— Já estou cansado dessas visitas inúteis — disse Volgo, retirando um cisco do manto impecável, enquanto se aproximava da bibliotecária-mor, sem sequer parecer notar a criança. — Seria melhor para todos nós se você colaborasse.

A mulher tremeu.

— Eu... — ela suspirou. — Eu já contei tudo o que sabia. — As lágrimas nublaram sua visão novamente e o choro embargou a súplica em sua voz. — Por favor, deixe minha menina em paz...

Impassível, Volgo segurou o queixo úmido da bibliotecária-mor com a ponta dos dedos esqueléticos, encarando o fundo dos seus olhos.

— O que você sabe não é suficiente. Você precisa me dizer o que *não* sabe. — Volgo soltou o rosto dela. — Confesso que vocês duas me impressionaram. Muitos homens experientes revelaram seus segredos em menos tempo que você.

Foi até o fogo e pegou a barra, sem demonstrar incômodo com o calor. Agitando o ferro à sua frente, faíscas tremularam no ar. Impassível, se aproximou de Amabile.

— Não! Não! Mãe, me ajuda! MÃÃÃÃE!! — a criança clamou, em pânico. — Por favor, conta o que eles querem saber!

— PARE!!! — exigiu a mãe, com as correntes esticadas e o sangue escorrendo dos pulsos.

O ferro com a ponta brilhante e tórrida se aproximou do olho direito da criança e chiou ao perfurá-lo, emitindo um silvo agudo. O grito de dor foi longo, angustiante e terrível, superado apenas pelo uivo de desespero e ódio da mãe.

Volgo não se abalou nem por um ínfimo instante. Em seu coração, se convencera havia muito de que faria qualquer coisa para conseguir seu objetivo. Nenhum ato seria vil demais. Nenhuma ação seria extrema demais. Tudo que fizesse deixaria de ter importância no exato momento em que conseguisse finalizar seu plano.

O ferro foi lançado ao chão, tilintando, espalhando sangue e faíscas.

Com um sorriso malicioso, Volgo acariciou o rosto da menina, secando com a manga de seu manto o líquido que escorria do buraco no qual, pouco antes, existia um olho esverdeado.

— Está entendendo agora, minha criança? Isso é o que a Ordem dos Cretinos de Castelo prega. — A voz rouca do mago era hipnótica. Amabile tentou resistir àquela voz, como fizera antes, mas ela lhe trazia um estranho conforto e a dor diminuía sempre que aquele homem falava. — Se os castelares fossem justos, nunca permitiriam que uma garota inocente como você sofresse tanto. — Sua fala era melodiosa e encantadora, suave como uma promessa. — Se sua mãe realmente te amasse, não permitiria que você sofresse assim.

— Não dê ouvidos a ele! —Sua mãe se debateu nas correntes. — Eu te amo! Eu faria qualquer coisa para acabar com isso!

A garota encarou a mãe com seu único olho. A pupila estava dilatada. O olhar, vidrado.

— MENTIROSA! — gritou a garota. Sua face, outrora repleta de dor, se transformara em uma máscara de pura ira.

Volgo se afastou, discretamente. Carrasco assistia a tudo, admirado pela habilidade de seu mestre.

— Filha! Sou eu, a mamãe, eu estou aqui com você, não escute o que ele diz. Eu te amo... eu... — Ela não sabia mais o que fazer. Volgo não só torturava sua filha fisicamente, mas estava acabando com sua infância e ingenuidade. Ela baixou a cabeça até o chão, em desespero. — Solte a minha filha, por favor... Eu faço o que você quiser, mas solte a minha filhinha...

A bibliotecária-mor estava em pânico, enquanto seu interior começava a duvidar do mundo em que vivia. Aquele pesadelo, que começara quando ela e a filha foram raptadas em uma viagem, parecia não ter fim. Após intermináveis interrogatórios e tentativas de enfeitiçar a mente das duas, vieram as torturas. E agora sua filha estava sendo colocada contra ela.

Não sabia mais o que fazer. Já contara tudo o que conhecia. Tudo sobre os Gaiagons e sua missão de guardiões das pedras espectrais e sobre o abismo onde os Mares Boreais se renovam e propagam para ecoar por todo o Multiverso. Falara sobre as defesas mágicas e tecnológicas do local e explicara que, mesmo que algum dos Anciões lhe desse acesso, havia uma última defesa que era intransponível e que ninguém sabia como atravessá-la. O medo de perder sua filha a fizera revelar todos os segredos que conhecia. Ainda assim, seu captor não estava satisfeito.

Volgo levantou o queixo da bibliotecária-mor novamente.

— Não seja tola. — Sua voz soara suave, agradável. — Vocês duas podem deixar tudo isto para trás. Basta me dar o que preciso. — As palavras a acalmaram, embalando seus pensamentos, e seu espírito serenou. — Pense, se esforce, tente se lembrar. Você, acima de qualquer um na Ordem, tem acesso a informações e documentos que ninguém mais tem. — Sua mente se deixou ser levada. Ela já não tinha mais forças para resistir. — Se há uma pessoa que sabe qual é a defesa final, essa pessoa é você.

Entregue à magia de Volgo, sua mente se transformou em um turbilhão de lembranças. Até que uma memória a iluminou. Uma palavra, que ela vira havia muitos anos, em um antigo registro guardado na sala mais profunda da biblioteca.

— Eu... me lembrei de uma coisa. — A fala dela saiu embargada, como se estivesse drogada. — Juro por Surev que não sei o que significa, mas eu lembrei de algo.

Volgo se aproximou ainda mais.

— Diga para mim, criança. — Sua voz soou ainda mais macia e melodiosa. — Conte-me e eu juro: se for a resposta certa, a agonia de vocês acaba agora!

— Uma palavra — continuou ela, sem conseguir parar de encarar o mago, sentindo as palavras ditas por ele consolarem seu coração e aplacarem seu sofrimento. — Era só um rabisco, mas foi Nopporn quem escreveu, disso eu tenho certeza. Estava no pergaminho mais antigo que existe sobre o Abismo! Mas eu não sei o que significa. Ninguém sabe...

— E qual é essa palavra? — A voz dele era uma promessa de liberdade.

— Kaput! — ela disse, esperançosa.

O rosto de Volgo se iluminou, e ele sorriu.

Dando as costas para todos, dirigiu-se à porta do calabouço.

— Solte-as! — exclamou, parando abaixo do umbral.

— Eu... Nós... estamos livres? — a bibliotecária-mor questionou, confusa, saindo do controle do feitiço do mago.

— Sou um homem de palavra — respondeu. Virando-se para Carrasco, ordenou: — Leve-as para o senador Lucien. Ele sabe como tratar minhas *convidadas* — finalizou, saindo em seguida.

Com rapidez, subiu as escadas, iluminando o caminho com seu cajado.

Kaput, pensou, satisfeito. Aquela simples palavra podia não significar nada para ninguém, mas para ele era como um mar de informações. E saber que Nopporn havia recorrido a algo tão radical o deixou espantado.

Enfim havia conseguido o que precisava. E, agora que sabia o que fazer, podia focar em seu próximo problema: capturar Kullat!

ECOS DE LIBERDADE

Porto Interespacial do Sistema Planetário Kaito

O porto circular girava no interespaço, flutuando ao redor do planeta em um balé suave e silencioso.

No entanto, a paz e a quietude eram apenas aparentes. Dentro do complexo, passageiros e funcionários corriam desordenadamente. Alarmes e sirenes misturavam-se aos sons de tiros e estrondos, que ecoavam do interior de uma nave de passageiros modelo Vostok, atracada no portão sete.

Após um breve momento de silêncio, uma das cabines explodiu, abrindo-se como uma flor de metal envolta em uma língua de chamas.

Do rombo flamejante, um ser de pele dourada surgiu como uma fênix, lançando-se no vazio; o salto transformado em um voo gracioso, graças à baixa gravidade do porto.

Azio caiu sobre uma das plataformas, fez um rolamento e endireitou o corpo agilmente. Misturando-se ao tumulto de passageiros assustados, o autômato correu. Diferentemente da multidão desorientada, ele sabia exatamente o motivo de todo o caos: sua fuga. Tendo sequestrado a gigantesca nave interespacial, havia se tornado um fora da lei e um fugitivo.

Seu objetivo era achar uma maneira de chegar ao solo do planeta e, de lá, partir para os Mares Boreais. Aquele era o caminho mais rápido para chegar até Laryssa, a *sua* princesa, e atender à sua súplica por ajuda.

Enquanto corria, sua pele dourada refletia as luzes vibrantes dos restaurantes e lojas. O piso prateado protestava baixinho, ecoando seus passos metálicos e secos. As sirenes continuavam a soar, agora misturadas a mensagens urgentes em várias línguas.

Seres de diversas raças seguiam os sinais pulsantes das paredes e do chão, em busca dos abrigos. Azio passou por um grupo de viajantes, carregados de mochilas e de medo, sem dar atenção a seus gestos desesperados. Uma senhora de aparência visguenta e brilhante quase foi atropelada pelo gigantesco ser dourado. Gritou, escondendo-se atrás de seus tentáculos flácidos e trêmulos. A criança ao seu lado observava tudo com sua ingenuidade infantil, acompanhando a corrida do gigante com seu único olho.

Sem diminuir o ritmo, Azio seguiu pelo corredor até chegar a um pequeno salão hexagonal com várias colunas coloridas de transporte. Escolheu a de cor licorosa à esquerda, mas, em vez de abrir automaticamente, a porta permaneceu fechada, selada por um metal escuro. Ele forçou o metal, que se deformou com a pressão, sem se romper.

Percebendo que demoraria a vencer aquela barreira, olhou ao redor, analisando as alternativas. Todas as colunas estavam seladas. Do lado de fora, separadas por um vidro inquebrável, duas grandiosas Vostok estavam presas às docas por cabos de bloqueio inercial. Além delas, apenas três pequenas naves de transporte pessoal.

Uma voz ecoou pelo corredor atrás dele.

— Central! Aqui é a secal* Sohyana. Localizamos o sequestrador no setor c38. Estamos entrando!

Um contingente de guardiões surgiu rapidamente pelo corredor. Todos usavam uniformes azuis, com capacetes fechados e luvas térmicas. Cinco seguiam na linha de frente, segurando escudos de energia. Atrás, em formações triangulares, seis guardiãs apontavam ameaçadoramente armas RIM-Kreg.

Com um movimento sincronizado, as armas mudaram seu brilho do laranja forte de "Rastrear" para o azul intenso de "Incapacitar".

— Deite-se no chão! — ordenou Sohyana, a mais alta das guardiãs. Em seu uniforme constava uma patente superior à das demais.

Encurralado, Azio não teve saída. Em um movimento rápido e sincronizado, o peito se avolumou, fundindo-se ao largo pescoço, as pernas ganharam densidade, formando uma camada protetora, e os braços ficaram mais grossos.

— Atirem! — gritou Sohyana ao ver a mudança repentina.

Vários raios de energia azul acertaram-lhe o corpo, chamuscando a pele a cada impacto. Mesmo sentindo os efeitos da munição incapacitante, o autômato resistiu e saltou, impulsionado pelos potentes músculos metálicos de suas pernas.

---

* Patente de comando não militar.

Com o forte impulso, e auxiliado pela baixa gravidade artificial do porto, voou como um aríete dourado em direção aos guardiões, que continuavam a atirar freneticamente.

O choque foi brutal. Escudos e armas voaram pelos ares, guardiões foram jogados para longe, batendo na parede ou sendo arremessados pelo piso. As guardiãs atrás deles caíram umas sobre as outras.

Aproveitando a confusão, Azio escapou pelo corredor, levando consigo a RIM-Kreg da guardiã Sohyana e mantendo o reforço de sua pele enquanto corria pela rota alternativa.

— Ele está voltando para o c37. O elemento é perigoso e está armado — Sohyana disse, levantando-se, ainda zonza com o baque. Seu capacete estava com o visor rachado e seus cabelos grafite escapavam pela fenda. Ela arrancou a viseira quebrada com um tranco. Com pesar na voz, complementou: — Força letal autorizada. Repito, força letal autorizada.

Pegando a RIM-Kreg de uma das guardiãs caídas, saiu em disparada, sendo seguida por alguns companheiros. O brilho das armas mudara de azul para vermelho intenso.

Ao dobrar uma esquina, Azio estancou bruscamente, com a arma em punho. À sua frente havia uma praça, com uma enorme fonte de cristal no centro. Jardins suspensos em campos gravitacionais se estendiam até o teto, entrelaçados como correntes. O suave cheiro floral combinava com o frescor do ar-condicionado. Do outro lado da praça, bancos de metal dividiam o espaço com vários guardiões, com escudos e armas. Agora, porém, havia outros oponentes: dois guardiões o esperavam, vestidos com uma enorme armadura de metal azulado. Capacetes quadrados se conectavam diretamente a peitos largos, com a insígnia dos guardiões no centro.

— Largue a arma e se renda! — ordenou um deles. Em sua mão mecânica, o cano de uma arma enorme girou rapidamente, a abertura central se alargou, encoberta por feixes lilases.

Novamente, Azio estava encurralado. Mas não havia ido tão longe para desistir agora. Pressionando o gatilho de sua RIM-Kreg, disparou uma rajada azulada contra os jardins suspensos. Folhas, terra e metal explodiram sobre a praça, despencando em uma chuva de destroços sobre os guardiões e destruindo a fonte de cristal.

A confusão lhe deu um instante de vantagem. Abrigou-se entre duas pilastras de metal um momento antes de uma tempestade de raios vermelhos iluminarem a praça.

Com a RIM-Kreg em uma mão, a outra transformada em uma arma de pulsos e um canhão imobilizador no ombro, Azio contra-atacou. Disparando com velocidade impressionante e mira impecável, guardiões caíam paralisados ou com rupturas temporárias no sistema nervoso. Alguns tremiam e rangiam os dentes de dor, com corpo tomado por faíscas azuis do potente armamento.

Mas nenhum dos seus disparos afetava os dois guardiões com blindagem metálica, que avançavam com uma agilidade inesperada, lançando rajadas de energia condensada. O zumbido dos tiros era agudo e irritante. O chão e as paredes atrás de Azio explodiam ao impacto dos disparos dos guardiões metalizados, caindo pelo solo coberto de terra e destroços.

Se ficasse parado, certamente seria preso, ou pior, destruído. Decidido a contrariar suas chances de sucesso, correu pela lateral da praça e pulou, encurtando a distância entre ele e a primeira armadura. Com seu canhão de ombro, destruiu a arma do oponente, girando e seu corpo dourado com agilidade e usando a primeira armadura como escudo para não ser atingido pela segunda, enquanto esmurrava as pernas de metal com força e atirava no peito do adversário.

Seu oponente tombou quando uma das pernas fraquejou e uma névoa de fumaça saiu das juntas do capacete quadrado. O guardião dentro dela tossiu, engasgando-se com a fumaça, sem poder controlar mais sua armadura. Azio arrancou o capacete com força, permitindo que o guardião respirasse novamente.

Um soco vigoroso do outro guardião, potencializado por um pulso de energia branca gerado em seu punho, atingiu Azio nas costas, provocando uma explosão branca e ruidosa que o lançou pelos ares.

Secal Sohyana chegou à praça sem fôlego. Sem o visor do capacete, sentia o forte cheiro de terra misturado ao pó de concreto e ao cheiro ácido dos disparos das armas. Sem se importar com os homens caídos e a destruição ao redor, viu Azio atingir uma parede e deformá-la com o impacto. O autômato caiu atrás de uma pilha de destroços.

— Unidade Anak — ela disse, pelo rádio, para o guardião de armadura que havia atingido Azio. — Não deixe que ele se levante.

— Entendido. — A voz metálica ecoou pelo rádio.

Sohyana fez um sinal para que sua equipe a seguisse. Cruzaram o salão, com as armas apontadas para Azio. A unidade Anak se aproximou, o zumbido da eletricidade percorrendo o ar ameaçadoramente.

— De barriga para o chão, vamos! — A ordem saiu amplificada pela armadura. — Faça isso agora ou eu juro que estouro a sua cabeça!

Com a arma apontada para o alvo, o guardião deu mais um passo, aproximando-se do autômato, que jazia imóvel. A pele em seu peito estava dilacerada pela força do soco explosivo, deixando à mostra músculos dourados e um líquido claro que escorria da ferida aberta.

— Que tipo de criat... — O guardião não conseguiu terminar a frase.

A arma no ombro de Azio disparou, atingindo o capacete do guardião com força. O solavanco jogou sua cabeça para trás, desequilibrando a enorme armadura metálica. Azio mirou suas armas para cima e atirou, abrindo um rombo no teto já fragilizado pelos disparos anteriores. Um enorme pedaço de metal acertou a unidade Anak antes que o guardião conseguisse estabilizar sua armadura. Sohyana e sua equipe se jogaram para o lado, para não serem atingidos pelos novos escombros.

Azio se preparou para dar um salto vigoroso e desaparecer pela abertura, mas uma força o puxou para baixo. Agarrado por uma mão invisível, foi jogado para longe, batendo bruscamente no vidro maleável do lado oposto.

Do chão frio, surgiu um homem de capa, flutuando, transparente como um fantasma.

— Por violar diversas leis e quebrar o pacto de transporte estelar, você está preso — sentenciou.

Ainda caído, Azio acionou seu canhão de ombro e disparou contra o homem de capa. O projétil passou pelo corpo dele sem encontrar nenhuma resistência, explodindo na parede oposta. O homem apenas flutuou para mais perto dele.

— Por favor, fique onde está. — A voz era grave, mas gentil. Ele pousou, fazendo um barulho suave quando suas botas tocaram o piso. Seu corpo ganhava cor e peso à medida que andava ao encontro de Azio.

Nesse instante, a secal surgiu, a arma apontada para o autômato. A munição escolhida era para matar.

— Senhor de Castelo — chamou a mulher. — Está tudo bem?

Jung Krill apenas abanou a cabeça positivamente, sem se virar.

Sohyana tirou do cinto algemas de energia ponto zero e as entregou para ele.

Diante da possibilidade de ser preso e de não chegar até Laryssa, a determinação de Azio foi reforçada e ele atacou novamente. Seu peito se iluminou e um facho azulado percorreu o ar, mas a rajada passou pelo homem sem feri-lo.

— Não aprendeu da primeira vez? — Jung Krill murmurou, agarrando os pulsos de Azio e o algemando, com força e agilidade impressionantes.

Azio tentou se soltar, mas, quanto mais força usava, mais resistentes as algemas ficavam. Tentou ainda efetuar um disparo de seu punho, mas elas absorveram a energia.

— Você não me dá escolha! — Jung exclamou.

Sua mão translúcida penetrou a cabeça de Azio, que sentiu uma dor alucinante. Seu corpo dourado estremeceu e se contorceu freneticamente, fazendo-o perder a consciência.

— Coloque-o imediatamente em uma sonocâmara de transporte — Jung ordenou para Sohyana. — Vou levá-lo pessoalmente para a contenção em terra.

O Chamado

Ilha de Ev've

A Torre Hideo, um dos principais edifícios da Ordem dos Senhores de Castelo, erguia-se majestosa. Arranhando o céu infinito da ilha de Ev've, suas gigantescas paredes metálicas refletiam o brilho dos três sóis daquela manhã primaveril.

À frente do imenso edifício, dez dos mais poderosos e respeitados seres de todo o Multiverso postavam-se ombro a ombro, altivos e confiantes. Todos os Anciões de Nopporn, unidos, prontos para enfrentar a pior crise de todos os tempos.

N'quamor suspirou profundamente. O aroma adocicado das flores, misturado ao frescor da manhã, não reduziu o peso de sua responsabilidade de Conselheiro Supremo. Um último olhar para seus companheiros deu-lhe a força necessária para prosseguir.

Alisou as mangas douradas de seu longo traje cerimonial branco e passou as mãos sobre os cabelos castanhos, que lhe caíam aos ombros, encobrindo a larga testa. Uma única mecha branca destacava-se na cabeleira ondulada.

Passos decididos aproximaram-no do púlpito à frente, e suas mãos pesadas pousaram sobre o mármore, frio e duro como a realidade.

Diante dele, o Panteão de Heróis e seus corredores gramados mal podiam ser vistos, encobertos por uma multidão colorida. Nenhum ser igual ao outro, mas todos com algo em comum: pertenciam à maior força do Multiverso, a Ordem dos Senhores de Castelo.

As dezenas de estátuas dos heróis sumiam em meio à abundância de raças que ocupava o espaço da praça até o Muro dos Registros. Os que podiam voar se mantinham no ar. Todos aqueles que responderam ao chamado de voltar a Ev've estavam ali, prontos para ouvir as palavras do primeiro conclave desde 3195, desde o fim da guerra contra a Sombra. Poucas vezes tamanha força fora reunida.

https://goo.gl/N3C333

N'quamor olhava para a multidão com orgulho. Aprendizes e mestres, jovens e adultos, força e sabedoria, todos unidos. Seres extraordinários que se doavam diariamente, abrindo mão da própria vida em benefício de um bem maior.

Era como se o olhar do ancião se fixasse nos olhos e na alma de cada um, compartilhando com eles respeito e gratidão por tanta dedicação, abdicação e amor. N'quamor sorria como um pai sorri para um filho. Em troca, recebia também sorrisos, acenos e olhares de apreço e admiração.

— *Wua sa laí!* — saudou.

Sua voz era suave, mas potente. Pequenos losangos flutuantes espalhados por todo o local, e também em pontos ao redor da ilha, replicaram sua frase para aqueles que não haviam conseguido se deslocar até ali. As palavras reverberaram em um som cristalino. Graças às esferas-T e à magia tecnológica de comunicação, N'quamor era ouvido não apenas em Ev've, mas também em todas as torres de vigília e sedes da Ordem que restaram espalhadas pelo Multiverso.

— *WUAX SA IBIÚ!* — respondeu a multidão em uma só voz e em um só coração, pelos quatro quadrantes do Multiverso.

— Meus nobres e queridos castelares. Todos que aqui estão não são apenas membros de uma Ordem. Muito mais do que isso, são amigos. Verdadeiros irmãos que lutam lado a lado contra as injustiças e agruras da vida, buscando sempre o melhor para os povos do Multiverso. Em nome de todo o Conselho, quero agradecer por terem atendido ao Chamado e estarem aqui presentes em corpo ou espírito, neste santuário de paz e harmonia. Mas, antes de tudo, quero fazer um pedido. Independentemente de qual seja sua fé, religião ou credo, peço humildemente um momento de silêncio; e, para aqueles que assim acreditarem, que façam uma breve prece em agradecimento aos heróis e amigos que lutaram e deram a vida pelo bem maior.

Ele se ajoelhou e fechou os olhos. A maioria dos anciões atrás dele, e também da multidão, seguiu seu exemplo. Outros baixaram a cabeça e fecharam os olhos, prestando respeito aos amigos, parceiros, mestres e alunos que pereceram em nome da Ordem.

Do meio das folhas brancas e azuis de um grupo de árvores ao fundo, dezenas de aves multicoloridas alçaram voo, em um balé que só a natureza seria capaz de criar. Os pequenos bailarinos sobrevoaram a multidão e partiram em revoada em direção à praia.

O Conselheiro Supremo se levantou e sorriu.

— Nopporn nos proteja sempre!

— *Ela sempre nos protegerá!* — Foi a resposta da multidão.

N'quamor encarou a todos. Seu sorriso gradativamente esmaeceu e o semblante assumiu um ar de gravidade, mantendo as mãos no púlpito e a cabeça altiva.

— Uma reunião como esta — retomou, com a voz reverberante — não ocorre há décadas. Sempre é nosso desejo que outra igual não se repita, pois seria sinal de que o Multiverso segue seu curso sem a necessidade de nossa interferência. Mas há momentos em que não podemos nos omitir. Precisamos *agir para manter a paz* — disse, enfatizando as últimas palavras. Expressões de concordância e apoio se espalharam. Incontáveis *wa puma* foram proferidos com entusiasmo pela multidão. Ele esperou o silêncio retornar e continuou:
— Esta reunião é resultado de um Chamado para que todos os castelares cancelassem suas missões, deixassem sua casa, postergassem seus planos e viessem o mais rapidamente possível.

Apontou para o centro da ilha, o lugar mais bem protegido e vigiado de todos os quatro quadrantes do Multiverso. O local do Abismo de onde toda a Maru emerge e de onde toda a vida flui, se espalhando pelo céu de Ev've, alimentando incessantemente os Mares Boreais e se propagando por toda a realidade.

— O Chamado ao qual todos vocês responderam foi resultado de uma reunião histórica. Um conclave entre todos os Anciões — N'quamor apontou para seus companheiros conselheiros e depois para um homem alto, de pele castanha, vestido com um manto azulado —, e com a participação do mestre aconselhador Jedaiah K'oll.

Um burburinho tomou conta da multidão. Jedaiah era um dos quatro dobradores do tempo, um dos quatro vértices do Triângulo Samsara, que tinham sua estátua naquele mesmo local onde todos estavam reunidos. Todos os quatro, nascidos antes mesmo de a Ordem dos Senhores de Castelo existir, ainda estavam vivos, mas raramente eram vistos em Ev've. A presença deles era requisitada apenas em momentos extremamente críticos, quando podiam atuar como corpo consultivo do Conselho. Com vasta experiência de vida, suas palavras podiam alterar até mesmo uma decisão unânime do Conselho de Nopporn. E, se os Anciões os respeitavam, para os demais castelares os membros do Triângulo Samsara eram quase mitos.

N'quamor voltou a postar as mãos no púlpito.

— A decisão do Conselho, ratificada pelo mestre Jedaiah, foi a de emitir o Chamado convocando todos os castelares com urgência. Como sabem — a voz do regente era pesarosa —, sofremos baixas lastimáveis. Muitos mundos destituíram e atacaram as sedes dos Senhores de Castelo, em uma franca rejeição à Ordem. Muitos de nossos companheiros foram covardemente caçados e assassinados. E recentemente descobrimos que há recompensas para quem capturar ou matar um Senhor de Castelo.

A multidão explodiu em protestos e comentários indignados. Nos semblantes, via-se um misto de revolta e tristeza pelas muitas vidas perdidas. Seres que lutavam apenas pelo bem estavam sendo assassinados e perseguidos. Alguns mantinham a expressão firme, como se as palavras trouxessem memórias tristes. Outros, mais exaltados, brandiam armas e punhos no ar, clamando por justiça. Mesmo aqueles que não haviam sofrido diretamente com os ataques, fosse por estarem em mundos pacíficos, fosse por não estarem no foco central das disputas, perderam amigos e viram seus esforços de paz serem destruídos com várias sedes regionais da Ordem.

N'quamor gesticulou, pedindo silêncio diante das expressões indignadas e dos gritos de revolta.

— A principal diretriz da Ordem — elevou a voz com firmeza, silenciando os que ainda protestavam — é a convivência pacífica, sem imposição cultural ou religiosa. A paz não tem formato. Cada Senhor de Castelo aqui presente é a prova disso. Assim como não se tem paz pela guerra, é preciso estar pronto para lutar por ela.

A multidão se agitou em concordância.

— *Agir para manter a paz* — sussurraram centenas de ouvintes, reforçando um dos ensinamentos do Livro dos Dias.

N'quamor ergueu um dedo impositivo, olhando firmemente para a multidão. Até quem estava afastado do regente sentiu o peso daquele olhar.

Thagir também sentiu como se o Conselheiro Supremo estivesse olhando diretamente para ele, mesmo estando atrás de toda a multidão e acobertado pela sombra de uma árvore frondosa nos fundos do gramado.

O pistoleiro mascava folhas de sigmalina — um hábito que havia adquirido nos últimos tempos — e vestia sua usual casaca verde e calças marrons. Seus cabelos nitidamente precisavam de atenção, assim como a volumosa barba, que contribuíam para formar uma carranca de poucos amigos. A mão pousada inconscientemente sobre a pistola na cintura refletia seus sentimentos. Ao lado do pistoleiro, Kullat estava encostado no tronco da árvore. O capuz lançando uma sombra negra sobre a face e os braços cruzados sobre o peito davam-lhe um ar misterioso.

— Mas — continuou N'quamor, ainda com o dedo em riste —, apesar de toda a dor que nós e nossas famílias estamos sofrendo, é preciso lembrar — endureceu ainda mais a voz — que a justiça não se alcança com vingança!

— Velho tolo! — vociferou Thagir, entredentes. — A vingança também é um tipo de justiça!

— O limite entre vingança e punição é tênue, meu velho amigo — contrapôs Kullat, introspectivo.

Thagir bufou e retirou a mão da arma, deixando a casaca cobrir o coldre.

— Para mim chega. Nós já sabemos o que o velho vai dizer. Vou para o alojamento esperar pela liberação do pergaminho da nossa missão. Você vem comigo?

— Não posso — disse Kullat, sem se mover. — Fui avisado de que o mestre Jedaiah quer falar comigo depois do pronunciamento.

— Você tem ideia do que ele quer?

— Não. Mas estou torcendo que me convide para comer!

— Meus ancestrais! — Thagir meneou a cabeça. — O que foi que eu fiz para merecer um amigo como você?

— O que foi eu não sei — Kullat disse, baixando o capuz e revelando um largo sorriso. Os cabelos desarrumados e o cavanhaque também precisavam de cuidados. — Mas deve ter sido algo bem ruim.

Kullat piscou para o amigo, que respondeu dando-lhe um soco no braço antes de se virar e ir em direção aos alojamentos dos não residentes.

Destino Compartilhado

República Planetária Sartorell

Tempestuoso mantinha-se atento às alterações nas marés e às mudanças dos ventos. Marujos de madeira, finos como papel e fortes como aço, ajustavam leme e velas conforme seus comandos. O jovem de olhos nublados não apreciava o gosto agridoce da brisa marítima nem contemplava o céu esverdeado daquela manhã, apenas se mantinha ereto, comandando a aproximação ao ponto de encontro, onde várias embarcações, de diversas formas e origens, os aguardavam.

Em sua cabine Volgo meditava, deitado no chão. O balanço do navio nunca o incomodara, mas, dessa vez, o som das ondas batendo no casco era permeado de ansiedade. Faltava pouco agora. Muito pouco, na verdade. A revelação daquela simples palavra da bibliotecária coroando séculos de preparação. Apenas uma última peça, mais uma gema-prisão dos Espectros, e estaria tudo pronto. Apesar de já possuir o poder de uma delas em seu corpo, tornando-se ele mesmo o receptáculo de noventa e nove Espectros vivos, aprisionados em seu próprio ser, precisava de mais uma gema para finalizar seu plano.

Murmurando palavras mortas, sintonizou sua frequência com sensores espalhados havia muito tempo pelos quatro quadrantes. Os aparatos vasculhavam incessantemente o Multiverso, buscando identificar um eventual agrupamento de frequência similar à Maru de um Gaiagon.

Concentrando-se, seu corpo foi iluminado por uma aura lilás e sua mente ressoou pelo espaço. Essa era sua principal atividade diária e exigia enorme concentração e energia. Mesmo com a essência dos Espectros fluindo nas veias, seu corpo tremia e a voz fraquejava. Ao final do feitiço, aguardou, rangendo os dentes ao ouvir o vazio absoluto, surdo e sufocante.

Mais uma vez os sensores não acusaram nada. Aquele silêncio parecia infinito.

O cansaço deu lugar ao ódio.

— Onde estão, malditos Gaiagons?! — praguejou, ofegante, desfazendo a magia.

Arfando, se levantou. Ao apoiar o corpo esquelético no velho cajado, suas mãos foram tomadas por um formigamento.

Por mais acostumado que estivesse àquela sensação, às vezes se surpreendia com a resistência do cajado a ele, principalmente quando estava mais enfraquecido. Ainda que fosse o senhor do bordão, desde que o ganhara do Honorável Sawk, em uma cidade estranha, de portões dourados e sombras vivas, sentia que o artefato lhe resistia. Era como se o objeto milenar quisesse se libertar de seu controle. Volgo suspirou, buscando estabilizar sua Maru mágica. Recitando um encantamento, da ponta de seus dedos faixas brilhantes de energia vermelha surgiram, enrolando-se ao cajado, reforçando seu controle sobre o artefato. O formigamento nas mãos diminuiu até sumir por completo, com as faixas, agora invisíveis.

— Estão esperando, *senhor* — a voz mecânica de Tempestuoso ecoou atrás de si.

Volgo sentiu um leve tom de satisfação na fala do capitão, talvez por ter presenciado seu breve momento de fraqueza.

Apoiando-se no cajado, aprumou as vestes vermelhas, perguntando-se quanto ainda existia do jovem que um dia fora membro de uma família nobre. Tempestuoso nunca perdera o ar orgulhoso, mesmo tendo se tornado escravo pelo seu feitiço, anos atrás, ou quando reforçou sua dominação com um novo encantamento, recentemente. Mas Volgo não se ateve a esse detalhe. Sentia que, por maior que fosse a força de vontade do jovem, não seria o suficiente para se libertar. Apenas um ser conseguira se livrar de sua magia de controle até aquele dia, e fora graças à influência do enorme poder do Globo Negro.

Deixando esses pensamentos de lado, seguiu até a cabine de reuniões do navio. Ao aproximar-se, ouviu um grupo falando em voz alta, impaciente.

Sem se anunciar, entrou na cabine. Foi como se um gato entrasse em uma reunião de ratos. Todos silenciaram de imediato.

Com uma expressão de pedra, andou entre eles, encarando cada um com atenção. Ali estavam os líderes dos melhores caçadores de recompensa do Multiverso, de diferentes raças e culturas, mas com a mesma motivação: riqueza, orgulho e poder.

Tuphan, da tribo Yold, com seus trajes tribais, correntes de ossos e penduricalhos, saudou-o com uma mexida de mãos. Cabal, de roupas grossas e rifles de precisão às costas, acenou brevemente, afiando suas facas no canto da sala. Ao seu lado estava a experiente Chyio, membro das caçadoras espaciais de Taiko'oro, cujo capacete prateado mostrava apenas um estranho brilho rosado no lugar do rosto, escondendo qualquer feição da mulher. Um maktu de pele amarela o cumprimentou, segurando uma lança na lateral do corpo.

— Meus amigos — Volgo iniciou, a voz imperiosa contrastando com seu corpo ressequido —, quero que saibam que estão fazendo um excelente trabalho. A cada dia a Ordem sofre com a perda de seus preciosos castelares.

— Fico feliz em ouvir isso — disse o maktu, as palavras cuspidas entre as presas. — Tenho matado muitos deles.

— Nós também — completou Cabal —, mas agora temos alguns em nosso encalço. Tivemos que nos proteger da fúria deles.

— Cabal tem razão — Chyio disse. A voz era límpida e jovial, apesar do capacete. — Perdemos duas *iuja** na última campanha e estamos tendo que ser mais cuidadosas. Mas reforço que nosso contrato permanece.

— Nosso contrato também continua — retrucou Cabal, com um sorriso de dentes amarelos. — Mas castelares são a pior presa. Quando você acha que os dobrou, eles tiram forças sabe-se lá de onde para continuar lutando.

— Uma característica admirável, que espero que todos vocês também tenham — Volgo enfatizou, encarando Cabal. — E, sim, os contratos continuam e devem ser honrados. Mas eu os chamei aqui porque quero lhes oferecer uma nova oportunidade.

— Quem temos que matar agora? — o maktu questionou, animado.

— Matar não. Encontrar.

Chyio cruzou os braços, criando um som metálico com o movimento.

---

* Colega ou amigo, em tradução aproximada para a língua comum.

Volgo fez um gesto e pequenas esferas surgiram na frente de cada um dos caçadores, pousando em suas mãos, projetando imagens e informações dos dois castelares.

— Kullat, de Oririn — respondeu Volgo, e o nome do cavaleiro trouxe um gosto amargo à sua boca. — E seu amigo Thagir Idrarig, de Newho.

— Já ouvi falar deles — murmurou Chyio, olhando para Volgo.

— *Humahan huamruy humaaahah* — disse Tuphan, chacoalhando seus penduricalhos. — Homens de muito poder.

— Alguma objeção, Tuphan? — Volgo o encarou, com seriedade.

— Minha tribo aceitará o serviço, *senob** — respondeu o xamã, guardando a esfera em uma bolsa de pano. — Mesmo que isso nos aproxime da morte.

— Você não entendeu, meu amigo Tuphan. — Volgo encarou o xamã com frieza. — Caso falhem, vocês suplicarão por ela!

O grupo ficou em silêncio.

— Nós também aceitamos e faremos o que for preciso para encontrá-los — disse Cabal, passando a mão pela barba escura e malcuidada. — Mas apenas se o pagamento for justo.

— Assim espero, Cabal. Espero isso de todos que aceitarem. E o pagamento será muito mais do que justo. — Volgo fez um sinal e Tempestuoso ordenou que vários marujos de madeira entrassem, cambaleantes em seu corpo da espessura de uma folha de papel, apesar de cada um carregar um grande saco de pano, lançados todos de uma só vez sobre a mesa.

O som de metal tilintando aguçou os ouvidos dos caçadores. Somente ali havia o suficiente para pagar dez contratos comuns, mas a generosidade de Volgo era proporcional à sua exigência, e o feiticeiro não era conhecido por ser paciente.

— Cortesia da Sombra! — exclamou Volgo, satisfeito por ver a reação dos caçadores ao ouvir sobre a organização que reuniu as três maiores facções criminosas do Multiverso.

Os caçadores sorriram, cobiçosos. A Sombra havia sido combatida, e até mesmo vencida, mas não exterminada. E, com décadas de trabalhos escusos sob o comando dos asseclas de Volgo, os criminosos estavam muito mais organizados, fortes e ricos do que jamais estiveram.

---

* Homem-esqueleto.

— Isto é só uma parte do pagamento. O tesouro de um rei será como esmola comparado ao tamanho da recompensa que vocês receberão se encontrarem aqueles dois. Mas lembrem-se: eu preciso deles *vivos*!

Chyio assentiu, balançando o capacete positivamente. O maktu bateu a lança no chão, em sinal de concordância.

— Estamos à sua disposição, *senob*! — disse Thupan, segurando respeitosamente um de seus amuletos de ossos.

— Minha equipe está sempre pronta — complementou Cabal. — Vamos caçá-los como animais!

— Que assim seja! — Volgo exclamou.

Batendo seu cajado contra o piso de madeira, apêndices fantasmagóricos de energia rubra surgiram, voando de encontro aos caçadores, envolvendo-lhes o pescoço. Os rostos avermelhados eram semblantes de puro pavor. Esfregando suavemente dois de seus dedos esquálidos, Volgo soltou pequenas faíscas que percorreram os apêndices como estranhas aranhas, que picaram a nuca de cada um dos caçadores.

Com um gesto, os apêndices e as aranhas faiscantes sumiram no ar, deixando uma ferida cicatrizada na forma de um Musashi invertido. Era como uma marca corrompida do símbolo da Ordem dos Senhores de Castelo.

— Com a marca do Sombra Branca — Volgo referiu-se ao título que o submundo da Sombra havia lhe dado —, vocês poderão falar comigo sempre que for preciso. Agora vão e tragam aqueles dois.

Volgo deu as costas para todos. Porém, antes de sair, o maktu perguntou, com seu jeito bruto de ser:

— E se um deles acabar morrendo?

Volgo parou na porta, levantou a mão e cerrou o punho. Atrás dele, corpos se retorceram de dor, com as marcas vermelhas brilhando na nuca dos chefes dos caçadores.

— O destino deles será o seu destino.

Missões e Segredos

Ilha de Ev've

Thagir olhou por um instante a beleza transparente da arma. Apertou um botão lateral e os pequenos projéteis vermelhos, cristalinos e pontiagudos caíram em sua mão. A não ser por um projétil, usado por ele para confeccionar uma faca que dera de presente a um mago em outro mundo, aqueles eram os últimos quatro que ainda restavam em todo o Multiverso. Com cuidado, carregou novamente a pistola de Amadanti, colocando os cristais um após o outro na câmara cristalina, na parte inferior do cabo.

Sentado na cama do alojamento, sua mente se agitava. Pensava naquela crise, a maior desde a luta contra a Sombra, e na missão de todos os Senhores de Castelo: trazer a julgamento o homem chamado Volgo. Missão de todos, menos dele e de Kullat. O Conselho decidira que ambos deveriam encontrar os demais Gaiagons para entregar a gema-prisão que estava incrustada em Kullat e alertá-los sobre o perigo que Volgo representava. Até lá, teriam que evitar se comunicar com a Ordem e com a família, prevenindo que algum ente querido ou amigo fosse usado como isca para chegar até eles.

Thagir descarregou a pistola de cristal novamente. Segurando um dos projéteis cor de sangue, sentiu a ponta afiada penetrar levemente no dedo.

Ficar sem contato com a família o incomodava, mas ele concordava que assim seria mais seguro para todos. Mas não era só isso que estava tirando sua paz. Havia ainda a sua missão secreta, da qual apenas ele e o Conselho tinham conhecimento, e que lhe fora lembrada de forma tão competente pela armeira-mor na madrugada anterior.

Em um encontro sigiloso e sem rodeios, ela o advertiu sobre o compromisso assumido quando se formara. Uma missão secreta que o acompanhava como um fantasma desde então, a qual ele desejava nunca ter de cumprir, apesar de saber que o faria, se precisasse. A reunião sigilosa fora um reforço do que havia sido dito a ele anos atrás, quando o Conselho concluiu que Thagir possuía a capacidade, a inteligência e, principalmente, os meios para cumprir o dever imposto.

Suspirou, recordando as palavras da armeira-mor ao lhe entregar uma pequena caixa prateada.

O Conselho acredita que o conteúdo desta caixa pode ser útil. Com isto, e com seus outros recursos, temos fé que conseguirá fazer o que for preciso, caso seja necessário.

— O que você está fazendo aí? — A voz de Kullat, vinda da janela, fez seu coração pular.

— Esperando por você — ele respondeu, carregando e guardando a pistola rapidamente no bolso. — Alguma novidade?

— Podemos discutir isso no almoço? — Kullat passou a mão enfaixada pela barriga. — Estou morrendo de fome.

Thagir riu com sinceridade. Por um momento esqueceu-se de tudo e saiu, andando ao lado de Kullat até o refeitório.

O lugar estava cheio, com centenas de castelares entre as mesas, carregando copos e pratos de comida. Em uma mesa no canto estava Sumo, vestindo o quimono dos guerrins, de mãos dadas com Ulani, que acariciava Slurg. O bichinho piava fracamente com o carinho. Kullat sorriu ao ver o novo casal, satisfeito por saber que um poderia ajudar o outro nesses tempos difíceis, ainda mais agora que o rapaz havia deixado de ser seu aprendiz. Os jovens acenaram para Kullat e Thagir, que retribuíram o cumprimento com alegria.

Kullat focou seus esforços na comida, servindo-se de carnes, vegetais assados e frutas, enquanto o pistoleiro pegou apenas uma salada e uma fruta.

— Estou faminto! — Kullat tirou o capuz, sentando-se.

— Pelo tamanho do seu prato, nem precisava falar. — Thagir apontou para a montanha de comida, acomodando-se à frente do amigo.

Mal Kullat colocou a primeira garfada na boca, uma voz gritou seu nome. Era sua antiga aprendiz, Aada, acompanhada dos gêmeos Wazu e Zazu. Ela o abraçou com carinho, antes de cumprimentar Thagir. Aparentava estar mais madura, mais segura de si, e os gêmeos uniclopes também estavam diferentes, com mais músculos sob a pele vermelha. Para Kullat, pareciam guerreiros, não mais aprendizes. Eles se despediram e saíram, indo ao encontro de Sumo e Ulani.

— Seus fãs? — Thagir questionou, zombeteiro.

— Tenho muitos, você sabe — Kullat replicou, com uma asa frita na mão.

— Eu mereço. — O pistoleiro riu, começando a descascar a fruta com a mão. — Então, o que Jedaiah queria?

— Ah, você precisa ouvi-lo falando: "Tu e teu confrade havereis de encontrar os gigantes e articular com eles". É fantástico ouvir um "Vós sereis estáveis no confronto, contanto que sejais fidedignos aos seus valores intrínsecos".

— No mínimo é divertido.

— Por Khrommer! Eu tinha esquecido que etramitas eram tão eruditos.

— Mas o que ele queria realmente? — Thagir insistiu, deixando a fruta já descascada no prato e remexendo sua salada. Não tinha fome, mas mordiscou um pedaço de uma folha roxa, encarando Kullat.

— Ele me orientou sobre as energias dos Gaiagons em mim e sobre a importância de eu não utilizá-las com intensidade — respondeu Kullat. — Os Conselheiros e ele acham que Volgo pode tentar rastrear essa energia de alguma forma.

— Faz sentido — retrucou, preocupado. — Mais nada?

Kullat baixou o tom da voz e se aproximou, gesticulando para Thagir se aproximar também.

— Eles desconfiam que haja espiões na Ordem. Por isso nossa missão é tão secreta. Ele disse que não podemos confiar em ninguém além dele e dos Conselheiros.

— Infelizmente creio que tenham razão — Thagir concordou, pensativo. — Parece que várias informações confidenciais vazaram de alguma forma. Muitos dos castelares que foram atacados estavam em missões sigilosas.

— E outros simplesmente sumiram — Kullat completou. — Alguns deles sabiam muito sobre a Ordem.

Thagir assentiu, mas não comentou nada. Começou a comer sua salada, em silêncio.

Kullat notou o incômodo no rosto do amigo.

— Ei! O que foi?

— São só saudades de casa. — Era verdade. — Depois daquela loucura toda em Kynis, não tive tempo de falar direito com minha família. E pensar no que teremos que fazer...

— Sei como é. Já marquei um horário para falar com meus pais e meu irmão sobre essa questão de cortar as comunicações.

— Pois é. Eu também marquei, mas não sei direito como vou falar isso para a Danima.

— Ela é uma pessoa incrível — disse Kullat, espetando um vegetal alaranjado. — Vai entender, com certeza. Não se preocupe.

Thagir apenas concordou. Era ele quem não estava conseguindo lidar com o fato de ficar sem ver nem falar com sua família. Sem ela, era como se sua vida perdesse o sentido.

Kullat sacudiu o garfo, agora com um tubérculo amarelo ficando.

— Pedi ao Conselho que traga meus pais para cá, por garantia. Você não quer fazer o mesmo por seus familiares?

Thagir sorriu.

— Vou sugerir isso para a Danima, mas já sei qual será a resposta.

— Se forem tão cabeçudos quanto você, eu imagino.

Ambos riram e brindaram, aproveitando o breve momento de tranquilidade antes da tormenta.

Espírito Livre

Era tarde da noite. Uma brisa suave soprava, trazendo consigo o fresco odor do mar. Kullat andava por entre os caminhos do Panteão de Heróis, agora com apenas poucos castelares que aproveitavam a última noite agradável antes de seguirem em suas missões.

Para além de uma ponte de madeira, sobre um rio cristalino, o cavaleiro vislumbrou a estátua de Monjor V. O semblante calmo e austero do herói. Ao lado da estátua, estava Nahra.

— Recebi seu recado. — Kullat balançou um papel rabiscado.

A lupina sorriu ao ver o cavaleiro se aproximando. Suas botas de bico fino combinavam com a roupa justa de couro marrom, que realçava suas curvas. Presos ao cinto dourado, enfeites balançavam suavemente. Os braços nus expunham a linda pele morena. As orelhas lupinas despontavam na cabeleira negro-acinzentada. Sua aparência era selvagem e misteriosamente encantadora. Talbain, seu lobo espectral, estava ao seu lado e rosnou para o cavaleiro.

Por instinto, Kullat parou.

— Não seja medroso — ela riu, balançando a cauda.

Talbain se deitou ao lado da estátua. O lobo não parecia mais interessado nele e contemplava as estrelas, com o focinho entre as patas.

— Então é verdade — disse ele, com a voz triste, apontando para uma mochila aos pés dela. — Você vai mesmo embora. Simples assim?

Ele estalou os dedos, criando faíscas brancas.

https://goo.gl/3FMbYF

A lupina suspirou profundamente antes de responder.

— Você sabe que não foi assim. — Ela estalou os dedos, imitando o gesto de Kullat, mas sem as faíscas.

— Mas abandonar a Ordem? Abandonar... a mim?

— A Ordem ficará bem sem mim. E você tem o seu velho amigo de volta.

Ele se aproximou, olhando diretamente em seus olhos lupinos.

— Você sabe que não é disso que estou falando.

Ela sorriu, parecendo constrangida, algo que Kullat nunca vira acontecer.

— Tudo o que passamos juntos foi incrível — ela disse —, mas o que aconteceu em Kynis... — Aproximou-se ainda mais, pousou as mãos no peito dele e inspirou fundo, sentindo o cheiro do cavaleiro. — Eu não sei explicar... Você mudou... e eu também mudei. — Balançou a cabeça e suspirou. — Só sei que durante nossa volta para cá tive tempo de pôr os pensamentos em ordem e finalmente percebi o que eu e você já sabíamos fazia muito tempo. Eu preciso de liberdade. Preciso de vida! Decidi que não quero mais ser prisioneira de uma sociedade que não me entende.

— Mas *eu* te entendo... — Kullat disse, lacônico.

Ela sorriu novamente.

— Eu sei. E é por isso que você sabe que eu tenho que partir.

Dessa vez foi ele quem sorriu, com os olhos marejados, pois sabia que era verdade.

Ficando na ponta dos pés, ela colocou os braços sobre os ombros dele. No frescor da noite, com Monjor V como testemunha silenciosa, ela o beijou com carinho. Kullat sentiu seu perfume inebriante de violetas misturado ao sabor selvagem de sua boca. Por um momento, nada mais existia, apenas os dois. Nenhum problema, nenhuma guerra, nenhuma missão, apenas dois seres livres que se amavam.

Mas aquele momento mágico por fim acabou e, em silêncio, eles se desvencilharam, em um gesto triste.

— Vou sentir sua falta — disse ela, quebrando o silêncio, dando-lhe o que estava em sua mão. Com um sorriso fraco, ele pegou o objeto, ainda com o olhar fixo nos belos olhos de Nahra.

— E eu a sua — ele repetiu, com olhos tristes, mas cheios de esperança de um dia reencontrá-la. — Até breve...

Com um último sorriso, Nahra pegou sua mochila e se foi. Talbain rosnou para o cavaleiro antes de correr atrás de sua mestra. Com um pulo, se desfez em pleno ar.

Kullat olhou o objeto em sua mão. Era um elo de corrente, quebrado.

Ela se distanciou, caminhando entre as estátuas com a confiança de um ser de espírito livre.

Em um instante sumiu, levando consigo um pedaço do seu coração.

O cavaleiro chorou e sorriu, em um misto de tristeza pela perda e alegria por Nahra ter, finalmente, encontrado o seu caminho.

Um Último Abraço

Reino de Agas'B

Larys caminhava de cabeça erguida, porém seus olhos sábios estavam inundados de tristeza. A coroa reluzia entre os cabelos castanho-claros e as mechas brancas. A mão verde segurava uma vela de chama cor de neve. Apesar da postura altiva, era evidente enorme pesar.

Laryssa seguia ao seu lado, vacilante, apoiada ao braço do pai e segurando uma vela igual com a mão livre. O vestido longo, branco com detalhes azuis, combinava com os adornos nos braços. Os cabelos compridos estavam amarrados de forma singela. Lágrimas cristalinas escorriam por seu rosto desolado.

A dor cobria todo o reino, enquanto a procissão seguia a passos pesarosos. Homens, mulheres, crianças, regentes de outros reinos, ninfas das águas, fadas das florestas e uma infinidade de seres mágicos se reuniam em uma multidão para prestar sua última homenagem.

Vestes claras e semblantes desolados refletiam a tristeza e o luto compartilhados. Mãos unidas em oração. Outras mãos sozinhas, segurando uma vela. Além do som dos passos, ouviam-se palavras de consolo, sussurros, preces e suspiros. Até mesmo os pássaros calaram o canto, revezando-se ao sobrevoar o cortejo.

À frente da multidão, jovens dançarinas em vestidos esvoaçantes bailavam ao som de instrumentos de corda melodiosos, seguindo os enormes soldados de gelo que escoltavam solenemente um barco, com um mocho das neves entalhado na madeira branca, que flutuava candidamente no ar, avançando lentamente.

Dentro dele, envolta em sedas e flores, estava Yaa, a Mãe de Todas as Fadas. Era como se apenas tivesse fechado os olhos, adormecida. O semblante sereno transmitia paz e tranquilidade e em nada demonstrava os meses de luta e sofrimento que passara, combatendo a doença silenciosa e traiçoeira que tirara sua vida.

O cortejo era gigantesco. O rei, com a ajuda da própria Yaa, conseguira chamar os filhos e as filhas dela quando a Mãe de Todas as Fadas ainda tinha forças. Um chamado mágico, o seu último. Muitos vieram de terras distantes, de outros reinos e outros mundos. Incluindo Laryssa, a princesa de Agas'B, que conseguira a suspensão de sua pena junto à Ordem dos Senhores de Castelo.

Os olhos da princesa observavam seus inúmeros irmãos e irmãs, todos com características diversas, mas aparentes em magia. No ar, voando como vaga-lumes, fadas do tamanho de uma mão, com asas e orelhas pontudas. Algumas acompanhavam de perto mulheres com cabelos finos, delicados, em uma miríade de cores exuberantes, vestidas com tecidos brilhantes. Havia também homens de rosto nobre, belos, apesar de pesarosos. Outros eram fortes, atléticos, e tinham olhos coloridos e mágicos, que se destacavam pela beleza e sabedoria.

O céu ganhara um tom melancólico, e o sol empalidecido descia vagarosamente no horizonte. O vento frio era como um lembrete da alma gentil que partira, fazendo olhos marejados se apertarem, deixando cair lágrimas que tentavam, em vão, não se libertar.

O caminho era belo, com cerejeiras carregadas de frutos vermelhos, grama coberta de neve e árvores que pareciam se curvar em respeito, à medida que o barco passava.

A procissão chegou à beira do largo rio Geora com o sol já se escondendo por trás dos cumes montanhosos onde ficava o castelo do Reino de Gelo. Fracos raios amarelos se misturavam a tons avermelhados no céu azul de Agas'B.

À frente de todos flutuava uma jovem ninfa de cabelos longos e asas coloridas. Com seus dedos finos e graciosos, segurava uma tocha de chamas brancas. Ao chegar à beira do rio, ela se virou para a multidão. Seu semblante estava carregado de pesar.

A música e o balé cessaram e todos fizeram silêncio.

Com um gesto suave, a fada conduziu o barco a entrar nas águas tranquilas, depositando a tocha delicadamente sobre o esquife. A multidão que formava o cortejo a seguiu, colocando suas velas com chama cor de neve sobre a superfície da água, como pequenas embarcações luminosas. Peixes multicoloridos surgiram, conduzindo as velas atrás do barco deslizante.

https://goo.gl/QXh9FN

O barco flutuou silencioso em direção ao horizonte, sendo tomado pouco a pouco pelas chamas brancas, enquanto a bela fada iniciou um canto solitário, em uma língua estranha e musical.

Para Laryssa, era como se sua mente soubesse o significado, mas sua consciência, não. Sem notar, começou a repetir as palavras, assim como todos os outros. As vozes se juntaram, em uníssono, tornando-se uma canção de despedida.

Enquanto o barco prosseguia em seu caminho, um único mocho das neves surgiu nos céus, planando sobre a embarcação como se a alma da Mãe de Todas as Fadas estivesse ali, acompanhando suavemente o barco coberto de chamas. Piando saudosamente, o pássaro mudou seu voo, voltando até a beira da praia e sobrevoando a multidão. Por onde passava, flocos de neve surgiam, bailando no ar e cobrindo a todos, como um último abraço de Yaa, uma última benção, um último adeus.

O mocho voltou para o barco no momento em que o sol acabava de se esconder atrás das montanhas, mesclando seu último brilho fugaz ao clarão das chamas do barco. A luz aumentou, transbordando cores e brilhos tão intensos e resplandecentes que forçaram todos a proteger os olhos.

Ainda assim, a canção continuou. Laryssa, mesmo de olhos fechados, cantou com paixão e dedicação, sentindo o coração transbordar em uma alegria inesperada, invadida pela paz transmitida por aquela luz.

Aos poucos, a canção se encerrou e o brilho diminuiu.

Quando Laryssa abriu os olhos, foi tomada pela surpresa. No local onde o barco estivera, havia uma ilha de cristais delicados e graciosos. E, no topo, uma árvore de tronco e galhos brancos, com folhas translúcidas que agora captavam a luz das estrelas, brilhando em plena noite que chegara e refletindo sobre a superfície, tornando a ilha multicolorida como os Mares Boreais.

Apesar de triste, Laryssa sentiu que sua mãe estava em paz.

Larys abraçou a filha.

— Assim Yaa, Mãe de Todas as Fadas e Rainha do Castelo de Gelo, deixa a vida.

Laryssa enxugou o rosto.

— Deixa a vida para se tornar uma lenda — proferiu, com um sorriso em meio às lágrimas. — Espero que um dia nos reencontremos!

O Início do Caminho

O caminho de volta foi silencioso. Nem mesmo o bater de asas das fadas era ouvido. Cada um dos filhos e amigos de Yaa lidava com o luto à sua própria maneira.

— Você decidiu se ficará ao meu lado representando Agas'B durante a coroação de Livina ou se ao lado de sua irmã, representando o Reino de Gelo? — perguntou o rei, após um longo silêncio, referindo-se à fada que carregara a tocha e iniciara a canção de despedida.

— Decidi, sim — Laryssa respondeu. — Nesses últimos meses em que convivemos, a Livina ganhou meu respeito e amizade. E ela cuidou tão bem da mamãe que acho justo dar meu apoio a ela. Você não se importa, não é?

— Muito pelo contrário — Larys concordou. — Fico feliz por essa sua decisão. Realmente ela é uma grande mulher e merece todo o nosso apoio para ser uma excelente rainha.

Laryssa envolveu o braço do pai, acompanhando seus passos, e se aproximou, para evitar que alguém a escutasse.

— Sinceramente eu achei que Fileas Trulas poderia ser um rei mais preparado, já que é mais velho. — Apontou discretamente para um dos seus irmãos, um senhor de cabelos azuis compridos e olhos grandes, esverdeados, cujo sorriso parecia hipnotizar as pessoas.

Larys sorriu.

— Pelo visto você não sabe, mas a Livina nasceu há mais de dois mil anos e foi escolhida pela sua mãe como sucessora muito antes de eu, você ou o próprio Fileas nascermos.

A princesa ficou espantada, acompanhando com os olhos a fada que seguia o caminho perto dela.

— Ela parece tão... jovem!

— Mas é mais experiente que a maioria dos seres vivos desta terra. Tenho fé que o Reino de Gelo terá como líder uma rainha justa, honrada e de nobre caráter.

Laryssa suspirou profundamente.

— Não sei se ainda acredito em honra e nobreza de caráter.

— Você está falando isso por causa *deles*?

Ela assentiu.

— Os dois deveriam estar aqui — murmurou. — A mamãe os tinha no coração e eles não vieram. Ao menos *ele* tinha que estar aqui pelo... pelo que aconteceu entre nós... — Suspirou novamente. — Nos últimos dias dela, sua mente estava confusa por causa da doença. Ela sempre perguntava se estávamos tratando bem os *hóspedes que salvaram sua filhinha*. Falava como se eles estivessem ali, com a gente. — A voz se tornou áspera e rancorosa. — Mas eles não se deram o trabalho nem de responder às minhas mensagens!

Ele coçou a barba, perguntando-se o que teria feito Kullat e Thagir nem sequer responderem às diversas mensagens que a filha e ele mesmo tinham enviado.

— Talvez eles não pudessem vir — Larys tentou apaziguar, com a diplomacia dos reis. — A situação da Ordem é delicada. Nem os Senhores de Castelo que nos ajudavam em Agas'B puderam permanecer aqui. São tempos difíceis, filha, e nem sempre fazemos o que queremos, mas o que é necessário.

Ela bufou, com raiva. Larys apenas apertou os olhos com os dedos verdes, cansado. Conhecia bem a filha para saber que discutir agora seria perda de tempo.

— A coroação será amanhã cedo — ele disse, tentando retomar o assunto. — Vamos voltar para o castelo e descansar um pouco.

— Prefiro ficar em uma pensão esta noite. Não quero ir ao Reino de Gelo agora. As lembranças da mamãe são muito fortes lá — declarou Laryssa. Após caminharem mais um pouco em silêncio, ela acrescentou: — Vou partir logo depois da coroação.

— Assim tão rápido? Não pode esperar um pouco mais para voltar a Ev've?

— Não, pai. Não vou voltar para a Academia. — Baixou a cabeça. — Minha vida de castelar acabou. Não há mais nada lá para mim.

O rosto do rei se transformou em um misto de espanto e alegria.

— Então você virá comigo? — perguntou, esperançoso. — Poderemos retomar seus passos como futura rainha de Agas'B!

Ela parou a caminhada, chegou mais perto dele e tocou sua face.

— Não, pai. Tenho que fazer algo antes.

— Você não vai...

Ela o interrompeu.

— Eu preciso! — afirmou, com seriedade.

— Mas ele sequestrou uma nave! Não tem nada que você possa fazer para ajudá-lo.

— A culpa de ele estar preso é minha. Eu preciso consertar o que fiz.

— Então eu vou com você! — sentenciou Larys.

Ela sorriu e o abraçou, com força e carinho.

— Você tem um reino para cuidar. E eu preciso seguir nesse caminho sozinha.

O rei baixou os olhos, triste. Apesar de seu coração de pai não querer deixar a filha partir, ele sabia que era preciso.

— Não se preocupe — disse ela, ainda abraçada ao pai. — Eu vou ficar bem.

— Vai sim, eu sei que vai — ele mentiu, sentindo no fundo do coração que aquela poderia ser uma das últimas vezes que abraçava a filha.

O Curso do Tempo

O tempo continuava seu curso, inabalável e infinito.

Pelos quatro quadrantes, portos e espaço-portos viviam abarrotados de imigrantes, fugindo de seus reinos em busca de segurança, em um Multiverso mais cruel e perverso. Sortudos por ainda conseguirem escapar, esquecidos dos abandonados em meio às guerras, escondidos entre soldados que tentavam de tudo para sobreviver. E sobreviver estava sendo uma tarefa difícil, principalmente para os Senhores de Castelo.

Em Ev've, que recebia inúmeros desses refugiados, o Muro dos Registros piscava luzes de luto, de franco pesar de guerrins e castelares que viam nomes de amigos, irmãos e mestres extinguirem-se na rocha mágica.

Fosse no interespaço ou nos turbulentos Mares Boreais, a Ordem resistia, talvez mais soturna e impotente, com missões dadas e nem sempre cumpridas, com Anciões em debates e fileiras diminutas.

A liberdade tem seu preço, e esse preço é sempre muito alto.

Indiferente ao caos que o Multiverso se tornara, o tempo continuava a seguir seu curso, inabalável e infinito.

TRUNFO

República Planetária Sartorell

Havia a gravidade, que mantinha o infinito cosmo coeso em um balé interplanetário elegante. Havia a ondulação dos Mares Boreais entre as frestas da existência e o ressoar das frequências cósmicas em sua eterna cadência firme, como se conjuradas pela mão de um maestro. E havia o silêncio.

Aquele silêncio já conhecido, desdenhoso. Uma ausência que fazia o velho coração de Volgo pulsar, batendo com tanta raiva que o sangue fugia pelas artérias como uma criança foge de um monstro invisível, mas que ela sente respirando, esgueirando-se e aproximando-se a cada passo.

Volgo sentia o silêncio zombar dele, deixando na boca um sabor azedo de fracasso e impotência. As tatuagens queimavam-lhe a pele, em um braseiro de ódio. Seu corpo doía, protestando contra as horas que permanecera no chão duro da cabine, transpirando em poros já esgotados.

Uma vez mais o silêncio se fez ouvir.

O mago explodiu de raiva em um brilho avermelhado. Os móveis voaram, quebrando ao se chocarem contra as paredes da cabine. A madeira abaixo dele ficou chamuscada, e o vidro das janelas trincou.

— Maldição! — gritou, ofegante.

Esgotado, o feiticeiro permaneceu no chão, com as mãos no rosto, arfando, absorto em raiva e frustração.

O tempo passava, sem nenhuma pista. Os caçadores e seus espiões continuavam a trazer respostas vazias, desculpas e negativas. O cavaleiro e seu amigo pistoleiro simplesmente haviam desaparecido, como se tivessem deixado de existir.

Um som surgiu em sua mente, um tilintar metálico que o tirou de suas conjecturas. Sentou-se e ergueu a mão, desenhando um arco no ar. Uma chama violeta surgiu.

— Gabian? — Volgo questionou, ao ver o rosto gordo e malcuidado do homem. — O que foi desta vez?

— Lorang. — O homem fez um cumprimento. — Trago boas notícias.

— Por sua vida — Volgo resmungou —, espero que sejam mesmo boas.

— Sim, senhor. — Gabian se encolheu diante da ameaça. — Os últimos diagnósticos mostraram uma grande evolução e temos alguns deles já prontos, senhor.

— Finalmente! — Volgo fechou o punho.

— Sim, Lorang. — A voz de Gabian era cautelosa. — Na medida do possível...

— Explique-se!

— Senhor, quando começamos isso, sempre pensamos em linhas de código genético, em sistemas de comando. Sim, não, talvez. Ordens e contraordens. — Gabian coçou a bochecha marcada com um X. — Mas, exceto daquela vez, nunca conseguimos nenhuma resposta positiva.

"Aquela vez" se referia a Azio, o único caso de sucesso em décadas.

— Você está testando minha paciência — Volgo alertou, frio como gelo.

— Desculpe, senhor. — Gabian coçou a bochecha de novo, nervoso. — Mas agora alguns começaram a responder... Estão obedecendo, senhor!

— Obedecendo! — Volgo exclamou, em um misto de espanto e satisfação.

— Sim, Lorang. — Gabian hesitou. — Tentamos apagar toda a memória deles, conforme suas ordens, mas isso causou muitos problemas. Perdemos trinta cobaias ao longo dos anos. Viraram corpos vazios, ocos, sem nenhuma serventia. Então tivemos a ideia de suprimir as memórias em vez de apagá-las. — A confissão deixou o rosto de Gabian murcho.

Volgo identificou a armadilha que seu interlocutor relutava em revelar. Memórias suprimidas podem voltar, seja por um trauma, um feitiço ou até pela força de vontade das criaturas. Isso já acontecera antes.

— Quantos reagiram ao novo feitiço?

— Cerca de vinte estão totalmente sob controle. Outros quinze estão em fase de adaptação, mas logo poderemos contar com eles também.

— Trinta e cinco — Volgo murmurou. Era um número baixo, mas, se corretamente utilizado, poderia ser mais poderoso que muitos exércitos do Multiverso.

Talvez menos seja mais, afinal.

— Muito bem — declarou Volgo, satisfeito. — Usaremos esses.

— E os demais?

— Continue tentando.

— Sim, senhor. Mas, Lorang...

— Não se preocupe — Volgo interrompeu. — Seu pagamento será enviado. Diante do sorriso de Gabian, o feiticeiro fez um gesto no ar e a chama sumiu. Enfim seu trunfo estava pronto.

As peças se moviam no tabuleiro, avançando vagarosamente para o centro, mas ainda faltava a mais importante.

LIBERDADE PLENA

Planeta Ágnia

Nahra se espreguiçou, deixando o frescor da manhã acordá-la. Sentiu o doce aroma floral de marmim e nevandia. Sem se virar, passou a mão pelo lençol macio, ainda morno do corpo dele.

Com um sorriso, girou, afundando o nariz lupino no travesseiro a seu lado, sorvendo o perfume embriagante. Levara meses de busca pelo submundo, mas, graças à sua persuasão, persistência e principalmente àquele perfume de liberdade e confiança, ela o achara.

O tempo passara quase sem ela perceber. Havia tanto que o encontrara pela primeira vez em Kynis! Sua pele se arrepiou com a memória do segundo encontro. Ele a recebera com um sorriso malicioso e olhos penetrantes, sem questionar nem julgar. E ela o aceitara da mesma forma, e ambos se uniram. Cada palavra era um poema e cada poema uma necessidade. E como a poesia dele a preenchia!

No pequeno criado-mudo, a bandeja de chá fresco e bolinhos eram um agrado bem-vindo, um mimo que ele lhe oferecia que não apenas alimentava o seu corpo, mas trazia felicidade ao seu espírito.

Depois de comer, Nahra se levantou, lavou o rosto e andou pela casa, nua, livre. Na cozinha, duas grandes sacolas abertas na mesa, uma xícara suja e algumas migalhas de pão denunciavam que seu amado já havia ido ao mercado e tomado o desjejum. A porta de luz estava desativada e um lindo dia de verão a convidava a sair e andar pelo jardim, passar pela piscina natural de água rosada e até colher uma fruta nas árvores mais altas da colina onde moravam. O sol refletia no casco metálico da nave que os trouxera até aquele planeta e que, em todo aquele tempo, servira de lar e, acima de tudo, de ninho de amor.

Nahra ergueu os braços, gemendo baixinho, empinando o busto e balançando a cauda em pura felicidade, sentindo a grama roxa sob seus pés.

Talbain surgiu em um brilho azul e, como a dona, se espreguiçou ao sol antes de se deitar na grama fofa. Aquela liberdade não tinha preço. Não conseguia imaginar que, não havia muito tempo, estava presa aos Senhores de Castelo e às suas regras de conduta, aquelas normas frias e cruéis que prendiam seu espírito em correntes invisíveis.

Uma lufada de ar remexeu seus cabelos e arrepiou sua pele. Talbain rosnou baixinho, mas continuou deitado. Mesmo sem vê-lo, ela sabia que era ele: o homem de pele morena, cabelos cacheados aos ombros e mãos repletas de cristais púrpuras.

— Peguei — disse a voz, o hálito quente massageando-lhe o ouvido, as mãos pousando-lhe nos ombros, em um toque excitante. — Agora você é minha.

— Só agora? — Ela se virou, passando os braços pelo seu pescoço e encarando os olhos castanhos.

Ele vestia uma calça escura e usava botas curtas. A camisa estava aberta e ela acariciou o peito moreno e forte, sentindo o coração dele bater em um ritmo calmo, mas poderoso. Beijaram-se longamente. O sabor do cheiro dele era doce e instigante, como sonhos, liberdade e poesia.

Entraram na nave, seguidos por Talbain.

— Onde você foi? Não devia deixar uma dama sozinha. — Ela se sentou ao lado da mesa, acariciando as pernas.

— Talbain não cuidou de você? — ele respondeu, brincando, afagando a cabeçorra do animal. — Lobo mau!

Talbain piscou os grandes olhos lupinos, rosnou baixinho em aprovação e se deitou aos pés dele, olhando para o jardim.

— Eu quis conferir se os sensores estavam ligados. Também fui ao mercado central mais cedo. — Willroch apontou para as sacolas. — Encontrei uma ótima oferta de vinho. Ah! E consegui mais três daqueles manjubartes.

— Que delícia! — Nahra exclamou, empolgada.

Fora o primeiro peixe que ele lhe preparou, na noite em que ela chegou. Desde então, os manjubartes se tornaram um símbolo de confiança e amor entre eles.

— Vou cozinhá-los à noite, então. — Ela balançou a cauda, animada. — Tive uma ideia para uma nova receita.

— Não vejo a hora de experimentar — ele disse, igualmente empolgado.

— O que mais você trouxe? Por acaso conseguiu achar algumas trajas?

— Abra a sacola e descubra.

Nahra esfregou as mãos como uma criança prestes a abrir um presente novo. Olhou dentro da sacola e sorriu. Tirou de lá um fungo esbranquiçado, redondo como uma maçã, e o cheirou, com água na boca. Ótimo para fazer sobremesas gelatinosas, poderia ser cozido ou assado, mas Nahra gostava deles crus.

— Depois do almoço — ele disse, tirando a traja de suas mãos e guardando-a na sacola novamente.

Ela fez um biquinho de birra e ele a beijou novamente, com um riso infantil.

— Checou os sensores por nada?

— Nunca é por nada — ele respondeu, cortando dois pedaços de pão-fruta e lhe oferecendo. — Volgo me chamou hoje cedo.

Nahra lembrou que sempre que Volgo se comunicava com Willroch, uma chama violeta surgia no ar e o aspecto cadavérico do feiticeiro aparecia nas labaredas.

Quando isso ocorria, ela deixava Willroch sozinho na transmissão e o poeta lhe contava, quando necessário, o desfecho da reunião.

Da primeira vez que viu aquilo, chegou a pensar em desistir do seu amor por Willroch, pois sentia como se estivesse traindo os Senhores de Castelo. Mas seus sentimentos foram mais fortes e, com o tempo, ela aceitou seu papel como amante, e não mais como guerreira. Ela estava livre de responsabilidades e deveres, e isso a transformara em uma pessoa que aceita a vida como ela é, em vez de lutar com todas as forças por algo em que nem sequer acreditava.

— Não vi nada — disse ela, dando de ombros.

— Você estava cansada. — Ele sorriu maliciosamente. — Sua noite foi agitada.

— Como todas as outras — ela respondeu, com a mesma malícia. — Mas o que ele queria desta vez?

— O de sempre. Saber se estávamos prontos. — Tirou a camisa, para a alegria dela, e limpou as mãos em um pano. Os cristais incrustados na pele morena pulsavam em um ritmo harmonioso, suave como o bater de um coração tranquilo. — Mas também estava mais seco que o normal.

— Como se isso fosse possível. — Ela fingiu desagrado.

Willroch se serviu de vinho e, depois de um gole, passou o copo para Nahra.

— Não sei o que era. Mas ele parecia muito mais irritado. E disse que, a partir de agora, a Execução Aurora pode vir a qualquer momento.

Essa era a parte ruim no paraíso de Nahra. A lupina não gostava de participar dos planos daquele que considerava inimigo, pouco tempo atrás. Mas era o preço que tinha de pagar, como parte do acordo para estar com Willroch.

Ela sabia que nada duraria para sempre, mas Volgo prometera que não os incomodaria até que a Execução Aurora fosse comandada e, uma vez feito o serviço, os dois poderiam viver o resto da vida em paz.

Antes de conhecê-la, Willroch tinha por objetivo apenas ter poder e reconhecimento. Mas ele não era mais aquele estranho que a beijara pela primeira vez nas florestas de Kynis, que chicoteara seu lobo e a prendera com doces palavras. Estava mais maduro e, principalmente, em paz. A poesia de sua mente refletia na postura carinhosa, amável e sensual de suas ações. Não fora uma mudança repentina. Aos poucos, os dois foram se entendendo e, com o tempo, tanto ela quanto ele se adaptaram um ao outro, cada um cedendo um tanto, cada um renunciando ao seu passado, em nome de uma história nova que escreveriam juntos.

Ele acabou se apaixonando e, desejoso de viver sua vida com ela, sem guerras ou complôs, barganhou com Volgo.

Aceitar o que foi proposto lhes tirou muitas noites de sono, mas a promessa de liberdade para ela e Willroch permitiu-lhes vislumbrar um futuro no qual crimes passados não mais importariam. E estar com Willroch em Ágnia estava sendo como viver em um verdadeiro paraíso.

Sem guerras ou disputas por poder, o mundo pacífico abrigava seres extraordinários, uma comunidade cheia de magia e quase nenhum preconceito.

Ela sentiria saudades de tudo ali. Mas isso seria o futuro, e Nahra estava decidida a viver o presente. Queria aproveitar cada momento com seu companheiro.

Almoçaram juntos, com Talbain recebendo um belo osso para roer. Depois do almoço, Willroch foi verificar a nave, andando ao redor dela, passando pelo jardim natural que a cercava. Uma vez por dia, ele a checava e testava os protocolos de segurança. Verificava também o estoque de mantimentos e os demais preparativos para a inevitável viagem que fariam.

Quando ele voltou, Nahra lambia os dedos lambuzados de traja. Ela sorriu como uma criança pega em flagrante.

— Está maravilhosa — disse, dando outra mordida no fungo. — Quando sairmos daqui, levarei um monte delas como reserva. E alguns manjubartes também.

Willroch chegou mais perto e, apertando o corpo contra o dela, sussurrou em seu ouvido:

— O que você quiser, minha lobinha.

A cauda dela estremeceu de prazer.

A fruta caiu de sua mão e, antes mesmo de atingir o chão da nave, os lábios e língua dos dois amantes já dançavam juntos.

O ar cheirava a flores e volúpia. O amor foi forte e alucinante, cadenciado como um poema, maravilhoso como a liberdade plena.

Tentativas Frustradas

Planeta Oririn — Reino de Kullawat

Em um cesto, os restos mortais de um guerreiro repousavam enquanto Tuphan murmurava uma sinistra canção, evocando antigos espíritos, tilintando os ossos em movimentos lentos.

A mão chacoalhava um penduricalho de ossos brancos, unidos por um fio de tripa e adornado com pequenas penas coloridas. Uma fumaça esverdeada envolvia o rosto velho e coberto de pinturas de guerra, glórias passadas da tribo, bailando diante dos olhos revirados. Na testa enrugada, o suor se mesclava ao cheiro forte de ervas e raízes que queimavam no pote barroso à sua frente. O fogo aquecia a tenda, impedindo o frio das planícies de entrar.

Se o xamã encontrasse a morte hoje, estaria purificado perante o espírito de seu irmão de guerra.

Aquele contrato fora um erro. Não devia ter aceitado, mas como dizer não ao *senob*? Como negar o pedido do poderoso Sombra Branca? Sua tribo seria envergonhada, ou pior, dizimada pelo homem-deus e sua fúria rubra.

Concentrou-se na marca em sua nuca, absorto em fumaça e medo. A marca brilhou, criando uma dor corrente em sua espinha, já arcada pelos inúmeros anos de vida.

A imagem de Volgo surgiu diante dele, envolta em uma esfera esfumaçada lilás.

— Tuphan. — A voz do homem esquelético era amarga e o velho xamã tinha certeza de que ouvia a voz de um demônio antigo, devorador de almas.

— *Senob!* — A resposta saiu entre lábios murchos e trêmulos.

— Espero que tenha me invocado porque encontrou algo.

— Não, não encontramos ninguém. Nem mesmo as dragoas. O castelo de Kullat está vazio! Ninguém de sua família e nenhum dos seus conhecidos foi visto, e não há pistas para seguirmos. É como se todos tivessem sumido, *senob*.

Volgo cerrou os dentes e sua imagem tremeu violentamente.

Tuphan orou em silêncio.

Volgo já tinha dado fim a Cabal pelo fracasso em Newho. Infelizmente para o caçador, raptar alguém da família de Thagir se mostrou um desafio acima das capacidades de seu clã.

Tuphan esperou a imagem voltar e sentiu sua vontade fraquejar quando Volgo o encarou.

— Eu avisei que não aceitaria outra falha. — Os olhos se tornaram dois sóis.

— *Senob...* — O xamã não terminou a frase.

O símbolo na nuca do velho xamã ardeu mais uma vez e uma onda de dor percorreu seu corpo, como se fossem cravadas agulhas em seus ossos. Algo lhe apertou o peito, tirando o ar de seus pulmões e criando um silêncio surdo em seus ouvidos. As mãos enrugadas largaram o chocalho, trêmulas como bandeiras ao vento.

Tudo virou escuridão, e Tuphan rogou silenciosamente aos deuses primevos que recebessem sua alma na tribo celestial.

Torneio do Submundo

Província Lunar Thonas — Cidade de Mor'Kom

O quarto era pequeno, com apenas uma cama metálica e um armário espelhado, mas era o suficiente para Kullat ter privacidade e poder ficar sem o sufocante capacete prateado.

Odiava fingir ser outra pessoa, mas era necessário para manter sua segurança. Ainda mais ali, no coração do antro mais perigoso de todo o Multiverso, onde foras da lei dos quatro quadrantes se reuniam para lutar no Torneio de Gladiadores de Thonas.

Uma voz sintética, vinda do espelho, deu o alerta automático:

— *Aviso. A luta 1 da semifinal começará em quarenta e cinco plunis. O competidor que não estiver presente será desclassificado.*

Com um suspiro de desgosto, Kullat levantou-se e colocou o capacete, conectando-o à gola da estrutura metálica que revestia seu tórax e pescoço. Um zumbido fraco indicou que o equipamento estava ligado. Sensores surgiram diante de seus olhos, apontando carga máxima.

Kylliat fizera um ótimo trabalho ajustando as placas do peito às proteções dos braços e às pesadas luvas. Além de esconder as Manoplas de Jord, o irmão conseguira repassar a energia gerada em seu corpo para o restante da couraça de combate, permitindo que usasse seus poderes sem denunciar sua identidade.

Pegou o cinto e verificou as granadas antes de apertá-lo na cintura. Por último, ajustou as enormes botas de metal, que se ligavam ao restante da couraça por canos e fios.

Olhou para o espelho e viu no reflexo um homem com aspecto bruto, vestindo um velho equipamento de combate desgastado, pintado com tinta branca e laranja desbotada. Não reconheceu nenhum traço de Kullat, o Senhor de Castelo. Agora ele era Geist, mais um lutador que sonhava com riqueza e reconhecimento.

Suspirou profundamente, aproveitando um último instante de tranquilidade antes do próximo combate.

— Abrir porta! — comandou, com uma voz sufocada e distorcida pelo capacete.

A porta deslizou para cima e a tranquilidade deixou de existir. A parede inteira do outro lado do corredor brilhava, com hologramas e sons vibrantes.

Sem dar atenção, saiu do quarto, passando por corredores cujas paredes projetavam imagens de lutas passadas e anúncios dos próximos dois combates do campeonato. Passou pelo saguão de apostas e chegou à grande praça de alimentação, onde centenas de lutadores e espectadores assistiam às lutas enquanto comiam, fazendo algazarra a cada golpe ou comentário, tornando fácil para ele se misturar à multidão.

Mesmo assim, diante dos chafarizes de luz e hologramas indicando os horários das lutas e os preços das refeições, Rag Hit, um homem alto, envolto em um capote surrado, observava seus movimentos. Usava uma máscara negra gasta, toda marcada, com uma expressão triste pintada sobre ela. Um velho chapéu cobria a cabeça raspada, e um par de lentes escuras escondia seus olhos, que seguiam sorrateiramente os passos de Geist.

Ao passar na frente de um bar, Geist foi interceptado por uma multidão de fãs. Alguns o abraçaram, outros usavam cópias de seu capacete, oferecendo bebidas enquanto gritavam palavras de apoio e motivação.

— Venha — disse um dos fãs. — Vai passar a reprise da sua última luta. Venha! Venha!

Nos visores holográficos espalhados pelo bar, a narradora de voz clara e emocionada deu as boas-vindas aos dois combatentes das quartas de final. Em um lado da arena repleta de ruínas surgiu Geist, um mercenário sem reino. Do outro lado, AH-178, um androide militar de um mundo bélico. Ao alto, duas enormes esferas azuis flutuavam, medindo a energia de combate de cada lutador. Outra esfera, vermelha, flutuava ao centro.

— Atenção! É agora — berrou um fã, fazendo o bar ficar em silêncio.

Mal a bela mestre de cerimônias terminou seu discurso, a esfera vermelha estourou, indicando o início da luta. Geist permaneceu imóvel, de guarda baixa, como fizera em todos os seus combates anteriores. Levando o braço para trás, AH-178 golpeou ao mesmo tempo em que os pistões em suas pernas robóticas lançaram seu pesado corpo contra Geist. O punho e o corpo do androide, transformados em um aríete de metal, chocaram-se contra o capacete de Geist com uma força descomunal.

Estilhaços de metal voaram pela arena, para delírio da multidão. A esfera de AH-178 piscou em vermelho e foi reduzida pela metade. O androide fez um zumbido de dúvida ao ver o braço esmigalhado, com óleo amarelo escorrendo pelo metal retorcido e pelas faíscas que saíam dos fios pendurados. Seu dono gritava desesperado na arquibancada, vendo sua máquina de guerra ser reduzida a frangalhos.

Geist permanecia imóvel, como se não tivesse sido sequer tocado.

AH-178 girou o corpo, na tentativa de acertar as pernas de Geist, mas o mercenário se esquivou, fazendo um arco no ar e desferindo um chute eletrificado diretamente no peito do adversário, lançando o corpo metálico contra uma parede em ruínas. A esfera de marcação da energia de AH-178 foi reduzida a quase nada, piscando de maneira intermitente.

Com movimentos espasmódicos, o ser robótico se debatia. A multidão delirante gritava o nome de Geist. O dono de AH-178 chorava. Geist deu as costas para o adversário, dirigindo-se à saída. Mas, antes de sair, pegou uma rocha do tamanho de um punho e, com um movimento rápido, atirou-a contra a base da parede de onde AH-178 ainda lutava para sair. A parede ruiu sobre ele, zerando definitivamente sua energia e dando a vitória a Geist. O lutador saiu tranquilamente da arena, ao som ensandecido da multidão.

A reprise da luta do dia anterior havia acabado, mas a festa continuava no bar. Uma tabela surgiu, indicando que a luta de Geist era a próxima.

Ele acenou para todos os fãs, agradecendo o apoio, e, com passos firmes, saiu do bar rumo à arena, sob gritos histéricos.

Dois guardas o guiaram até uma antessala na entrada do campo de batalha, onde esperou os últimos plunis antes da próxima luta.

Aproveitou o pouco tempo para se concentrar. Havia representado bem seu papel até aquele momento, mas não podia se descuidar. Precisava vencer esta e a próxima luta para se tornar campeão. Do resultado delas dependiam sua missão e a segurança de todo o Multiverso.

Meditou em silêncio, respirando pausadamente.

Ficou imóvel, até sentir um toque no ombro.

— Quando ouvir seu nome, ande até o centro — disse o guarda, repetindo a mesma orientação desde a primeira luta. Com um sorriso, complementou: — Apostei em você. Boa sorte!

Em uma plataforma flutuante no centro da arena, a mestre de cerimônias Shay'iana sorriu e abriu os braços, saudando a multidão que gritava e agitava bandeiras e cartazes. A cabeleira colorida, os lábios de purpurina e a voz cristalina já eram marca registrada da melhor mestre de cerimônias do torneio. Conseguia incendiar o mais pacato público com palavras e gestos, alavancando as apostas do mais incrédulo combatente.

— E agora — continuou ela, após um discurso inflamado sobre o torneio e os combatentes que haviam chegado até ali — o comitê tem a honra de apresentar mais uma luta pelo título de campeão de Thonas. — A voz límpida da bela mulher ecoou pelas arquibancadas lotadas. — Deste lado, vindo de Nisistaic, temos o esmagador de mentes, XYYYYYMOOOOOT!

A multidão gritou, delirante.

No lado oposto, surgiu seu adversário. Um ser de corpo pequeno, achatado pela enorme cabeça. Quadrada no topo, recheada de veias saltadas e com bolhas transparentes nas têmporas. Estava *sentado* no ar, com as pernas cruzadas, e o encarava com grandes olhos amarelos. Geist sentiu uma pontada na testa. Seu adversário não perdera tempo e o atacava sutilmente, antes mesmo de a luta começar.

— Deste outro lado — a mestre de cerimônias esperou enquanto a multidão gritava e aplaudia —, vindo das paragens de Tannhäuser, eu lhes apresento o indestrutível... GEEEEEISSSST!

Os gritos ecoaram por toda a arena. Geist deu um passo à frente, sendo aclamado com gritos de "campeão" pela multidão em polvorosa.

A pressão em sua cabeça aumentava conforme andava até o centro da arena. Duas esferas surgiram no alto, indicando o nível de energia de cada lutador.

— Vocês já conhecem as regras, queridos. — As palavras da mestre de cerimônias pareciam profundas, vindas de longe. — Regra número um: vence o melhor. Perdeu, está desclassificado. Regra número dois: se matar ou lesionar permanentemente um combatente, terá o mesmo destino que ele. Regra número três: se acabar a energia da sua esfera de medição, está fora. Mesmo que ainda tenha condições de lutar. Estão prontos?

Ambos assentiram. Ela sorriu e abriu os braços, desaparecendo em um feixe de luz.

— Lutem!

Mal a ordem foi dada e Geist foi empurrado violentamente para trás, batendo contra um tronco seco. Pela primeira vez no campeonato, fora ao chão, sem que Xymot houvesse sequer se movido. Sua esfera de medição reduzira pouco, mas piscava de maneira intermitente, desgastando-se devagar por causa do pior golpe de seu adversário: o ataque psíquico. A pressão em seu crânio aumentou drasticamente e a dor nublou seus olhos.

Com esforço, apertou um botão na luva metálica e dois pequenos projéteis voaram em direção a Xymot. O telecinético sorriu ao paralisar os mísseis no ar, mas seu sorriso murchou quando eles explodiram à sua frente. Tática aprendida com Thagir: sempre surpreenda seu inimigo. A esfera de energia de Xymot diminuiu um pouco e ele cambaleou.

Geist arfava. A pressão na cabeça havia estabilizado, mas seu nariz sangrava e ele tinha dificuldade de respirar. Tossiu algumas vezes e se levantou, sob o som ensurdecedor da multidão agitada nas arquibancadas.

Um novo ataque de Xymot ergueu duas grandes pedras pontiagudas. Ele as atirou contra Geist, que, com seus punhos brilhantes, as destruiu com dois golpes, lançando detritos de volta contra o adversário.

Geist fez menção de atacar, mas o telecinético forçou novamente a pressão em sua cabeça. Curvando-se de dor, tirou do cinto uma granada de som. Mal conseguia ver o botão para acioná-la. Sua mão tremia incontrolavelmente.

As bolhas na cabeçorra de Xymot pulsavam enquanto ele incapacitava seu adversário.

A esfera de medição de Geist diminuía rapidamente, piscando em vermelho.

Gritando de dor, apertou o botão e lançou a granada.

Um estrondo ensurdecedor, seguido de uma onda de choque, fez a multidão tombar para trás.

A esfera de Xymot estava pela metade, mas a luta acabara. O telecinético estava desacordado no meio da arena.

Geist se levantou, zonzo de dor, sendo saudado pela multidão como vencedor. Ainda sob gritos e aplausos, voltou ao quarto, banhou-se e desabou na cama, com a cabeça dolorida.

A voz sintética saiu do espelho do armário, em um novo alerta:

— *Aviso. A luta 2 da semifinal está começando.*

— Ligar transmissão! — ordenou Kullat, ajeitando-se na cama.

A parede do quarto se encheu de imagens, mostrando na tela os próximos dois competidores.

De um lado, Tamyra, uma mulher jovem, de cabelos negros presos em um rabo de cavalo. Mexia as mãos, arrumando as luvas com garras retráteis. Pelo corpo, vários coldres completavam seu armamento. Nos pés, botas de flutuação permitiam que *corresse* livremente pelo ar. Suas habilidades de luta corporal, unidas a seu poder de empatia, eram temidas e respeitadas pelos demais lutadores.

Do outro lado, Rag Hit tirava seu chapéu, deixando à mostra a cabeça raspada. Tirou o capote surrado e flexionou os braços musculosos, repletos de tatuagens horripilantes. Tamyra encarou a máscara gasta, uma face negra pintada e entristecida, marcada por lutas, com vidros escuros no lugar dos olhos.

Ele deu um passo à frente e fechou os punhos ameaçadoramente, mostrando quatro anéis nos dedos. Cada um de uma cor — azul, laranja, negro e prata —, cada qual com uma runa diferente das demais.

No dia seguinte Kullat enfrentaria o ganhador daquela luta. Ele sabia que tinha feito sua parte ao chegar à final do campeonato, mas o sucesso ainda não era garantido. Ainda havia um combate a ser travado, e o fracasso não era uma opção.

Fechou os olhos, rezando para Khrommer, pedindo forças para conseguir sair ileso daquele antro e, principalmente, para vencer o embate final.

Um Duelo Há Muito Esperado

Chegado o grande dia, as bolsas de apostas estavam lotadas. O público se espremia para pegar suas cartelas, em um empurra-empurra frenético antes do combate. Pela primeira vez, dois novatos haviam chegado à grande final e o público estava dividido entre o mercenário Geist e Rag Hit, o homem tatuado de máscara negra.

A arena dessa vez fora construída especialmente para a grande final. Um enorme círculo feito de pedras douradas e repleto de paredes suspensas que zanzavam no ar. Nas arquibancadas, milhares de pessoas esperavam, ansiosas, agitando suas bandeiras e seus tíquetes de apostas.

Geist esperava no túnel de acesso, remexendo os braços e verificando o cinto, ainda com uma granada sônica, e as botas. Concentrou-se, deixando a energia fluir para a armadura, e tentou relaxar.

— Chegamos ao grande momento. — A voz da mestre de cerimônias era cristalina e cativante. — O Torneio de Gladiadores de Thonas, conforme diz a tradição marcial, tem como principal objetivo o combate em sua forma mais refinada.

A multidão aplaudiu. Geist sorriu dentro do capacete. Não era bem isso que via, mas sim psicopatas e assassinos que lutavam não por esporte, mas por dinheiro.

— Ao vencedor será dada a oportunidade única de ganhar uma fortuna em prêmios e ter seu nome imortalizado no Espelho de Thonas. O Espelho dos Campeões!

Outro urro da multidão e outro sorriso de Geist. Não por causa da ovação da plateia, mas pelo que a mestre de cerimônias não dissera. Para ele, o verdadeiro prêmio não era o tesouro; eram as raspas do espelho de quando as iniciais do nome do vencedor eram gravadas na pequena placa do minério mais raro de todo o Multiverso. Era por isso que estava ali, e aquelas simples raspas definiriam o futuro de todos.

A mestre de cerimônias continuou seu discurso:

— A luta final segue as mesmas regras das anteriores. Regra número um: vence o melhor. Perdeu, está desclassificado. Regra número dois: se matar ou lesionar permanentemente um combatente, terá o mesmo destino que ele. Regra número três: se acabar a energia da sua esfera de medição, está fora. Mesmo que ainda tenha condições de lutar.

A multidão se agitou ainda mais, gritando e fazendo tremular as bandeiras.

Um guarda indicou que Geist deveria seguir para a arena. Uma luz dourada o cegou por um instante quando adentrou o campo de batalha. Estreitou os olhos e piscou várias vezes até sua visão voltar. Dez passos à sua frente, estava um homem de chapéu, capote surrado e máscara.

— A escuridão o trouxe aqui — Shay'iana declarou, apontando para o homem de chapéu. — O primeiro novato a derrotar Doum, o antigo campeão. Eu lhes apresento... — Fez uma pausa proposital. — RAAAAG HIIIIIIT!

O homem não se mexeu, nem para saudar a multidão. Apenas retirou seu capote, movendo os braços. As tatuagens pareciam ganhar vida com seus movimentos, lançando terror no coração de quem fixava o olhar nelas. Jogou o chapéu no chão com displicência, passou as mãos pela cabeça raspada e fechou os punhos, exibindo ameaçadoramente seus quatro anéis enquanto se aproximava do centro da arena com passos firmes.

Depois de ser anunciado, Geist se aproximou, sendo ovacionado pela plateia.

Duas esferas, dessa vez douradas, surgiram brilhando no alto da arena quando Geist e Rag Hit se encararam. A multidão se agitou, entre gritos e gestos, ansiosa pelo início da luta que definiria o campeão.

— Preparados? Então... que a luta comece! — Shay'iana anunciou, desaparecendo em um sorriso.

Frenética, a plateia respondeu imediatamente ao comando. Mas os dois lutadores não se moveram, apenas se analisaram. Pouco a pouco, os espectadores começaram a se aquietar.

Rag Hit fez o primeiro movimento. Baixando a guarda e dando dois passos à frente, encarou Geist sem nenhuma proteção.

A multidão ficou ainda mais tensa, observando cada músculo, cada mínimo movimento.

— Estou vendo que trouxe o último Canto de Meermim — Rag Hit disse, com a voz abafada e distorcida, apontando para a granada no cinto de Geist. — Espera mesmo que seja de alguma ajuda contra mim?

Geist também desfez sua posição de combate e se aproximou, ficando a um passo do oponente.

— Pergunte a Xemot como foi útil — respondeu, desdenhoso.

Rag Hit deu de ombros, displicente.

— Esses "brinquedinhos" sempre são de alguma utilidade. Mas não se iluda, você não tem a menor chance hoje.

Geist sorriu dentro do capacete. Mesmo sem poder ver o rosto por trás da máscara negra de seu oponente, sentia que ele também estava sorrindo. O local era ideal para uma luta franca, sem intervenções. Era a oportunidade perfeita para um duelo há muito esperado.

— Eu sei que você é bom — respondeu Geist. — Mas realmente acha que consegue ganhar de mi...

Geist não teve chance de terminar a frase, e o punho de Rag Hit, zumbindo como um enxame, explodiu em seu peito em um choque branco-azulado. O ar saiu de seus pulmões com violência e ele foi lançado para trás com a força brutal do impacto.

Uma armadilha!, pensou, levantando-se, cambaleante. *Ele reduziu a distância para me pegar desprevenido!*

Ainda zonzo, viu o adversário socar um bloco de pedra flutuante, que brilhou em laranja e se desfez em pedaços de rochas faiscantes. Com suas luvas energizadas, criou uma barreira que impediu o avanço dos detritos, mas uma camada densa de poeira o cegou por um momento.

Mal conseguiu firmar os pés e Rag Hit já estava a seu lado, desferindo um chute poderoso que o levantou no ar, seguido de um direto de esquerda que explodiu em um tom laranja profundo bem no meio de sua barriga.

Mesmo com seu campo de força natural ativado, o golpe o atingiu com uma intensidade tão poderosa, que seu estômago gritou de dor.

Que força é essa?!, questionou-se, espantado.

https://goo.gl/GF46fT

Receoso, eletrificou suas luvas e lançou um golpe de baixo para cima, tentando atingir o queixo de Rag Hit. Porém, com um movimento calculado, o adversário desviou do golpe e, com uma cabeçada, acertou novamente seu estômago.

Zonzo e com o abdome dolorido, Geist tombou, rolando no chão.

Sem oferecer sequer um minuto de trégua, Rag Hit já estava em cima dele novamente, desferindo sucessivos golpes, sempre nos pontos frágeis de sua vestimenta.

A multidão delirava com a brutalidade do lutador de cabeça raspada.

A esfera dourada de Geist piscava freneticamente e já tinha menos da metade de energia.

Outro golpe poderoso rebentou em sua cabeça e seu capacete rachou, lançando sucessivos alertas ofuscantes. As placas peitorais já estavam em frangalhos, deixando os músculos expostos.

Encurralado, Geist precisava abrir ao menos um pequeno espaço para ter uma chance de contra-atacar o opositor.

Vendo Rag Hit se aproximar, com as mãos trêmulas, tirou a granada do cinto e preparou-se para lançá-la, esperando com isso ganhar alguns instantes para se recompor.

Mas a granada zumbiu e explodiu em sua mão, destruindo sua luva e fazendo seu corpo rodopiar no ar, através da onda sonora.

Com sangue nos ouvidos, ainda conseguiu estabilizar seu voo.

O eco da explosão deixou um ruído irritante em sua cabeça e a dor nublava sua visão. Mesmo grogue, pairou no ar, olhando para a arena abaixo. Esperava que a onda de choque também tivesse causado danos em seu adversário, revertendo, com isso, a luta a seu favor. Mas suas esperanças morreram ao ver Rag Hit de pé na arena. Ao seu redor, uma caixa de energia negra e brilhante, gerada pelo anel negro, o protegera do golpe.

— Eu disse que esses "brinquedinhos" são úteis — falou Rag Hit e, com um movimento da mão, transformou a caixa em uma corrente.

Com uma perícia incrível, girou a corrente e a lançou no ar. Geist tentou desviar, mas a corrente parecia ter vida própria e o seguiu em pleno voo, laçando seu pé e puxando-o para baixo.

Rag Hit o jogou no chão e saltou sobre ele, desferindo um chute certeiro, novamente no estômago.

A esfera dourada de Geist estava quase vazia, com um pequeno resquício de energia vermelha, piscando, intermitente.

Geist cerrou os dentes, tentando ignorar a dor. O zumbido foi substituído pelo som dos punhos de Rag Hit. Parecia que alguém batia um martelo em seu peito. Tentou contra-atacar, soltando energia pelas luvas, mas sua visão estava nublada, impedindo-o de saber onde seu adversário estava.

Sentiu um novo golpe explosivo, agora na testa, que lançou sua cabeça com força contra o solo frio da arena.

Sua esfera de energia se apagou e ele se deixou ficar caído, derrotado.

De Volta ao Lar

Cidade de Ashpool — Planeta Irata

Geist desceu da nave Vostok carregando apenas uma sacola velha de couro. O neon das placas e as faixas luminosas o fizeram piscar por alguns instantes, confuso diante de tanta informação.

Bem-vindos a Irata.
Horário local: 23 ciclos e 12 semis da noite.
Saídas nos acessos à direita. Conexões nos terminais β, Σ e Ω.

A voz mecânica o seguiu até a área de desembarque, desaparecendo quando ele entrou em uma cápsula no enorme tubo que ligava o espaço-porto ao solo do planeta.

Após a pequena *viagem* na plataforma gravitacional, já estava na rua, caminhando entre colossais edifícios de metal e janelas de vidro escuro, recobertos de enormes telões espalhados pela cidade, iluminando as ruas largas, repletas de vida, em um movimento pulsante de vida e luz.

O lutador entrou em um transporte automatizado, passou um cartão no leitor e relaxou um pouco no banco espumado.

— 2905, Sil0P41 — disse ao computador central, em um resmungo impaciente.

O aparelho levantou voo e acessou a via aérea central.

Recostou-se no banco, ansioso para tirar o capacete e respirar o ar estranhamente limpo de Ashpool, uma das maiores cidades do planeta, mas não o fez. Tentou se distrair vendo os demais aerocarros indo e vindo, em zumbidos de aceleração na pista principal.

Os enormes edifícios deram lugar a um grande conglomerado de bolhas ambientais, que mantinham a pureza do ar da cidade.

Geist desceu no endereço dado e voltou a caminhar. Passou pela membrana fina e entrou nas câmaras de esterilização. Um jato de vapor azulado nublou sua visão enquanto luzes escaneavam seu corpo. Após alguns instantes, a câmara se abriu e ele foi autorizado a prosseguir. Com passos rápidos, andou pelas árvores até chegar ao outro lado da bolha. Na saída, outra varredura.

O cheiro do vapor era agradável, lembrava flores de verão, mas todo esse cuidado o incomodava. Como sempre, Thagir insistira para que fizesse uma rota complicada antes de chegar ao laboratório de Kylliat. O pistoleiro não queria que o amigo fosse seguido ou que um microrrastreador revelasse sua localização.

Uma vez fora do conglomerado, pegou outro transporte automatizado.

— 0108, Ghilie — disse, segurando a sacola nas mãos.

Ao chegar ao edifício, nos limites da cidade, duas outras varreduras foram feitas antes que conseguisse entrar no ascensor.

— *Entrada autorizada. Bem-vindo a Ghilie.* — A voz feminina soou cristalina quando as portas se fecharam.

Cansado, jogou a sacola no chão e apertou um botão na gola do capacete.

— Não! — a voz de Kylliat ecoou pelos vidros. — Não tire o capacete ainda.

Ele cerrou os dentes, impaciente.

O relógio digital marcava quatro ciclos e oitenta e nove semis da madrugada quando a porta se abriu.

— Eis o homem — anunciou Kylliat, rindo da maneira como Kullat arrancou o capacete da cabeça.

— Por Khrommer! Eu não conseguia mais respirar nesse troço.

Kullat abraçou o irmão, que retribuiu o gesto.

— Bem-vindo de volta ao lar! — Kylliat o cumprimentou, com carinho.

— O lar é onde nossa família está — Kullat respondeu, com um sorriso sincero.

— Por que demorou tanto? — perguntou Thagir, sentado atrás de uma mesa prateada, coçando a cabeça raspada. À sua frente, a máscara de Rag Hit repousava em cima do capote surrado. As tatuagens horripilantes e temporárias que fizera para compor sua imagem no torneio do submundo já não existiam mais.

Kullat revirou os olhos.

— Como se o senhor não soubesse — suspirou, despencando em uma poltrona flutuante e fazendo-a girar. — Ky! Antes de qualquer coisa...

— Não precisa dizer mais nada! — Kylliat fez um gesto, e pequenos robôs-bandeja rapidamente cercaram seu irmão com diversos sucos e petiscos. — Sirva-se à vontade, irmão.

— Khrommer te abençoe! — Kullat esfregou as mãos. — Não aguentava mais a comida daquela nave.

— Aproveite! Vieram direto de Oririn, Kuga. Mandei vir há pouco tempo em uma remessa especial.

— Eficiente como sempre, mano! — O cheiro da carne salgada e cheia de ervas lhe trouxe nostalgia. Serviu-se sem cerimônia.

Colocando sob a língua uma folha de sigmalina fresca — cortesia de Kylliat, que providenciara uma caixa cheia vinda de Newho —, Thagir sorriu, observando os irmãos. Tão parecidos mas, ao mesmo tempo, tão diferentes. Kylliat era mais baixo, vestindo um manto negro e amarelo que cobria o corpo com o tecido metálico. As mangas largas deixavam à mostra o braço esquerdo quase totalmente cibernético; apenas partes do punho, antebraço e três dedos eram humanos.

Ninguém poderia imaginar que aquele homem de cabelos castanhos tinha transformado seu próprio peito em uma prisão para uma das mais perigosas criaturas do Multiverso, o poderoso e indestrutível Namgib.

Kylliat certa vez descrevera a criatura para o pistoleiro: "Um gigante de manto estelar, segurando uma foice tão grande quanto ele próprio, cuja lâmina negra desalinhava as frequências de Maru de seres e coisas, obliterando sua existência".

Thagir relembrou a história sobre o esquadrão de Sprawls que enfrentou Namgib e o alto preço pago por Kylliat. Se estivesse sem a parte de cima do manto, seria possível ver uma enorme cicatriz prateada que ia do ombro ao abdome. E, mesclado a seu corpo e à cicatriz, incrustado no peito, estava a única coisa capaz de aprisionar a criatura: um cubo-prisão inventado por Kylliat, que, ao tentar conter a criatura, foi trespassado por uma foice no momento em que o ativava. O resultado foi a junção da Maru vital de Kylliat com a tecnologia do cubo, criando, assim, uma prisão viva para o monstro.

— Ei, pistoleiro! — Kullat fez sinal para Thagir. — Chegue aqui e pegue alguma coisa.

— Fique à vontade. Eu já comi quando cheguei.

— Por Khrommer! Como é bom estar de volta.

Kullat referiu-se aos meses em que ele e Thagir passaram ali, tentando rastrear os Gaiagons usando a tecnologia de Irata.

— Devo confessar — Kylliat disse — que já estava sentindo falta dos dois. Isso aqui fica muito quieto sem as brigas de vocês.

Kullat avançou em um prato de bolinhos.

Kylliat apontou para Thagir.

— Ei, Kuga! O nosso amigo ali estava contando como te deu uma surra no torneio.

— Ele jogou sujo — Kullat desdenhou.

— Em uma batalha, todas as armas e estratégias são válidas — Thagir respondeu, dando de ombros.

— Nós nunca lutamos uma luta justa — Kullat brincou, referindo-se aos truques que o amigo sempre utilizava. — Você me deve uma revanche!

— Considere feito — respondeu Thagir, sorridente —, e será uma luta justa, tenha certeza disso. Mas, por enquanto, desculpe pelo queixo — disse, dando uma piscadinha e apontando para o capacete trincado no chão. A lateral estava amassada e a parte inferior tinha diversas rachaduras.

— Queixo? — Kullat massageou a cabeça, os cabelos negros desalinhados. — Você me deu um olho roxo, duas costelas quebradas, me deixou quase surdo e com uma dor de cabeça horrível! Aliás, como você explodiu aquela granada?

— O Canto de Meermim é uma arma muito volátil — Thagir respondeu, sorrindo. — Um comando vindo, digamos, de um pequeno emissor escondido — apontou para seu cinto — pode causar a explosão remota.

— Sabotagem! — Kullat exclamou, revirando os olhos. — Como eu falei, nunca é uma luta justa.

— Para mim foi divertido! — Thagir retrucou, recostando-se na cadeira e cruzando os braços atrás da cabeça raspada.

— Mas não foi só isso — Kullat continuou. — Em nome de Khrommer, onde foi que você arranjou esses anéis?

— Foi um presente de um amigo do meu pai — Thagir mentiu. — Achei que serviriam bem ao disfarce e que as lutas seriam uma boa oportunidade para testá-los.

— Quer dizer que eu fui sua cobaia? — Kullat perguntou, zangado.

— Cobaia? Não, não — Thagir respondeu, descontraído. — Eu diria que você estava mais para um participante de uma competição entre amigos.

— Vou me lembrar disso da próxima vez que você me convidar para um dos seus joguinhos — Kullat retrucou, sorrindo e dando de ombros.

Thagir retribuiu o sorriso do amigo. Para ele, aquela luta havia sido muito mais do que uma simples competição entre amigos. Fora um teste, onde ele provou a si mesmo que ainda conseguia superar Kullat, mesmo o cavaleiro tendo tido um aumento tão expressivo em seus poderes.

— Engraçado. — Kylliat abriu a mão cibernética, mostrando um holograma do corpo de Kullat. — A varredura que fiz quando você chegou não apontou nenhuma lesão. Vejam. Nada. Grace, pode confirmar?

Uma voz feminina suave e elegante, apesar de notadamente computadorizada, se fez ouvir.

— *Varredura completa. Mestre Kullat não apresenta lesões ou cicatrizes recentes.*

— Obrigado, Grace.

— *A seu dispor.*

— Podem estar descalibrados? — indagou Thagir.

Kylliat olhou para o pistoleiro e abriu um leve sorriso. Seus olhos castanhos eram muito parecidos com os de Kullat e emanavam o mesmo espírito de amizade e honra.

— Não é impossível. Mas eu duvido. Este é um dos mais completos laboratórios de Irata. Grace é a inteligência-mestre, e aqui ainda temos outros computadores interativos espalhados em sete andares somente para processamento e análise. Além disso, Kullat passou por várias varreduras diferentes até chegar aqui e nenhuma apontou nenhum tipo de lesão. Como Sprawl, sou conectado a todas as redes de Irata e teria percebido qualquer anomalia.

— Você está certo — confirmou Kullat, já de olho na sobremesa. — Quando cheguei ao quarto no torneio, depois da luta, tirei o capacete e vi que tinha um olho roxo e um zunido horrível parecia querer quebrar meu crânio. Respirava mal e cada vez que puxava o ar, sentia uma dor aqui. — Apertou as costelas. — A análise do espelho do quarto mostrou que duas costelas estavam quebradas e me indicou repouso até que o médico do torneio viesse. Bem dolorido, me lavei e me deitei. Acordei com o médico xingando alguma coisa. Eu estava sem dor e sem nenhum sinal de fratura. Estranho, não?

Muito estranho, pensou Thagir. Quando lutou com Azio, anos atrás, Kullat sofrera vários ferimentos e levara um bom tempo para se recuperar. Agora bastaram algumas horas de sono para se curar totalmente.

— Na verdade — continuou Kullat —, eu me sinto muito bem. — O cavaleiro fechou os punhos, criando enormes labaredas nos antebraços. — Poderia até voltar ao torneio e fazer tudo de novo.

Pensativo, Thagir endireitou-se na cadeira, observando o poder fluir no corpo do amigo.

— Kullat, você lembra que, depois de usarmos a Joia de Landrakar para canalizar seu poder em Agas'B, seu corpo conseguiu reter mais energia do que antes?

— É verdade! — Kullat concordou.

— Imagino que seu organismo desenvolveu a habilidade de ampliar a capacidade de retenção de poder. E a sua cura tão rápida deve ser um efeito colateral de você ter recebido a energia de mais um Gaiagon.

— É bem provável — Kylliat disse, pensativo.

Kullat se serviu de mais um pouco de suco.

— Sorte minha então. Se não fosse isso, eu estaria todo quebrado!

Os irmãos sorriram com a brincadeira.

Thagir também sorriu, feliz pelo seu amigo estar bem. Mas, por trás do sorriso franco, aquela nova informação pesou em seu coração. Aquele era um poder que nem ele nem o conselho de Ev've haviam considerado.

Indiferente às preocupações de Thagir, Kullat continuava a comer.

— Ky! — Kullat exclamou. — Sabe dos nossos pais? Está tudo bem com eles?

— Falei com a mãe ontem, Kuga — Kylliat respondeu. — Não se preocupe, os dois estão bem. Mas não estão gostando nada de ficarem presos lá.

— Eles não estão presos — Kullat retrucou, pondo um pedaço de carne no prato. — Eles sabem que correm perigo de ser sequestrados ou... — engoliu em seco — ou mortos por alguém a mando de Volgo. Essa precaução do Conselho é para a segurança deles. Além do mais, Ev've não é tão ruim assim. Não sei por que o Thagir não manda a família dele para lá também.

Thagir tocou o colar de metal em seu pescoço, sentindo o peso da saudade por estar tanto tempo longe de casa.

— Eu já disse. Eles vão ficar todos bem — o pistoleiro murmurou. — Newho consegue se defender muito bem sem mim. Meu pai, Olsa Muir e Danima estão bem preparados para enfrentar qualquer desafio. Mesmo que Volgo tente sequestrar alguém da minha família, seria preciso destruir todo o reino para conseguir. Ainda mais com a ajuda das duas Senhoras de Castelo que o Conselho enviou para reforçar a segurança.

— Eu conheço as duas — Kylliat disse, pensativo, atento à conversa dos amigos. — Jeeta e Nila. Excelentes castelares. Serão uma grande ajuda para defender sua família. Sem família, não somos ninguém!

Thagir concordou, cabisbaixo.

— Ah, Thagir! Tenho uma boa notícia — exclamou Kylliat, chamando a atenção do pistoleiro. — Seu novo bracelete estará pronto logo, logo. Grace?

— *Mestre Thagir. O problema para acessar a Joia de Landrakar danificada foi resolvido. O fluxo de estabilização está na fase final. Porém, simulações indicam perda de cinquenta por cento de eficiência na capacidade de retenção da joia.*

— Que grande notícia! — exclamou Thagir, surpreso e animado. — Cinquenta por cento de algo é melhor que cem por cento de nada!

— *Mestre Kylliat projetou alguns aprimoramentos para compensar essa perda, e o bracelete estará disponível para uso em aproximadamente vinte ciclos e dezoito semis.*

— Isso mesmo, Grace — Kullat disse, depois de beber um gole de suco. — Dê outra arma poderosa ao maluco de cabeça raspada. Assim ele pode me espancar com mais eficiência.

— *Mestre Kullat. Seu pedido será atendido.*

O trio riu da resposta.

Um bipe estridente interrompeu as risadas.

— Grace? — Kylliat questionou.

— *Sprawl Kylliat. A análise do metal disponibilizado pelo mestre Thagir está concluída.*

Coração Esperançoso

Na ampla sala branca repleta de telas multicoloridas e com uma máquina enorme ao fundo, a qual era separada por um vidro espesso, Kylliat se dirigiu ao painel principal, ansioso para ver o relatório da análise sobre as raspas do Espelho de Thonas, ganhas por Rag Hit ao vencer o torneio.

Apesar de valerem o equivalente a uma pequena fortuna, não era seu valor financeiro que lhes importava.

A voz de Grace ecoou pela sala:

— *Análise da composição das raspas: 86,34% obstan, 7,06% baralto, 3,59% platinea, 2,41% basimuto, 0,60% oreo.*

Kylliat esfregava as mãos, esperançoso.

— *Simulações indicam que as raspas possuem propriedades condutivas semelhantes ao obstan puro, porém sua durabilidade é menor devido à mistura de metais.*

Sua ansiedade tinha um motivo. Inspirados no receio do Conselho de Ev've, por muito tempo ele, Thagir e Kullat tentaram rastrear as frequências dos Gaiagons, usando a Maru mágica de Kullat para criar um eco através do Multiverso. No entanto, mesmo com a mais avançada tecnologia de Irata, os rastreadores eram incapazes de suportar tamanha concentração de energia e explodiam antes de começar a transmitir o eco. A chave para o sucesso de um novo rastreador estava nas propriedades condutivas daquele metal. Infelizmente, era tão raro que somente no torneio do submundo seria possível encontrá-lo.

Os olhos de Kylliat brilhavam em azul, recebendo a telemetria da análise, via ondas de transmissão.

— Grace — murmurou. — Rodar sub-rotina TRU.

— *Iniciando rotina TRU.*

O trio ficou em silêncio por alguns instantes. Thagir coçou a cabeça raspada enquanto ouvia os monitores biparem pequenos alertas. Precisavam que aquilo desse certo. O Multiverso contava com isso.

— *Rotina TRU concluída. Resultado sem alterações.*

Kylliat apertou alguns sensores no painel.

— Fala logo! — Kullat estava com o coração aos pulos. As chamas em seus dedos bailavam, em resposta à angústia da espera.

— Eu acho... — Kylliat suspirou — que conseguimos. Os testes indicam que o minério pode ser usado!

Kullat socou o ar de alegria, soltando uma explosão de fagulhas prateadas e alaranjadas. Kylliat simplesmente sorriu e relaxou. Após centenas de tentativas frustradas e testes fracassados, finalmente seus esforços seriam recompensados. Thagir suspirou, com o coração mais leve. Quanto mais depressa terminassem aquela missão, mais rápido ele voltaria para casa e para sua família.

Kylliat levantou os braços, fazendo sinal para todos se acalmarem.

— Pessoal, não vamos contar com o zero dentro do um. Para termos certeza de que vai dar certo, precisamos finalizar a infusão da liga no localizador.

— Vai dar certo, Ky, vai dar certo! — Kullat estava animado pela expectativa.

— Grace! Iniciar processo de infusão — Kylliat comandou, confiante.

— *Processo iniciado. Estimativa: quinze ciclos e noventa e nove semis.*

— Temos algum tempo antes do teste — Kylliat disse, abraçando o irmão.

— Você é o melhor, Ky! — declarou Kullat, retribuindo o abraço com carinho.

— Se me dão licença. — Thagir se levantou, pegando o casaco e a máscara de Rag Hit. — Já que agora não há mais o que fazer além de aguardar, vou dormir um pouco. A jornada até aqui não foi nada fácil.

Kullat se aproximou do pistoleiro e pousou a mão enfaixada no ombro de seu companheiro de tantas batalhas.

— Tem razão, velhão. A jornada até aqui não foi nada fácil. Mas, por Khrommer, pela primeira vez desde que saímos de Ev've, temos algo a que nos apegar. Sinto que o caminho à nossa frente será muito melhor e mais fácil. — O cavaleiro sorriu.

Kullat abraçou o amigo, agradecendo pela amizade e companheirismo. Um amigo que abriu mão de tudo para ajudá-lo. Thagir retribuiu o abraço, sentindo uma tranquilidade há muito perdida emanar de seu parceiro.

— Se Khrommer realmente existir — Thagir disse —, espero que nos ajude!

Kullat revirou os olhos, em reprovação.

— Herege — resmungou.

— Não custa ter um pouco de fé. — Thagir sorriu. — Mas não do tipo que você está pensando. — Deu um soco leve no ombro do companheiro. — Eu tenho fé em nós! Você sabe que eu não acredito em divindades, mas...

— Mas o quê? — Kullat questionou, diante da pausa do amigo.

— Espero que *eu* esteja errado...

— Olha isso, Kylliat! — Kullat exclamou, exaltado, puxando a manga da roupa do irmão. — Olha isso! Você está sendo testemunha de um fato histórico! O todo-sapiente Thagir espera estar errado! Ei, Grace. Você está gravando isso?

— *Não estava, mestre Kullat.*

— Droga! Perdemos um momento ímpar no Multiverso.

Thagir acenou e saiu, deixando os irmãos rindo na sala. Passou por um corredor largo, todo branco, e subiu no tubo de ascensão interno, que o elevou doze andares, onde ficavam seus aposentos. Seus pensamentos o levaram para longe. Estar tão próximo de atingir seus objetivos fez com que a saudade reprimida invadisse sua alma como uma enxurrada avassaladora.

Chegou ao quarto, deitou-se na cama fofa, a mão automaticamente procurando um pequeno objeto no bolso da calça. Seus dedos sentiram o conhecido contorno do labirinto de fogo, o último desafio que sua filha Alana havia construído para ele. A sensação do objeto em sua mão o acalmava.

Há muito havia resolvido o quebra-cabeça, mas, sempre que chegava ao último movimento antes de liberar a mensagem gravada pela filha, ele parava e voltava o labirinto para a posição inicial. Temia que, ao ver a mensagem, seu espírito fraquejasse, sua força de vontade se quebrantasse diante da saudade e seu coração o tentasse a voltar para casa.

Então, mesmo se sentindo um covarde, mantinha a mensagem intocada, o que lhe servia de motivação para continuar. Enquanto mantivesse o labirinto de fogo não resolvido, sentia como se uma tênue linha cruzasse a imensidão do Multiverso, ligando seu coração diretamente aos de sua família.

Mas ele sabia que o afastamento e o silêncio eram a única forma de agir. Os canais de comunicação poderiam estar sendo monitorados, qualquer contato poderia ser interceptado e denunciar onde ele e Kullat estavam, pondo todos em risco.

Era um mal necessário, mas, se tudo desse certo, essa seria a última vez que precisaria ficar longe da família. Ele havia voltado à Ordem apenas para poder ajudar seu amigo. E, uma vez que os Gaiagons estivessem fora de perigo ou Volgo fosse capturado, ele estaria livre para voltar para casa.

Suspirou, beijou o presente e o guardou novamente no bolso.

Sentindo as lágrimas brotarem, fechou os olhos, em um pranto tímido e abafado.

Com o coração apertado, mas repleto de esperança, o pistoleiro dormiu.

Sensações Familiares

No dia seguinte, enquanto Kullat tomava o desjejum e depois almoçava, seu irmão permaneceu trabalhando nos detalhes finais do bracelete de Thagir. Suspenso em uma luz azul, o objeto era manipulado com habilidade pelos dedos sintéticos de Kylliat, ao mesmo tempo em que um feixe de energia talhava o metal azulado com um zumbido fino.

Uma faísca surgiu e Kylliat virou o bracelete, irritado.

— Mas que சாணம்!!

— Não perdeu essa mania de xingar, Ky? A mãe nunca gostou desse seu *zunido*.

— Não é zunido. É tâmil trinário e poucos humanos conseguem falar. — Kylliat revirou o bracelete, ajustando alguns fios. — Não sei como ela entende.

— Ah! Coisas inexplicáveis que só as mães sabem fazer. — Kullat riu, feliz por poder conviver novamente com seu irmão.

Sentia-se solitário e tinha saudade de sua vida em Oririn, dos amigos e da família. Passar algum tempo com Kylliat trazia sensações que havia tempos não sentia. Sua única ligação com o mundo ultimamente era o seu amigo e companheiro de missões, Thagir.

— Ky, me diz uma coisa. Você acha que vai funcionar?

— Pelo இந்தவெரு. Se esse விந்த் de fio parar de aquecer, vai funcionar, sim.

Kullat reprovou o linguajar do irmão, mas tinha de admitir que Kylliat fora muito importante para a missão, oferecendo abrigo, disfarces e muitos outros recursos para ele e Thagir.

— Terminei! — Kylliat exclamou, deixando o bracelete suspenso na luz. — Thagir vai ter menos espaço para as armas, mas incluí algumas coisas. Enfim, com isto ele vai poder te bater ainda mais forte.

— Espero que esse dia nunca chegue. — Kullat riu, disfarçando o incômodo.

A luta contra Thagir servira de alerta. Apesar de tanto poder correndo em seu corpo, um inimigo preparado, ou determinado, poderia derrotá-lo. Uma dura lição de humildade.

— Essa tecnologia é semelhante à de Binal — Kylliat disse, mais para si do que para Kullat. — Extremamente elegante e complexa.

— Binal? Como conseguiu?

— Alguns registros se salvaram. A tecnologia binaliana era incrível, mas não conheço ninguém que consiga reproduzi-la, nem mesmo Sprawls. Aquele seu amigo, o autômato de Agas'B... — Estalou os dedos. — Azimo?

— Azio — corrigiu Kullat.

— Isso! Então, quando os cientistas de Ev've pediram nossa ajuda para criar uma pele temporária para ele, alguns anos atrás, usamos os dados corporais dele para realizar uma busca nos bancos de dados de vários planetas. Descobrimos um sistema desativado em um desses planetas que continha informações escondidas em sub-rotinas e registros criptografados que nos deram bastante trabalho para decifrar, mas nos permitiram replicar alguns conhecimentos da civilização deles. Foi assim que criamos aquela pele. E também foi assim que descobrimos indícios de que alguns binalianos não estavam em Binal quando o planeta foi extinto. Pena que nenhum outro além do Azio foi encontrado até hoje.

Kullat se lembrou de Azio com tristeza. O *último* ser vivo de toda uma espécie que se autodestruiu. O binaliano fora um excelente adversário, mas também se tornara um amigo. Saber que ele havia sido preso porque roubara uma nave foi triste, mas não havia nada que o cavaleiro pudesse fazer para ajudar. Fez apenas uma pequena prece para o ser que, mesmo sendo de metal, possuía um espírito único e ardente, principalmente para proteger Laryssa. Ao lembrar-se dela, suspirou, recordando seus traços gentis, que contrastavam com seu espírito indomado. Os dois tinham vivido momentos de pura felicidade e entrega mútua após a queda de Kendal e antes que ele e Thagir deixassem aquele reino. Infelizmente seus caminhos se distanciaram, e o destino deles quase não se cruzou mais.

A porta de luz piscou e desapareceu, e Thagir entrou no laboratório.

— Acordou, dorminhoco? — desdenhou Kullat, deixando seus pensamentos de lado e estranhando a expressão cansada do amigo. — Tudo bem? Venha cá ver o seu novo brinquedo.

Thagir se esforçou para sorrir. Não estava tudo bem, mas o pistoleiro se aproximou, interessado no bracelete que Kylliat segurava. A Joia de Landrakar estava perfeitamente incrustada no metal azul. Pegou o objeto e o vestiu. Era leve e muito confortável.

Então se concentrou, sentindo a sensação agradável de integrar sua mente com uma Joia de Landrakar. Depois de tanto tempo, desde que devolvera o bracelete do irmão, sentir algo tão familiar fez seu espírito se acalmar.

Kylliat sorriu, satisfeito ao ver a reação de Thagir, e explicou como disparar o gancho gravitacional e ajustar os feixes de energia dos disparadores laterais. O Sprawl ainda colocou um comunicador acoplado e disse ao pistoleiro que teria comunicação irrestrita com ele, por meio de ondas teta.

— Grace! — Kylliat exclamou. — Libere o acesso do Thagir às salas de armas. Acesso nível TAF.

— *Sprawl Kylliat. Devo alertá-lo de que o nível TAF permitirá acessar quarenta e dois dos quarenta e cinco cofres liodélicos.*

— Eu sei, Grace. Nosso amigo aqui pode pegar o que quiser.

— Quarenta e dois é meu número de sorte! — Thagir brincou.

— *Acesso liberado.*

— Obrigado, Grace. — Kylliat apontou para o chão, onde uma linha azulada se acendeu em direção à saída. — Siga a faixa de luz, Thagir. Ela o levará até os cofres. Os de números sete e oito guardam as armas e munições que recebemos do seu reino enquanto vocês estavam no torneio. No cofre nove, estão as armas que você pediu que eu guardasse, inclusive aquela linda pistola de cristal. Mas fique à vontade para pegar o que achar necessário dos outros também. E, se tiver alguma dúvida, pode perguntar para a Grace.

— Muito obrigado — Thagir respondeu, sentindo seu humor melhorar diante das possibilidades. Para um pistoleiro, salas repletas de armas eram como um parque de diversões para uma criança. Com um sorriso de felicidade estampado no rosto, seguiu a luz no chão. — Mas pode ser que eu demore um pouco. Preciso escolher bem o que vou colocar nesta belezinha.

— Deixe os anéis de fora! — Kullat gritou, com um sorriso maroto. — Principalmente aquele prateado que você não usou. Sabe-se lá que tipo de truque ele é capaz.

— Como se eu precisasse deles para ganhar de você — Thagir brincou antes de sair.

Cinturão de Oorth

Várias horas depois, a voz cristalina de Grace ecoou pela imensa sala de testes do laboratório, anunciando o fim do processo de integração do raro metal trazido por Thagir ao rastreador de Gaiagons.

— *Fusão completa. Aguardando comando para executar fase final.*

Nesse momento Kylliat se conectou diretamente às máquinas. Em frente a um enorme painel holográfico, Kullat e Thagir acompanhavam, com o coração apertado.

Bipes e zumbidos se mesclavam enquanto Kylliat mexia os braços, fazendo letras, símbolos e números surgirem e desaparecerem na tela.

Seus olhos brilhavam em azul, indicando que estava em comunicação direta com os diversos computadores da sala, como em um transe.

— Grace. Iniciar protocolo $\Omega\Sigma\beta\beta$ — Kylliat comandou.

— *Protocolo $\Omega\Sigma\beta\beta$ iniciado.*

Um longo bipe soou. Kylliat ficou imóvel, com os olhos tomados de um brilho intenso, em consonância com o processamento.

A tela diante de Kullat e Thagir se expandiu em uma luz verde. Os códigos trinários se transformaram em inúmeras galáxias, conglomerados infinitos de planetas, estrelas e poeira espacial. Os computadores da sala zumbiram, processando trilhões de dados, enquanto a busca pela frequência de um Gaiagon continuava. Galáxias sumiram, dando lugar a uma imagem mais detalhada de planetas e estrelas que surgiam e desapareciam em um piscar de olhos. Kullat não conseguia entender o que via. Eram tantas estrelas e constelações que seus olhos ardiam diante de tamanha magnitude de existência.

— *Alerta. Níveis críticos de processamento.*

Thagir sentiu cheiro de fumaça e arregalou os olhos ao ver que os computadores laterais soltavam vapor, piscando freneticamente. Bipes e alertas inundaram a sala.

— *Eco de retorno positivo.*

Concentrado, Kylliat transpirava. Seus movimentos eram nervosos, como se cada gesto fosse dolorido.

Faíscas saíam das paredes metálicas e uma fumaça fina surgiu entre as placas de processamento.

Ele abriu as mãos e um sistema solar completo apareceu na tela. Era imenso, com cerca de trinta planetas e quatro sóis. A imagem se fixou em um ponto vazio entre dois corpos celestes.

— *Perigo. Processamento crítico. Perda de potência. Aquecimento das placas B1, C7 e D4. Massa transito...*

Grace foi interrompida por uma explosão. Os computadores da parede esquerda fritaram e o cheiro de metal derretido impregnou o ar.

Ainda conectado aos computadores, Kylliat gritou, caindo no chão com as mãos na cabeça.

A parede pegou fogo, enchendo o laboratório de fumaça. Extintores surgiram do teto e lançaram um gás amarelo contra as labaredas, enquanto Kullat corria, aos gritos, até o irmão.

O laboratório explodiu e as chamas invadiram a sala violentamente. O teto desabou e o caminho até a porta foi bloqueado por fogo e pedaços de metal. Fios e faíscas dançavam freneticamente, embalados pelo caos.

Kullat ergueu um escudo de energia, protegendo Thagir e Kylliat. Rapidamente, colocou Kylliat no ombro e abriu caminho com uma rajada de energia, desintegrando os destroços à sua frente. Todos saíram correndo do laboratório, até um largo corredor. Grace abriu uma porta lateral e acendeu luzes no chão, indicando a direção que os levaria até um lugar seguro.

Thagir colocou as mãos nos joelhos, arfando e tossindo. Kullat deitou o irmão no chão, buscando seus sinais vitais.

— *Laboratório selado. Bombas de espuma ativadas.*

— Grace — Kullat olhou para cima, como se falasse com o teto —, precisamos levá-lo para uma enfermaria.

— *Acesso para enfermaria HO021 autorizado. Incêndio neutralizado.*

Novos sinais luminosos surgiram no chão. Kullat colocou o irmão em um campo de êxtase e, com Thagir, cruzou o corredor até o ascensor. Desceram sete andares até chegar à enfermaria, onde Kylliat foi colocado em um tubo de luz.

— *Scanner inicial concluído. Sprawl Kylliat não apresenta ferimentos, fraturas ou sangramentos.*

— Grace — Kullat encarou o teto —, tem algum médico aqui? Chame alguém.

— Não precisa — Kylliat murmurou, abrindo os olhos. Kullat respirou aliviado ao ver o irmão se sentar no leito luminoso.

— Você está bem? — Thagir perguntou.

— A retroalimentação foi como a ഥഔഥ de um soco. — Kylliat se levantou, chacoalhando a cabeça. — Um bastante violento, mas estou bem.

— Você me assustou. — Kullat abraçou o irmão com carinho. — Nunca mais faça isso!

— Essa é uma promessa que eu não posso fazer — Kylliat respondeu.

Kullat soltou o irmão.

— O que foi que aconteceu?

— Sobrecarga — explicou Kylliat. — O que importa é que, antes de desmaiar, consegui mapear a frequência. — Sorriu, orgulhoso. — Encontrei um rastro. O eco estava muito fraco, mas definitivamente era de um Gaiagon!

— Por Khrommer! — Kullat exclamou, erguendo os braços, animado.

Kylliat sorriu, satisfeito.

— Grace? Quanto tempo até lá?

— *Cinturão de Oorth. Universo mapeado. Distante de Irata cerca de 336 ciclos e 78 semis em velocidade interespacial.*

Kylliat abriu a mão sintética e mostrou um mapa espacial de Irata até o cinturão de asteroides.

— Vocês poderão chegar lá em mais ou menos duas semanas.

— Finalmente! — Thagir deu um sorriso sincero. Para quem esperou tanto tempo, duas semanas passariam rápido. — Vamos partir imediatamente!

— Mas... — Kullat levantou as mãos, incomodado. — Daqui a pouco é hora da janta. E a Grace prometeu que iria providenciar uma porção de cumã, não é, Grace?

— *Fui informada de que já está no forno, senhor Kullat!*

Thagir e Kylliat riram.

— Tudo bem — Thagir disse. — Vamos comer e dormir aqui esta noite. Mas partimos amanhã cedo.

— Maravilha! — Kullat esfregou as mãos. — E para acompa...

Ele não conseguiu terminar. Um ruído estridente o interrompeu e luzes começaram a piscar.

— *Alerta! Setores comprometidos em A21 e B33. Alerta! O complexo foi violado!*

Até Logo

— O quê? — Kullat olhou para cima, como se tentasse enxergar Grace.

Um mapa surgiu na mão de Kylliat. Era a estrutura do complexo inteiro. Vários pontos vermelhos se iluminaram nos andares superiores.

— குழந்தைகளிடிஹறஉக்கரி! — Kylliat praguejou, olhando o holograma. — Estamos sendo invadidos! Grace, identificar os invasores.

— *Sujeitos não identificados. Análise indica trajes das caçadoras Taiko. Contagem em trinta e seis indivíduos armados.*

— Caçadoras Taiko? — Kullat estava confuso.

— Provavelmente cometemos algum erro! — Thagir exclamou. — Um de nós deve ter sido identificado no caminho para cá. Precisamos sair daqui imediatamente!

— Grace! — Kylliat chamou. — Temos alguma nave boreal disponível no momento?

— *Não neste complexo, Sprawl Kylliat. Neste prédio há dois upranos, uma spidro e três moters de carga. Uma Arcade-Boreal iônica se encontra no prédio da Associação.*

— Prepare a Arcade-Boreal para partir imediatamente e encha os tanques iônicos até o limite. Também carregue mantimentos dos depósitos da Associação, o suficiente para quatro pessoas para um ano de viagem. Garanta que um dos módulos de navegação boreal dos Sprawls esteja instalado e que uma interface bioativa esteja funcionando.

— *Efetivação em andamento. Devo incluir mais algum equipamento?*

— Armas... todas as disponíveis!

Thagir acionou seu bracelete, e mal o brilho amarelo pulsou, seus dedos já roçavam o gatilho grosso e pesado de uma pistola azulada.

— Droga! — praguejou.

— O que foi? — Kullat questionou, fazendo os punhos se incendiarem em chamas prata e laranja.

— O bracelete não funcionou direito — Thagir respondeu. — Não era isso que eu imaginava! Mas vai ter que servir.

— Chega de conversa! — Kylliat ordenou. — Vamos!

Kylliat corria na frente, seguindo por corredores e escadas, desviando das figuras vermelhas que piscavam no mapa holográfico de sua mão.

— Temos que chegar à cobertura — ele anunciou, sem parar de correr. — Mas vamos ter que enfrentar alguns deles no caminho. Não tem nenhuma passagem livre entre nós e o hangar.

— Deixe-me ver este mapa — Thagir pediu.

Kylliat parou, com a mão esticada, mostrando o holograma para o pistoleiro.

— Esses aqui somos nós? — Thagir apontou para três pontos azuis piscando em um corredor. Kylliat assentiu. — E o que é este lugar?

Thagir apontava para um recinto amplo, não muito longe de onde estavam.

— Uma sala de conferências. Mas não há nenhum caminho que leve dela até o hangar.

Thagir coçou a barba.

— Ela tem vista para a cidade?

— Sim — respondeu Kylliat. — Mas é um beco sem...

— Vai servir! — Thagir interrompeu. — Vamos!

Thagir correu na frente, seguindo em direção à sala. Kylliat olhou para seu irmão, buscando apoio, mas Kullat apenas deu de ombros e saiu em disparada atrás do amigo.

Kylliat meneou a cabeça.

— Esse பைத்தியம் vai acabar nos matando!

Sem opção, também seguiu o pistoleiro.

Conforme eles corriam, as portas se abriam automaticamente, dando-lhes passagem e fechando-se em seguida. Sons de disparo reverberavam pelas paredes do prédio, indicando que os invasores estavam sendo combatidos pelos sistemas de segurança do edifício.

Assim que chegaram à sala, Thagir correu até uma das enormes janelas. Sem perder um momento sequer, desmaterializou a arma azulada.

— Espero que funcione desta vez — disse, concentrando-se. Em sua mão, materializou uma pistola negra robusta, cujo cano começava do tamanho de um punho perto do gatilho e terminava em uma boca com mais de um palmo de diâmetro. — Agora sim! — exclamou, satisfeito.

O pistoleiro mirou no centro do vidro e disparou. O ar vibrou e uma onda de choque em formato de anel voou como uma bala, estilhaçando o vidro em milhares de cacos. Os sons dos aerocarros e seus reatores invadiram a sala, trazidos pela brisa fresca do entardecer. A cidade brilhava em prata e neon, como se estendesse um breve cumprimento aos três fugitivos.

— Mas o que deu na sua cabeça? — Kylliat estava confuso. — Você quer que a gente pule?

— Quase isso. — Thagir sorriu para Kullat, que retribuiu o gesto.

Sem dizer nada, Kullat fez um movimento com os braços, emanando uma névoa alaranjada das mãos. Concentrando-se, transformou-a em um enorme disco com um desenho conhecido.

— Um prato? — Kylliat perguntou, sem entender.

— Foi o que me veio à cabeça — respondeu Kullat.

Thagir segurou Kylliat pelo braço e o puxou para cima do *prato*. Kullat fez um gesto com a mão e o prato flutuou. O cavaleiro alçou voo em seguida, empurrando a estranha plataforma para fora do prédio. O ar gélido balançava a roupa dos três enquanto subiam a uma velocidade vertiginosa, passando pelos andares do laboratório, tendo sua imagem refletida no vidro espelhado das janelas.

Quando chegaram ao topo, Thagir e Kylliat pularam do objeto voador, caindo na parte lateral do terraço e correndo em direção ao hangar.

Três naves surgiram por detrás do prédio, e todas dispararam contra eles. Kullat chutou a ponta do prato de energia e o fez de escudo. A elegante amurada de metal se esfarelou diante dos tiros de energia que zuniram no ar, explodindo em faíscas contra o metal e o vidro das pequenas moters de carga estacionadas no topo do prédio.

— *Munição paralisante ponto zero detectada.*

— Obrigado pelo aviso, Grace! — Kullat gritou, sem saber de onde vinha a voz. O prato piscou e desapareceu. O cavaleiro reforçou sua barreira de energia e manobrou no ar, desviando das rajadas e voando para longe da cobertura.

Duas naves partiram em seu encalço, enquanto Kullat desviava dos aerocarros e das demais naves que permeavam o céu da cidade. Sem querer pôr a população em risco, voou bem alto, na tentativa de evitar a linha central de transporte.

— Khrommer! — exclamou Kullat, preocupado com o irmão e com o amigo, pensando que a outra nave tinha ficado para atacar os dois.

Voando de costas, disparou uma sequência de raios prateados contra as naves. Mas as pilotos Taiko manobraram habilmente, usando os veículos civis como escudos, impedindo que Kullat continuasse atacando. As naves em seu encalço dispararam duas redes de energia que por pouco não o capturaram. Ele desviou de uma delas e explodiu a outra com uma bola de energia azulada.

Munição paralisante e agora uma rede?, pensou. *Eles querem me capturar, não me matar!*

Uma das naves disparou uma nova rede, mas, antes que chegasse até Kullat, ela se enroscou em um aerocarro, fazendo o motor apagar e o veículo desabar do céu. O cavaleiro mergulhou atrás do veículo, vendo pelo vidro o rosto apavorado de um ser de uma espécie que ele não conhecia. As duas naves mergulharam atrás dele e do aerocarro.

Kullat sorriu para o motorista e arrancou a cúpula de vidro do aerocarro.

— Desculpe por isso! — Agarrou o assustado motorista um pouco antes de o veículo se chocar contra o teto de um prédio. — Desculpe por isso também... — complementou, desviando da explosão em um movimento de parafuso, continuando o mergulho, vertiginosamente.

O ser gritava sons disformes enquanto era carregado, em total desespero. Quando Kullat chegou próximo ao solo, soltou-o com toda a delicadeza. O pobre motorista caiu na calçada, mexendo os braços em aflição.

— Mande a conta para os Sprawls! — gritou Kullat, voltando a subir, em zigue-zague.

As naves manobraram entre carros e edifícios, tentando não perder seu alvo de vista. Kullat acelerou, passando por um emaranhado de pontes suspensas e túneis de acesso. No interior de um túnel estreito, concentrou a energia do corpo em uma densa névoa laranja, que preencheu todo o espaço.

Repentinamente, estancou no ar e tomou impulso para cima, entrando em uma passagem de serviço. Sentiu as naves passarem raspando em seus pés, seguindo em direção ao fim do túnel.

Com isso o cavaleiro despistou as duas naves. Saindo por uma abertura lateral, acelerou ao máximo, riscando o ar em uma linha prateada e voltando para o prédio dos Sprawls.

— Por Monjor! — murmurou ao ver que a nave que havia permanecido para trás estava em chamas, caída sobre o telhado, e que o exército de caçadoras que invadira o prédio surgia pela porta que dava acesso ao terraço, do lado oposto ao hangar.

Estava prestes a avançar sobre o pequeno exército quando sirenes chamaram sua atenção. Da linha principal de trânsito apareceram naves brancas, com faixas listradas nas portas. Com luzes verdes piscando, as naves se aproximaram da cobertura.

— Aqui é a Polícia Orbital de Ashpool. Larguem suas armas!

A resposta das caçadoras foi uma chuva de disparos contra as naves da POA.

Percebendo no caos da batalha uma oportunidade, Kullat teve uma ideia. Concentrou-se e, canalizando uma vasta quantidade de energia, criou várias réplicas de si. Em instantes, vários Kullats-de-energia voavam entre as naves, distraindo a atenção tanto da POA como das Taikos.

Os Kullats-de-energia ziguezagueavam entre as explosões. Como um enxame, nublavam a visão dos pilotos e das caçadoras. A confusão aumentou ainda mais quando as duas naves Taiko retornaram, disparando aquelas estranhas redes azuis contra os Kullats-de-energia, apenas para desfazê-los em brilhos prateados. Uma rede acertou uma patrulha e as luzes da nave se apagaram enquanto ela rodopiava no ar.

Em meio a tiros e explosões, a porta do hangar se abriu. A sprider prateada flutuou para fora, disparando uma gosma energizada que incapacitava as caçadoras quando elas atingiam o alvo.

O verdadeiro Kullat voou rapidamente até a sprider e pairou acima do vidro da cabine. Kylliat estava no comando, com Thagir a seu lado. Ambos estavam bem. O vidro se abriu e Kullat entrou na nave.

— Por que demorou tanto? — Thagir questionou, com o semblante duro.

— Fui tomar um ar — Kullat respondeu despreocupado, apertando o cinto. — Acho que podemos ir agora, piloto.

Os tiros explodiam em faíscas contra a sprider, mas sua proteção era eficaz contra os ataques e eles conseguiram decolar do hangar.

Os Kullats-de-energia zuniram freneticamente no ar, como zangões, confundindo as patrulhas da POA e as naves Taiko enquanto Kylliat manobrava a sprider para longe da batalha.

Uma nave Taiko tentou persegui-los, mas uma patrulha POA atingiu seu motor, derrubando-a sobre o telhado, que explodiu em chamas.

Com a fumaça e o fogo já longe do campo de visão e nenhum sinal de que alguém os seguira, Kullat, Kylliat e Thagir suspiraram, aliviados. Em pouco tempo chegaram a um enorme complexo de prédios.

— Grace, algum sinal de que fomos seguidos? — perguntou Kylliat, aterrissando no porto aéreo privativo da Associação.

— *Nenhum sinal de perseguidores.*

— Nossa nave está pronta? — Kylliat questionou, soltando o cinto e abrindo o vidro da cabine.

— *Arcade-Boreal iônica Silmari pronta e armada. Doca 2 sendo aberta neste instante.*

— Grace! — Kylliat levantou-se, pronto para descer da sprider. — Avise o Conselho que vou precisar me ausentar por tempo indeterminado.

— *Certamente, Sprawl Kylliat.*

— E, Grace... — Ele fez uma pausa. — Obrigado por tudo, minha amiga!

— *Até logo, meu amigo!*

SABEDORIA

A Arcade-Boreal iônica avançou em velocidade máxima durante todo o percurso. Sistemas solares e agrupamentos de estrelas eram deixados para trás, transformados em simples borrões no fundo negro do espaço.

Foram poucos, mas angustiantes dias, até que ela desacelerou, ao se aproximar do seu destino e estancar no vazio.

A estrela mais próxima daquele sistema multissolar, uma gigante avermelhada, pulsava ao longe. Ao redor da nave, nenhum planeta, nenhuma lua, apenas um mar de pequenos pedregulhos solto no vácuo sideral, alguns menores do que um grão de poeira, outros maiores do que uma montanha.

— Tem certeza de que é aqui? — Kullat olhava através da janela, buscando algum sinal de vida.

— Eu não entendo — Kylliat respondeu, confuso. — O eco da frequência veio exatamente desta posição.

De braços cruzados e mascando sigmalina, Thagir olhava para cima, pela abóboda da cabine.

— Eu estava pensando, Kullat. O Gaiagon que Volgo matou em Oririn, você disse que era parte das cordilheiras, correto?

— Sim. O nome dele era Seath. Ele vivia em Sil'li, uma cadeia de montanhas. Eu não cheguei a tempo de salvá-lo, mas pude vê-lo ainda com vida. Era gigantesco, como se fosse parte da própria cordilheira.

https://goo.gl/NhbyAb

— E depois que esse Gaiagon morreu, o corpo dele, ou seja, a montanha, ruiu — continuou Thagir, alisando a barba, ainda observando as pedras flutuantes do lado de fora. — E o Gaiagon que lhe deu a gema em Kynis, Meath, era parte da floresta e do vale. E, enquanto estava sendo atacado por Volgo, o vale inteiro foi destruído.

O espanto surgiu no rosto de Kullat.

— Você está querendo dizer...

— Eu acho — Thagir prosseguiu, baixando a cabeça e fechando os olhos — que aquele desgraçado do Volgo encontrou o local onde vivia o Gaiagon que viemos procurar. Ele o encontrou... e o destruiu!

— Não... — Kullat cerrou os punhos, que brilharam em prata.

As chamas de seus punhos aumentaram e seu corpo todo começou a brilhar, em um misto de labaredas azuis, prateadas e alaranjadas. Em meio à frustração, Kullat sentiu uma estranha sensação, algo que até poucos instantes atrás não existia, mas que agora ecoava timidamente.

Esperança... Verdade... Sinto vocês, meus irmãos...

A voz era lenta, pausada por um silêncio agudo, e cada palavra era formada com evidente esforço.

— Quem é você? — Kullat sussurrou, assustado. As chamas sumiram repentinamente.

— O que foi? — Kylliat questionou, aproximando-se e tocando seu ombro.

— Eu escutei uma voz! — Kullat contou. — Tem alguém aqui.

— Não ouvi nada — respondeu Kylliat, olhando confuso para o irmão.

Kullat fechou os olhos e respirou profundamente, acalmando sua ansiedade e deixando sua voz interior *falar*. Sentiu a mente relaxar e uma sensação de leveza tomar conta de seu corpo. Estava flutuando, em algum lugar além da nave, além do espaço infinito.

Venho em nome de Seath, a Verdade.

— Estou te escutando na minha cabeça! — Kylliat disse, espantado, ainda com a mão no ombro do irmão. Thagir rapidamente se aproximou, tocando o outro ombro de Kullat.

E tenho em mim a honra de ser parte de Meath, a Esperança.

A voz de Kullat era um eco cristalino, como se o cavaleiro estivesse longe, nos confins do universo. Thagir e Kylliat o ouviam naquele eco mental.

Sinto você... Sou o atual guardião de uma das prisões de pedra. Meu nome é Kullat e falo em nome do Conselho de Nopporn.

Teath foi meu nome... antes de tudo findar... Chamavam-me de Sabedoria...

Uma luz, não mais que um breve brilho, piscou no horizonte negro, aproximando-se lentamente, até envolver Kullat em um abraço singelo. O cavaleiro sentiu a presença sondar sua mente e, em paz, abriu seu coração para a poderosa entidade.

Mortos... Meus irmãos estão mortos...

A voz de Teath ficou tomada de pesar.

Um mago vermelho... Assassino...

Seus irmãos foram mortos por um homem cruel. Ele é o culpado de tudo isso!

Não!

A voz de Teath ficou forte por um momento.

A culpa... é minha!

E também repleta de arrependimento.

Escolhas foram feitas... escolhas erradas...

Não estou entendendo!

Eu lhe mostrarei... O dia em que eu... Sabedoria... me deixei enganar... pela compaixão... Veja o que fizemos... Testemunhe o que causamos...

Dois Lados

A luz se expandiu, envolvendo todo o corpo e a alma de Kullat. Thagir e Kylliat também sentiram o que ele sentia. Como se fossem um só, os três deixaram a mente flutuar em um turbilhão de cores e sons, caindo em um abismo incorpóreo.

O brilho diminuiu, revelando a imagem trêmula de uma galeria circular, com quatro figuras em pé. Era como se o trio — Kullat, Kylliat e Thagir — fosse o próprio Teath. Não conseguiam falar, mas cada um podia saber o que o outro pensava e sentir o que o outro sentia. Nada podiam fazer a não ser reviver uma lembrança, observando e escutando pelos olhos e ouvidos do Gaiagon, sendo testemunhas do passado.

A imagem parou de tremer e as figuras que discutiam com Teath se tornaram nítidas. Kullat e Thagir se espantaram, pois reconheceram todas as quatro. Era como se os heróis das aulas de história da Academia tivessem voltado à vida.

À esquerda, estava uma das mulheres mais poderosas e respeitáveis de todos os tempos. Havia retratos e pinturas dela por toda a ilha de Ev've. Aquela mulher era ninguém menos que Nopporn, a primeira regente da Ordem.

À direita, um homem de cabelos escuros, de feição rústica no rosto maduro. Com arco e aljava às costas e uma espada na cintura, estava exatamente como na estátua de que Kullat mais gostava no Panteão de Heróis. Aquele era o seu herói, Monjor V.

À frente, havia dois seres. Um deles era um etramita de cabeça calva e sulcos nas têmporas. Um dos fundadores dos Senhores de Castelo e também integrante do Triângulo Samsara, o triângulo de quatro pontas dos imortais, Jedaiah K'oll.

O outro era um homem de vestes estranhas, cabelos e barba fartos em uma mistura de várias cores, assim como os olhos. Uma figura lendária e misteriosa, cuja participação nas Guerras Espectrais o tornara peça-chave em muitas vitórias da Ordem. Aquele de quem ninguém jamais soube dizer a origem, o fim ou o nome, e que ficou conhecido apenas como Cavaleiro-Rei.

— Eu repito. — A voz de Nopporn era firme e decidida. — Matar não é a solução.

— Essa é a única solução! — Monjor se exaltou, abrindo os braços. — Os Espectros estão espalhando morte e destruição em todas as realidades, em todos os universos.

— Mas o que você propõe é um absurdo! — exclamou Nopporn. — Você defende um extermínio!

— Eu concordo com Monjor. — A voz vinha do Gaiagon e ecoava na cabeça dos três em uníssono.

— Devemos fazer o que for necessário para salvar o Multiverso — interrompeu Monjor. — E, se isso significa exterminar uma raça, que assim seja.

Kullat ficou horrorizado. Monjor, o seu herói, demonstrava uma frieza abominável ao propor o assassinato de toda uma raça. E Teath, que se autointitulava Sabedoria, concordava com uma solução radical como aquela.

Nopporn manteve o olhar firme, encarando Teath e Monjor.

— Os Espectros são como uma força da natureza. Negar a vida a eles — acrescentou, fixando em Monjor os olhos estreitos — é negar a vida a qualquer outra criatura.

— Tu ecoas em razão, nobre Nopporn — interveio Jedaiah. — Tens o meu apoio em barrar tal insanidade!

Thagir ficou decepcionado. Nopporn, a sábia que fundara a Ordem, hesitava em tomar a atitude mais lógica, que era acabar definitivamente com a guerra. E Jedaiah fora outra decepção, pois, em vez de usar toda a sua experiência para apoiar o término de uma guerra, apoiava Nopporn na defesa dos Espectros.

— Essa guerra já durou tempo demais. — A voz de Monjor parecia rasgada, sufocada por tantas batalhas. — As Marés Boreais estão se tornando cada vez mais imprevisíveis. Mundos inteiros estão sendo destruídos para servir de alimento para esses monstros!

Nopporn meneou a cabeça, negativamente.

— O equilíbrio rege o Multiverso. — Sua voz era calma, cristalina, carregada de esperança. — A morte define a vida. O amor define o ódio, e a sanidade espelha a loucura. Nada é apenas bom ou apenas ruim. Eles não são monstros, Monjor. São apenas diferentes.

Monjor apertou os olhos enquanto ela falava. Tentou argumentar, mas Jedaiah apontou um dedo acusador para ele e Teath.

— Vós não podeis condenar o vento quando este se torna um tufão, pois estaríeis a condenar o próprio ar por agitar-se.

O embate estava sendo árduo. De um lado, Monjor e Teath. Do outro, Nopporn e Jedaiah.

— Eu desisto de discutir com vocês! — Monjor exclamou. — Enquanto estamos aqui, mundos inteiros são destruídos lá fora.

Cavaleiro-Rei, que permanecera calado durante toda a discussão, enfim se pronunciou:

— Vocês me convidaram para analisar todos os pontos de vista e tomar uma atitude, quando necessário — argumentou, a voz parecendo estranhamente familiar para Kullat e Thagir. — Sim, Monjor e Teath estão certos. A solução para a Guerra dos Espectros é o extermínio de toda uma raça. Essa é a forma definitiva de acabar com a guerra e de evitar que algo semelhante ocorra no futuro. Isso é o que nós *sabemos*. É o que a nossa razão diz.

Os demais permaneciam em silêncio, cada qual com suas crenças e convicções. Cavaleiro-Rei olhou ao redor e, com um misto de frieza e ansiedade, suspirou profundamente.

— Contudo, Nopporn e Teath também estão certos. Todos *sentimos* em nosso coração que essa não é a atitude certa a tomar. Os Espectros não têm culpa de ser o que são nem como são. Deixá-los vivos é a única forma de agir.

Monjor levantou a mão, como se fosse interromper, mas um olhar penetrante de Cavaleiro-Reio o fez se arrepender do gesto.

— Mas não podemos deixá-los livres, destruindo tudo por onde passam e matando bilhões de seres vivos em seu caminho. A razão e a emoção estão ambas certas e erradas ao mesmo tempo! Eu, mais do que ninguém no Multiverso, sei quão conflitantes a razão e o coração podem ser. Mas também digo a vocês: a única solução possível é conciliá-los.

Para Kullat e Thagir, ouvir aquele homem era como reconhecer alguém há muito perdido, uma memória incompleta ou enganosa.

— O Multiverso é, de fato, equilíbrio — Cavaleiro-Rei continuou, olhando para Monjor. — Nada é apenas bom ou apenas ruim. — Seu olhar passou para Nopporn. — Não há um único lado da moeda. — Encarou Jedaiah. —

Como podemos condenar os Espectros? — Olhou para Teath. — Matar é um julgamento cruel, ainda mais se os acusados não sabem ou não entendem seus crimes. E deixá-los livres é o mesmo que condenar todo o Multiverso.

— Então, o que faremos? — indagou Teath, com a voz cansada.

— Sto'un! — Nopporn declarou, com um brilho nos olhos estreitos.

— O quê? — Monjor perguntou, abrindo os braços, confuso. — O que é isso?

— Sto'un Ta'awn, a cidade de pedra — interveio Jedaiah. — Mas, senhora, tal fato foi em outro tempo, em outras realidades.

— Sim, Jedaiah, mas o feitiço funcionou, não? — Nopporn ponderou, com a confiança restaurada. Sua voz novamente era firme e calma.

— De fato funcionou, mas tu sabes também que Sto'un Ta'awn fora parte de um outro tudo, um tudo em circunstâncias difíceis, talvez impossíveis, de reproduzir, nobre dama.

— Poderiam falar mais claramente? — reclamou Monjor, já impaciente com a discussão.

— Creio que você nunca tenha ouvido essa história, Monjor — ela respondeu, piscando os olhos estreitos. — Em resumo, ela conta sobre quatro aventureiros que conseguiram prender uma criatura semelhante a um Espectro em um cristal, usando a magia de um pergaminho. O pergaminho de Sto'un Ta'awn.

— Gostei da ideia — Cavaleiro-Rei interrompeu, coçando a barba espessa. — Assim não vamos matá-los e também não vamos deixá-los livres. Prendê-los é a solução para o dilema!

— Prender? A ideia de vocês é prendê-los? — bufou Monjor, com o dedo em riste. — Já tentamos isso antes. Várias vezes. Dois mundos se despedaçaram quando tentamos prendê-los em faixas de Roartdh. — Apertou os olhos, tentando se livrar da lembrança dos destroços. — Não acredito! Eles destroem mundos e vocês querem prendê-los?

— Se eu quisesse matá-los, Monjor, não teria convocado Senhores de Castelo, reis e imperadores para esta luta. — Nopporn ergueu a cabeça, em uma postura majestosa. — Se eu quisesse matá-los, teria chamado *assassinos*.

Monjor fraquejou diante da altivez da nobre senhora e virou o rosto, tentando se livrar de seu olhar.

— Acalma-te — Jedaiah interveio, ficando ao lado de Nopporn. — Como eu relatei, Sto'un Ta'awn fora parte de um outro tudo. Além disso, precisaríamos reunir raríssimas moedas de obstan e coletar *almas* da Lagoa das Chamas.

— Está dizendo que não podemos refazer o feitiço? — perguntou Cavaleiro-Rei.

— Os maiores magos do Multiverso estão em nossas fileiras — Nopporn disse, lançando um olhar confidente a Jedaiah. — Podemos procurar o metal para as moedas e substitutos para as chamas, outros feitiços e objetos que se assemelhem a suas propriedades. Com uma reprodução fiel do pergaminho, podemos descobrir uma maneira de aprisionar a essência dos Espectros em gemas. Assim eles viveriam, mas sem causar distúrbios nos Mares Boreais.

— Mas essas "gemas" seriam absurdamente perigosas — declarou Monjor, enraivecido. — Se alguém conseguir pegá-las, teria um poder imenso nas mãos. Estaríamos trocando um problema agora por um problema ainda maior no futuro! Além do mais, quem poderia impedir que alguém chegasse até as gemas e as abrisse, ficando com o controle dos Espectros para si? Ninguém teria poder suficiente para guardá-las e não ser tentado a usar esse poder! Eu insisto. Devemos liquidar essa questão de uma vez por todas.

— Você está errado, Monjor. Há seres que podem guardar as gemas sem ser corrompidos por elas — Nopporn anunciou, olhando para Teath.

— Sinto deixá-lo sozinho, meu nobre amigo Monjor. — A voz do poderoso ser ecoou na cabeça de Kullat, Kylliat e Thagir. — No entanto, diante da possibilidade que nos foi apresentada, mudarei minha opinião. Eu compartilho da compaixão de Nopporn e concordo que a prisão é uma solução melhor que o extermínio. Meu povo não almeja poder. Eu e os últimos sobreviventes da nossa raça queremos apenas que o Multiverso continue o seu caminho de equilíbrio. Minha raça poderá ser a guardiã das gemas, sem correr o risco de ser seduzida por seu poder latente. Essa é a escolha mais óbvia e acertada.

Um silêncio triste surgiu. Apenas a respiração forte de Monjor podia ser ouvida. O caçador tinha um semblante nervoso e os punhos cerrados.

— Teath, tu e teus consanguíneos renunciariam a vossa liberdade para se tornarem carcereiros eternos? Estaríeis dispostos a tal sacrifício? — perguntou Jedaiah, se aproximando.

— Na verdade, não há escolha a fazer. Esta é a única solução possível. Como representante de meu povo, digo que estamos prontos a arcar com essa responsabilidade e que seremos os guardiões das gemas, até o fim dos tempos.

Monjor se abaixou, pegou um punhado de terra e se levantou.

— Como membro deste Conselho, honrarei esta terra onde hoje foi selado o destino e farei de tudo para ajudar. Mas, por esta mesma terra — abriu o punho e deixou os grãos escorrerem entre os dedos —, declaro que, de hoje em diante, vocês serão responsáveis por qualquer morte que ocorra em razão da decisão que estão tomando! A história testemunhará seus atos, e o futuro julgará seus erros.

Monjor virou, afastando-se do grupo. Conforme se distanciava, a imagem começou a desbotar e evanescer, sendo consumida por um clarão rodopiante, enquanto Kullat, Kylliat e Thagir retornavam ao presente, com a voz de Teath ecoando na mente deles.

Três milênios atrás... eu era poderoso... e pensava ser sábio... Monjor tinha razão... a história testemunhou meu erro... O futuro chegou para me julgar... O que fiz não foi suficiente...

Você fez mais do que qualquer um faria. Kullat sentia a decepção de Teath latejando em seu coração.

Meath e Seath morreram... Eu... me tornei poeira cósmica... Meu povo não consegue mais proteger... As gemas não estão mais seguras...

Eu vim para ajudar. Diga o que fazer, e eu farei.

Você deve destruí-las!

A voz de Teath soou como um trovão na mente de Kullat. Pela primeira vez, o cavaleiro hesitou.

Não! Deve haver outra forma. Sempre há outra solução.

Não cometa... o mesmo erro que eu... Não permita que a compaixão... nuble sua sabedoria... Agora você deve... se tornar o novo guardião... e também o carrasco... As gemas devem chegar até você...

Kullat sentia a presença de Kylliat e Thagir junto a ele, dando-lhe forças para prosseguir em sua missão.

Eu... eu aceito essa responsabilidade... E prometo fazer o que for preciso para salvar o Multiverso! Preciso falar com meus irmãos... Mas estou fraco demais...

Use a minha energia!

Não seria suficiente...

O Abismo Boreal... O lugar onde as gemas foram criadas... Leve-me até lá... Leve-me para Ev've!

O cavaleiro abriu os olhos e estava novamente na cabine da nave. Thagir e Kylliat, ainda tocando seus ombros, também abriram os olhos.

— Vejam! — Kylliat apontou para cima, através do vidro.

Uma luz esverdeada surgiu no centro das rochas flutuantes. Após séculos de estagnação, começaram a tremeluzir e se mover em direção à luz, chocando-se umas nas outras, unindo-se em um conglomerado cada vez mais brilhante.

Um halo esverdeado pulverizou as rochas, transformando-as em uma fina poeira espacial. Dessa névoa arenosa, destacou-se um objeto do tamanho de um punho fechado, de casca rochosa em um verde vibrante, pulsante como um coração. A rocha flutuou em direção à nave e, como se o vidro da cabine não existisse, o atravessou, repousando suavemente nas mãos de Kullat.

O cavaleiro sentiu o restante da Maru vital de Teath, concentrada na rocha esverdeada, sendo lentamente consumido no esforço de se manter coeso. O Gaiagon agora era apenas um resquício do que antes fora um gigantesco e poderoso colosso.

— Temos que ir para Ev've — Kullat anunciou, aflito, com os olhos fixos na rocha cósmica. — Imediatamente!

A Voz Inesquecível

República Planetária Sartorell

Deitado no chão de sua cabine, com o cajado sobre o corpo, Volgo permanecia imóvel, envolto em uma aura avermelhada que o protegia de qualquer ataque ou interrupção.

Após centenas de anos de procura e incontáveis pistas falsas, apenas por duas vezes conseguira encontrar os guardiões das gemas. Sem eles, o mago não conseguiria o poder dos Espectros, e, sem o poder dos Espectros, seria impossível continuar com o seu plano.

Descrente, iniciou o feitiço de sincronia, murmurando as palavras de forma lacônica, como em todos os outros dias. Sua mente ressoou pelo espaço novamente, como fazia todas as vezes, conectando-se com cada rastreador de Gaiagons, espalhados por todos os universos conhecidos, e outros que apenas ele conhecia.

Aguardou, atento, esperando ouvir o silêncio novamente.

Mas, ao contrário das milhares de outras vezes, sentiu um eco reverberar em sua mente. Aquele singelo som, abafado, cruzando as infindáveis distâncias do Multiverso, encheu seu coração de algo que ele não sentia havia muito tempo.

Esperança!

Uma voz surgiu em sua mente, não mais que um sussurro remexendo estranhas nostalgias enquanto ecoava pelo espaço infinito do Multiverso. Volgo se concentrou, usando cada fibra de seu ser para ouvir aquele estranho eco.

O feiticeiro apertou o cajado com os dedos esqueléticos. As tatuagens em seu corpo brilharam tanto que encobriram totalmente sua pele. Usando a raiva como motor para manter a conexão, Volgo escutava tudo. À medida que ouvia, sua raiva cedia lugar ao que alguém poderia chamar de júbilo.

A conexão cessou em um sussurro fraco, mas nítido. Volgo esperara por isso durante tanto tempo que mal conseguia acreditar que, finalmente, a hora havia chegado. O momento final de seu plano, a coroação de inúmeras vidas comuns de preparação, tudo graças àquele eco suave, naquela frase dita por uma voz que havia milênios Volgo não ouvia, mas que seria impossível esquecer. A voz que dizia: "Leve-me para Ev've!"

Conclave Sombrio

Tempestuoso recebeu a ordem sem demonstrar nenhuma emoção, apesar de algo dentro dele tentar inutilmente se rebelar. Iniciou os preparativos para a viagem e consultou os instrumentos.

Em sua cabine, Volgo estava diante de centenas de pequenas chamas violeta. Cada uma com um ou mais rostos diferentes, todos com a mesma expressão de surpresa e ansiedade, falando e gesticulando. As vozes se interpunham umas às outras, entre chiados e línguas estranhas.

Era possível ver o comandante de um exército de soldados reptilianos; três figuras excêntricas, cada qual representando uma das famílias da Sombra; um antigo mago-guerreiro, seguidor fanático de Volgo; uma figura feminina com um chifre na cabeça e olhos afunilados; entre tantos outros. Alguns pareciam contentes, como Veryna e Bemor Caed. Outros se mostravam irrequietos, como Willroch e Nahra. Chyio, uma das caçadoras de Taiko'oro, recebia a Ordem com alívio, já que os outros caçadores de recompensa não estavam mais ali e, por sorte, seu destino não fora o mesmo de Kabal e Tuphan. Outros murmuravam alguma coisa, com a voz se perdendo diante de tanto barulho.

Um gesto de Volgo criou silêncio.

— A Sombra está preparada? — indagou, trazendo uma chama para perto de si. Dentro dela, o rosto escorrido e branco de Nytya, a prima-dona da Sombra, o encarava com olhos negros.

— Sim, *Adapak** — ela respondeu, sem hesitação. — Neste momento, em inúmeros portos do Multiverso, embarcações e naves boreais estão sendo carregadas, conforme o plano para a Execução Aurora prévia. E os tentáculos da Sombra se espalham velozmente — complementou, mostrando dentes prateados em um sorriso maldoso. — Não teremos problemas.

---

* Sombra Branca, em tradução livre para a língua comum.

Se Volgo estava satisfeito, não demonstrava. Com um gesto, afastou a chama de Nytya e puxou outra, com o rosto de Veryna. A coroa de Foerst brilhava na cabeça, destacando a barbatana rasgada. Seu sorriso denunciava o prazer de estar ali. Ao seu lado, Bemor Caed aguardava.

— Como estão nossos exércitos em Makras Tanyat?

— Dragões e cavaleiros, soldados e novos recrutados estão todos treinados e ansiosos para a ação — ela declarou, sem cerimônia. — A Guarda Azul e o Exército Central também já estão de prontidão.

— Muito bem — Volgo disse, empurrando a chama para longe e trazendo outra para a frente. — Gabian?

O rosto redondo de Gabian parecia mais pálido. Seus olhos exibiam pânico, algo que Volgo apreciava muito.

— Lorang — ele gaguejou um pouco, se remexendo. Algo verde semelhante a um braço metálico o ladeava. — Tudo certo aqui.

— Todos já estão prontos?

— Sim, sim — Gabian respondeu, coçando a bochecha marcada. Os olhos estavam esbugalhados. — A taxa de sucesso ficou em oitenta e cinco por cento Lorang. — Gabian tentou sorrir, mas não conseguiu.

— Oitenta e cinco por cento?! — Volgo exclamou. — Excelente Gabian, excelente!

O mago prosseguiu, empurrando a chama para longe e trazendo outras, sucessivamente. Cada um de seus generais e acólitos reportou como estavam os preparativos para a Execução Aurora, a maior e tão esperada invasão que o Multiverso já presenciara. Em sua mente, a batalha já tinha sido vencida, bastava apenas reclamar seu prêmio.

Centenas de anos, diversas conspirações e um sem-número de lutas se somavam ao único objetivo do feiticeiro. Todos unidos para servir a um único momento, a um único propósito.

Se a sorte favorece os preparados, então ele seria o homem mais sortudo do Multiverso.

Amor Transformador

Planeta Ágnia

Após a reunião, a chama violeta desapareceu no ar sem fazer barulho. Willroch e Nahra, de mãos dadas, permaneceram calados. Os cabelos da lupina se remexiam com o farfalhar das folhas, que balançavam com a brisa suave e morna.

O poeta encarava os cristais incrustados em suas mãos, indiferente ao som da cachoeira e ao trinar dos pássaros daquela tarde de sol. Sentados sobre uma toalha na grama, os dois nem ao menos sentiam o cheiro maravilhoso do enorme manjubarte que pescaram de manhã, um belo assado, arrumado em uma tigela, forrada com folhas verdes e alguns legumes.

— Nós sabíamos que essa hora chegaria — Nahra disse, segurando o braço musculoso de Willroch.

Ela aguardou seu companheiro fazer algo, falar alguma coisa, mas ele permaneceu imóvel. Então ela se ajoelhou, ficando de frente para ele, olhando fundo em seus olhos. O que viu não foi o olhar de ódio ou de alguém decidido a obedecer sem questionar. Os olhos dele estavam cheios de pesar, e ele estava chorando.

— Meu amor... — Ela passou carinhosamente as mãos lupinas pelo seu rosto molhado, enxugando as lágrimas da pele morena. — Nós não precisamos fazer isso. Podemos fugir, nos esconder.

Willroch permaneceu imóvel.

— Eu conheço um lugar seguro — ela continuou, levantando-se. — Um lugar em que Volgo nunca vai nos achar...

— Você não conhece aquele homem — Willroch interrompeu, pesaroso, suspirando profundamente enquanto também se levantava. — Ele não desiste nunca! E eu sou a ferramenta de que ele precisa. — O poeta olhou novamente para as mãos, incrustadas com os pedaços da casca do ovo de manticore, que reluziam à luz do sol alaranjado de Ágnia.

Pelos cristais, sentia toda a magia abundante, equilibrada e majestosa de Ágnia. A energia percorria seu corpo, fluindo de cada ser vivo do planeta.

Nahra elevou-se na ponta dos pés e beijou sua testa, delicadamente.

— Se não podemos fugir, podemos enfrentá-lo! — declarou, mostrando as garras. Talbain, deitado aos pés dos dois, rosnou em concordância.

Willroch ergueu os olhos e encarou o lindo rosto de sua companheira. O perfume de violetas o inebriou por um instante.

— Eu já o enfrentei antes — ele disse, sorrindo para ela — e sei que não consigo vencê-lo.

— Você era sozinho antes. Agora eu estou aqui, com você. Podemos derrotá-lo juntos!

A bela lupina sorria, de forma desafiadora e confiante, mas tão ingênua quanto uma criatura da natureza podia ser. Essa firmeza e espontaneidade eram um traço característico de Nahra, e haviam sido fortes o suficiente para atingir o coração amargo do poeta, dobrar seu espírito ardiloso e transformá-lo em um novo homem. Um homem verdadeiramente apaixonado.

— Você tem razão. — Willroch a beijou suavemente. — Juntos nós somos invencíveis, minha lobinha.

O rosto de Nahra se iluminou. Talbain rosnou levemente, deitado na grama. O enorme lobo sentia a ansiedade de sua dona e observava Willroch com olhos atentos.

— Então vamos partir. Vamos atrás daquele velho asqueroso agora mesmo!

Aquela não fora a primeira vez que Nahra se mostrava ansiosa por sair de Ágnia, mas Willroch sabia que, no fundo, não era apenas urgência para que tudo acabasse. Na verdade, ela estava aflita e com o coração pesado não pela possibilidade de enfrentar Volgo, pois a lupina tinha a dose certa de coragem e loucura para fazê-lo, mas pelo motivo de eles estarem ali, em Ágnia. Ela era uma criatura da natureza, e saber o que Volgo havia planejado, a atrocidade que somente um homem sem coração poderia desejar, a fazia sofrer imensamente. Por mais que disfarçasse e tentasse esquecer, aqueles meses foram de muita agonia para ela, pensando que o momento chegaria e que seu companheiro seria obrigado a cometer algo tão inominável em nome do plano de um velho maligno como Volgo.

— Eu te entendo. — Willroch a abraçou com carinho. — Sei o que se passa nessa sua linda cabecinha. Se eu obedecer às ordens, terei que fazer o que vim fazer. Se vamos enfrentá-lo, só há uma forma de vencê-lo, que é me tornar mais poderoso que ele, e para isso também terei que fazer o que vim fazer. — Ele sentiu o corpo dela estremecer por um momento. Mas Nahra não o interrompeu, pois sabia que tudo aquilo era verdade. — Se fugirmos, seremos perseguidos por toda a eternidade, e só os deuses sabem o que aquele homem é capaz de fazer. Independentemente se vamos enfrentá-lo ou obedecer às imposições dele, sinto que não tenho escolha.

Dessa vez foi ela quem ficou em silêncio. O sol já tocava o topo das árvores e as sombras alongadas prenunciavam a noite que se aproximava.

Nahra suspirou profundamente, baixou a cabeça e se afastou de Willroch. Agora eram os olhos dela que estavam cheios de lágrimas. Talbain se levantou, encarou Willroch com olhos de predador e se aproximou dela.

— Eles vão sofrer? — ela perguntou, abraçando o lobo e acariciando seu pelo macio.

— Não se preocupe, serei gentil — ele murmurou.

Willroch retirou da cintura um aparelho e apertou alguns botões. Após instantes, uma sombra tapou o sol. Um zunido anunciou que a nave que eles usavam como casa havia chegado.

— Vamos! — Esticou a mão para ela.

Nahra relutou por um momento.

— Faça o que precisa fazer para ficar vivo para mim — ela afirmou.

Ele sorriu.

— Eu farei.

Nahra se aproximou e pousou a mão gentilmente sobre a dele. Com carinho, Willroch a conduziu para dentro da nave. Talbain rosnou, chacoalhou o corpanzil e correu atrás de sua dona. Com um impulso, saltou sobre as costas dela, desfazendo-se em uma miríade de cores e fundindo-se ao corpo de Nahra, em perfeita simbiose.

Com saudade nos olhos marejados, a lupina vislumbrou pela última vez as belezas daquele planeta mágico e paradisíaco.

— Você foi meu lar, a terra onde encontrei a felicidade e onde meu amor floresceu. Meu coração sangra pelo que vamos lhe fazer. Mas seu destino é inevitável. Ágnia, minha querida, adeus... e obrigada pelos peixes.

Os últimos raios de sol sumiam por trás das árvores quando Nahra se virou e entrou na nave. Pelo aparelho, Willroch fechou a porta e fez a nave decolar, o prata da fuselagem brilhando ao subir, até desaparecer nas nuvens coloridas como algodão-açucarado.

Sozinho na floresta, com as sombras das árvores cobrindo-lhe o corpo, o poeta suspirou, com os olhos marejados, sentindo-se triste por ser obrigado a tomar algo tão precioso para si. Poderia desistir ali, naquele momento. Poderia mandar a nave com Nahra para outro mundo, para que ela continuasse a viver sem ele, enquanto ele renunciaria à própria vida. Ágnia prosseguiria em sua existência mágica e tranquila, e Volgo nada poderia fazer. Isso frustraria seus planos, servindo como uma forma de vingança.

Willroch já havia pensado nessa hipótese ao longo de incontáveis noites, e a conclusão a que chegava era sempre a mesma. Ele queria viver. Não por amor à própria vida, mas por amor a Nahra. Ele não suportaria pensar que fora o causador de sua tristeza, e queria viver para ser digno do amor dela.

Deu uma última olhada para a mata ao redor, escutando pela última vez os pássaros, que já se recolhiam para adormecer, sentindo pela última vez a brisa morna acariciar sua pele e sacudir suavemente as folhas das árvores, ouvindo a cachoeira pela derradeira vez.

Deixando a culpa se concentrar em seu peito, imaginou esses sentimentos de perda se tornando físicos, adensando-se em uma forma arredondada. Como uma representação do expurgo dessas sensações, criou uma bola de energia enegrecida, que surgiu do meio do peito e saiu de seu corpo, flutuando até parar a uma braçada de distância.

Sentindo as palavras brotarem suaves em sua boca, abriu o coração, declamando para ninguém:

No negror desta noite morta
minha culpa eu abandono.
Para trás fica a história,
Com o derradeiro e nefasto ato.

Perdão rogo aos céus
pelo fim da paz que trago.
Belo ou obscuro o futuro?
Um é o que desejo,
O outro, o que receberei de fato.

Ágnia de amor e beleza,
Paraíso de vivacidade e paixão,
Em ti encontrei a alegria
E de ti saqueio, roubo tudo:
vida, amor, magia e razão.

Obrigado por ter existido,
Por ter me transformado,
Adeus, terra dos sonhos,
E obrigado pela nova vida.

Willroch fechou os olhos e saltou, deixando para trás a bola negra de sentimentos pairando no ar.

Conforme subia, abriu os olhos vagarosamente e viu o mundo lá embaixo ficar cada vez menor. Do lado direito, o céu estava escuro, com estrelas despontando na noite recém-chegada. Mas, quanto mais avançava, do seu lado esquerdo era como se o tempo retrocedesse. Quanto mais alto voava, mais próximo ficava de ver o sol que acabara de se pôr. No horizonte, o céu estava alaranjado, com nuvens rosa e amarelas emprestando um tom bucólico ao final daquele dia.

O último dia de Ágnia.

Willroch pairou no ar, flutuando entre o dia e a noite, dividido entre a luz e a escuridão, um reflexo de sua própria alma.

Inspirando fundo, fechou os olhos novamente, concentrando-se, sentindo a magia do planeta fluir à sua volta, tocar seus dedos, penetrar sua pele. Os cacos de ovo de manticore em suas mãos e pulsos vibraram ritmadamente, em sintonia com a Maru mágica de Ágnia.

Sua mente se tornou fluida, seus pensamentos se equalizaram com sua própria essência, seu corpo se tornando parte do planeta, e o planeta se unindo a ele.

Cada vez mais e mais rápido, a magia de Ágnia era sugada pelos cacos em suas mãos, usando o próprio Willroch como receptáculo para todo aquele poder.

A terra estremeceu, os sons foram morrendo, a vida do planeta foi se esvaindo suavemente, como se todas as criaturas vivas entrassem em um sono profundo.

Seu corpo estremeceu. Sentia a magia viva de todos aqueles seres migrando para suas mãos e depois para si. Era prazeroso, incrível, doloroso e insuportável.

Queria parar, mas não podia. Cada vez mais, seu corpo se enchia com todo o poder. Suas mãos queimavam, e Ágnia definhava.

Florestas silenciaram. Mares e rios pararam de fluir. Cidades se imobilizaram. Ágnia inteira, todo o planeta, teve sua essência mágica absorvida e, com ela, a vida simplesmente se extinguiu.

Willroch cerrou os dentes e gritou, em um misto de júbilo e pavor excruciante. Um grito alto, longo e sofrido, até que a última onda de magia fosse absorvida por suas mãos.

Não houve destruição nem lamentos, nem mesmo um sussurro de pavor. Simplesmente o que era deixou de ser. O planeta inteiro parecia congelado no tempo, sem nenhum movimento, apesar de emanar uma estranha sensação de vazio, que se expandiu como uma onda de morte para todo o Multiverso, anunciando a aniquilação de centilhões de vidas.

Não havia mais vento, nem nuvens, nem sons naturais. Havia apenas a nave, pairando seu corpo, pleno de magia, repleto de poder.

Willroch voou até a porta do veículo. Olhando para o planeta imóvel e desolado, declamou, antes de entrar e partir:

— E assim o amor me transforma no pior dos assassinos.

O Preço da Paz

Interespaço — Sistema Galáctico Kered

Kullat meditava, flutuando, envolto em uma aura prateada. Respirava lentamente, sentindo-se em comunhão com a existência e em consonância com as fracas vibrações emanadas por Teath. A rocha cósmica pulsava suavemente em seu colo.

De repente, uma sensação de ausência surgiu em seu peito, como se uma onda de vazio passasse por ele, forte o suficiente para quebrar sua concentração e fazê-lo cair no chão.

Sentado na cadeira do piloto, Kylliat se virou, sem se levantar.

— Você está bem?

Kullat estava com os olhos cheios de lágrimas e uma estranha sensação de enjoo. Um gosto metálico lhe impregnava a boca. Sua aura vibrou freneticamente, emitindo faíscas prateadas. Os instrumentos da nave ficaram ensandecidos com a energia errática de Kullat. Um alarme soou alto.

Kylliat levantou-se rapidamente, acionando uma alavanca vermelha em um painel lateral. Pequenos jatos de gás apagaram o princípio de incêndio que se formava. Com o rosto sonolento e sem sua habitual casaca, Thagir apareceu, esfregando os olhos.

— O que está acontecendo?

Ainda caído no chão, Kullat olhou para suas mãos, que tremiam descontroladamente.

— Não sei. Eu estava meditan...

O cavaleiro não conseguiu terminar a frase. Uma pequena explosão alaranjada surgiu de seu peito e se expandiu em uma onda de choque mágica, passando por Thagir e acertando Kylliat, lançando-o contra a parede.

— நரகத்தில், Kuga! — exclamou Kylliat. Irritado, fez sinal para Thagir de que estava bem, apesar de o impacto ter entortado a chapa metálica atrás dele. — É melhor se controlar, senão vai acabar nos explodindo!

Kylliat girou alguns sintonizadores e apertou alguns botões. As luzes internas piscaram três vezes, voltando a se estabilizar, e o alarme morreu em um silvo fino.

Kullat deu um suspiro profundo e exalou o ar lentamente, buscando reencontrar seu equilíbrio. Sua aura parou de tremer, a estranha sensação desapareceu e o enjoo sumiu.

— Como você está? — Thagir perguntou, ajudando o amigo a se levantar.

— Agora estou bem, obrigado — Kullat murmurou, sentando-se em uma das poltronas da cabine.

— Que ꟽꟼꟽꟼꟽ foi essa? — praguejou Kylliat.

— Não sei — Kullat declarou, após mais um longo suspiro. — Eu estava meditando e senti um revirar no estômago. Como se algo tivesse deixado de existir. Uma sensação de vazio que nunca senti antes. — Olhou para a rocha cósmica, que havia rolado pelo chão até parar perto de um armário.

Thagir pegou a rocha e a entregou para Kullat.

— O encontro com Teath deve ter desestabilizado sua Maru mágica. Não se preocupe. — Sentou-se na poltrona ao lado dele. — Vai ficar tudo bem.

Sorriu e segurou o ombro do cavaleiro, transmitindo-lhe confiança e tranquilidade. Suas palavras eram sinceras, e ele realmente desejava estar certo. Mas sua mente receava que o amigo pudesse estar à beira de um colapso, em virtude do conflito das energias dos Gaiagons.

A voz metálica e sem vida do navegador automático multitesla da nave interrompeu a conversa:

— Limite do sistema solar Pruller atingido. Preparar para entrada no planeta Lack.

— Apertem os hexacintos — ordenou Kylliat, sentando-se novamente na cadeira do piloto e apertando alguns botões luminosos.

Manobrando com agilidade, Kylliat pilotou a Arcade-Boreal, aproximando-se do quarto planeta daquele sistema. A atmosfera era rarefeita, permitindo um avanço em grande velocidade. Um estrondo ecoou pelo céu esverdeado enquanto a nave mergulhava em direção ao solo desértico, espantando um bando de pássaros de couro negro maiores que a própria nave. Uma nova manobra, e a nave agora voava na horizontal. No solo abaixo, imensas criaturas de carapaças avermelhadas moviam as numerosas pernas ritmadamente pelas areias escaldantes.

Kylliat apertou botões e ajustou alavancas no painel. Sobrepostos à imagem da paisagem, surgiram dois símbolos, uma espada e um escudo, cada um se transformando em um círculo. Após ajustar a velocidade e o curso, os círculos se alinharam.

Passando sobre uma pequena escarpa rochosa, encontraram um litoral enegrecido pelas gigantescas ondas prateadas do mar de ácido adiante.

— *Poriyal prohod. Boriyal odpri Muldiversiy* — Kylliat recitou as palavras mágicas que ativavam o módulo da bússola espada-escudo. Assim que as palavras foram ditas, os círculos brilharam na tela, e em cada um surgiu uma pequena marca.

Sabendo que o ponto de entrada nos Mares Boreais, do tamanho de um grão de areia, flutuava sobre as ondas de ácido, Kylliat navegou o mais rente possível do líquido turbulento, sem, contudo, tocá-lo. Quando as marcas se alinharam, ele baixou o nariz da nave até roçar suavemente o mar. Um sinal luminoso se acendeu no painel, indicando perigo.

As marcas se transformaram em dois triângulos. Conforme Kylliat perseguia a flutuação do ponto de entrada dos Mares Boreais, os triângulos diminuíram, transformando-se em pequenos pontos alinhados. Acompanhando a nave como se fosse um cortejo natural, enormes seres de pele vibrante e luminosa batiam suas três caudas velozmente, nadando graciosos nas ondas bravias.

Um segundo sinal luminoso se acendeu no painel, mostrando que o casco começava a ficar comprometido. Os pontos se desalinharam, mas Kylliat mudou rapidamente a velocidade de navegação, e eles voltaram a convergir.

Calados, Kullat e Thagir simplesmente acompanhavam as manobras, para não quebrar a concentração do piloto. Quanto mais rápido saíssem dali, menor seria a chance de algum dano permanente.

Suavemente, uma bruma surgiu ao redor da nave. Os animais deixaram de segui-los, e as ondas ficaram maiores, porém menos revoltas. A bruma se transformou rapidamente em uma névoa espessa.

— Se preparem! — Kylliat exclamou.

A nave tremeu, como se tivesse se chocado com uma pequena rocha, e começou a vibrar. O tempo pareceu quase parar, a névoa se adensou e tudo ficou inanimado, como uma pintura de cores gritantes.

Em um instante, navegavam pelos mares de ácido de Lack; no seguinte, estavam nos Mares Boreais.

A vibração cessou e o tempo voltou a fluir. A névoa se dissipou, e a água já não era mais ácida e prateada — ao contrário, era harmoniosa e multicolorida. Espalhada pelo bico da nave, a água sumia no ar, em pequenas gotas luminosas de cores variadas.

Acima deles, a noite ostentava uma galáxia desconhecida, com uma chuva de corpos celestes se lançando do espaço ao mar, deixando rastros luminosos no céu escuro.

Kylliat digitou alguns números e ajustou coordenadas, abrindo um sorriso.

— Estamos com sorte! Tudo indica que há uma passagem para Ev've a cerca de cinco semanas de navegação deste ponto.

— Finalmente! — Kullat aconchegou a rocha cósmica de Teath no peito, sentindo, aliviado, seu suave pulsar.

— Não se preocupe — Thagir disse, confiante. — Em breve estará tudo terminado.

— Mas a que preço? — Kullat indagou.

Nem Thagir nem Kylliat responderam.

O cavaleiro, mesmo tão poderoso, era contrário à perda de vidas e, ao assumir a responsabilidade de destruir as gemas e matar os Espectros dentro delas, teria de renunciar ao que acreditava em prol do bem de outros.

Esse peso ninguém tiraria de seus ombros.

Um Aviso Inesperado

Cinco semanas e meia depois — o ponto de acesso havia flutuado para longe —, finalmente o mar multicolorido se tornou um borrão de inúmeros astros luminosos.

Era como mergulhar em gelatina, onde tudo parecia lento, até mesmo a luz. Estrelas piscaram como faróis e um túnel brilhante surgiu, feito de nebulosas e sóis amorfos, deixando um estranho corredor negro à frente. A nave tremeu, chacoalhando intensamente.

A escuridão gelatinosa deu lugar a uma densa neblina amarela e, após alguns solavancos, a Arcade-Boreal se fez visível nos mares da ilha, no centro de tudo.

A nave estancou, flutuando sobre as ondas calmas. O sol da manhã e o céu esmeralda pintado aqui e ali com nuvens rosadas e alaranjadas anunciavam um dia ensolarado e promissor.

— Senhores, bem-vindos a Ev've — disse o piloto.

Kullat sorriu.

— Eu não aguentava mais. Parece que essa viagem durou décadas!

— Não exagere, Kuga — Kylliat retrucou, apertando botões e digitando comandos.— Se passaram apenas quarenta e dois dias desde que partimos do cinturão de Oorth. Deve ser um novo recorde!

— Quarenta e dois dias — Thagir disse, recostando-se na poltrona, mais relaxado. — Deve ser um bom sinal.

— Você, meu amigo — Kullat sorriu para o companheiro —, é o homem sem fé mais supersticioso que eu conheço!

— Um pouco de sorte não faz mal a ninguém. — Thagir piscou.

Kylliat riu dos amigos. Era a primeira vez que os dois voltavam a brincar. Chegar a Ev've significava que a missão deles estava terminando.

Manobrando a nave, Kylliat virou a Arcade-Boreal em direção à ilha. Apesar da distância, a Torre de Wintermute despontava no litoral rochoso de Ev've, imponente, guardando e protegendo o litoral daquele setor com suas poderosas armas, todas elas representantes da mais alta tecnologia existente no Multiverso.

Pela janela da cabine, era possível ver uma série de clondaines, as famosas torres-tanque flutuantes.

Não lembrava que este setor tinha tantas clondaines, pensou Thagir, desafivelando o cinto.

A voz mecânica da Arcade-Boreal soou, alta e clara:

— *Autorização de navegação solicitada. Aguardando resposta da Torre de Wintermute.*

Duas grandes embarcações e uma nave flutuante navegaram rapidamente na direção deles, posicionando-se ao redor da Arcade-Boreal.

— *Mensagem recebida. Necessário informar código de acesso de emergência.*

— Eu não tenho esse código. O que isso quer dizer? — Kylliat perguntou, confuso.

— Significa que Ev've fechou seus portos — Kullat respondeu, com a voz séria. — Ninguém entra ou sai da ilha sem autorização direta de um Conselheiro.

Thagir ligou o comunicador de voz.

— Identificação vocal. Thagir, de Newho. Código de emergência 210776. Frase-chave: "Um homem que se curva não endireita os outros".

Kullat também se aproximou do comunicador.

— Identificação vocal. Kullat, de Oririn. Código de emergência 040776. Frase-chave: "O poder que o homem cria é inferior ao poder que cria o homem".

— *Identidades confirmadas. Autorização recebida. Presença imediata requerida na Torre Hideo.*

Com o caminho livre, cruzaram o céu de Ev've, passando sobre a enorme Torre de Wintermute, com suas paredes reluzentes, sobrevoando a cidadezinha atrás dela e uma sucessão de vilas e pequenas fazendas. Para onde olhavam, viam grandes armas automatizadas e máquinas de guerra espalhadas pelas estradas e em pontos estratégicos.

— Nada bom... — Thagir refletiu em voz alta.

Kullat esticou o pescoço, observando acima deles um grupo de pequenas naves que voavam em formação, como se estivessem treinando.

— Nunca tinha reparado que este flanco era tão bem protegido.

— E não era — Thagir comentou, pensativo. — Tem alguma coisa a mais acontecendo aqui.

— Mas, se fosse esse o caso, vocês não teriam recebido um comunicado do Conselho? — questionou Kylliat, elevando a nave para passarem sobre uma cadeia de montanhas nevadas.

— Normalmente teríamos, mas estávamos em modo de sigilo extremo até chegarmos aqui. Não podíamos contatar os Conselheiros, nem eles a nós. A não ser que o assunto fosse de extrema importância.

— Um Gaiagon não é importante o suficiente?

— Exatamente por isso não podíamos entrar em contato — Thagir esclareceu. — A mensagem poderia ser interceptada e toda a missão posta em risco.

— O Conselho acha que pode haver espiões em Ev've — Kullat complementou.

— Que ⅃∩ᘂ! — Kylliat praguejou.

— Não sei o que disse, mas concordo com você, Ky — Kullat aquiesceu, melancólico.

Depois de algum tempo, finalmente cruzaram o lado oeste da ilha, chegando por trás da Torre Hideo, que protegia o principal porto de Ev've. Kylliat ajustou os controles, fazendo a nave pousar no topo da torre.

— Kuga, vou ficar aqui e mandar uma mensagem para o pai e a mãe dizendo que chegamos bem.

— Boa ideia. Mande um beijo para eles e diga que em breve nos encontraremos — o cavaleiro respondeu, com Thagir já na porta de saída. — Nos vemos depois.

Mal desembarcaram e um curin* informou que ambos eram esperados na sala de guerra. Atrás deles, a nave de Kylliat partiu.

Vários pavimentos abaixo, no octogésimo andar, três Anciões estavam reunidos, com o semblante preocupado. Flutuando no ar, uma esfera-T refletia o rosto do regente da Ordem, N'quamor.

Ur'Dar, o general dos exércitos de Ev've, mexia os quatro braços em frente a um enorme painel luminoso. A tela azulada mostrava todo o território da

---

* Quem trabalha para a Ordem, voluntário ou contratado.

ilha, as quatro torres e o Lago Sagrado, o lugar que cercava o Poço do Abismo Boreal, fonte dos Mares Boreais.

— Sua chegada não poderia ser em pior hora — Kim-moross disse, com sua voz infantil. Estava sentada em uma cadeira pequena e sua cabeça repousava preocupada sobre as mãos cruzadas, como se sustentassem um grande peso.

— Também é um prazer revê-la, armeira-mor — Thagir respondeu, ácido.

— Desculpem-me. — Ela girou a cadeira em direção a eles, olhando para os dois pela primeira vez. A expressão e as olheiras escuras denunciavam insônia e inquietação. — Vocês sempre são bem-vindos de volta. Esta casa é sua, tanto quanto minha e de todos os Senhores de Castelo.

— Kim tem razão. — Ur'Dar se aproximou, apertando a mão de ambos simultaneamente. — Sua chegada não era esperada.

Parallel, o Ancião mago-androide, levantou-se de sua cadeira metálica. O manto de tecido inteligente se moveu para dar espaço a seus movimentos.

— Ainda mais em um momento tão duro para todos nós — disse, fazendo uma leve mesura com a cabeça, à qual Kullat e Thagir responderam em igual medida.

Pela esfera-T, N'quamor cumprimentou os recém-chegados.

— *Abha muí*, meus jovens guerreiros.

Kullat dobrou-se, em um gesto de obediência, e Thagir curvou a cabeça, em sinal de respeito ao regente da Ordem.

— *Abha u landu* — ambos devolveram ao mesmo tempo.

— Sinto muito se a recepção não foi a mais agradável. — O rosto de N'quamor era altivo, mas seu semblante era de preocupação e cansaço. — Esta é uma crise sem precedentes, e estou velho demais para isso...

— Não tão velho. E, ainda assim, o mais preparado de nós — Parallel retrucou. A voz do androide era muito humana, não combinando com suas feições mecânicas.

https://goo.gl/1PP35Z

O enorme rosto de N'quamor flutuando na esfera-T sorriu fracamente.

— Vocês são os melhores amigos que um velho como eu poderia desejar. — N'quamor chacoalhou a cabeça, o que na esfera-T teve o efeito de uma cabeça gigante e flutuante sacudindo no ar. — Deixando as amenidades de lado, como podem ver, estamos em plena preparação.

— Sim, percebemos quando chegávamos aqui — Thagir comentou, dando um passo à frente. — A restrição de acesso, as defesas reforçadas em Wintermute, os esquadrões aéreos e as tropas terrestres. E, pelo visto, isso está acontecendo em toda a ilha. — Apontou para os monitores, onde vários pontos vermelhos brilhavam, representando as defesas ativas de Ev've.

— Recebemos uma mensagem secreta com um alerta inesperado e preocupante — disse Ur'Dar, com o semblante carregado. — Tão preocupante que o Conselho decidiu convocar os castelares de volta. Quase chamamos vocês também, mas concluímos que deveriam focar na sua missão.

— Quem mandou essa mensagem? — Kullat questionou.

— Nós não sabemos — Parallel respondeu, com sua voz centrada. Dos três Anciões, era o único cuja feição não apresentava cansaço. — Estava assinado apenas como "alguém que já foi da Ordem".

Nahra, pensou Kullat.

Draak, pensou Thagir.

— Acreditamos que isso seja verdade — Kim-moross continuou —, já que ela foi enviada usando códigos de criptografia que apenas os castelares conhecem. Códigos um pouco antigos, é verdade, mas ainda assim *nossos* códigos. E, com a mensagem, recebemos uma pequena gravação de Volgo.

— Vejam por si mesmos — finalizou Parallel, pressionando uma tecla no painel.

Uma projeção surgiu no ar, com a figura cadavérica de Volgo envolta em fumaça colorida. Com mais um toque, a imagem ganhou sons e movimentos.

— Finalmente é chegado o momento que tanto esperávamos — Volgo discursava, com a voz potente, firme e decidida. — A hora do confronto final, em que baniremos de uma vez por todas o mal que assola o Multiverso. Partiremos para derrubar aqueles que se dizem defensores do Multiverso, mas que só sabem impor suas próprias regras. — Seus olhos brilhavam, hipnotizantes. — Destruiremos a opressão, dizimaremos as mentiras, acabaremos com a tirania!

Seu discurso inflamava a alma e preenchia o coração.

Kullat e Thagir sentiam o poder de suas palavras, o encanto em sua voz, a magia em seu olhar.

Com um último brado, o feiticeiro decretou:

— Invadiremos Ev've e, juntos, aniquilaremos os Senhores de Castelo!

Desafio Insuperável

— Maldito louco — Kullat socou a mesa com o punho já em chamas, espalhando fagulhas prateadas no ar. A imagem de N'quamor tremeu por um instante. — Invadir Ev've? Isso é impossível!

— Com tempo, planejamento e recursos, nada é impossível — Thagir afirmou, taciturno.

— E Volgo possui muito dos três — Ur'Dar complementou.

— Quando receberam esta mensagem? — Thagir questionou.

Parallel verificou uma informação em um painel luminoso à sua frente.

— Há exatos quarenta e dois dias — respondeu.

Thagir e Kullat se entreolharam.

— Por quê? — questionou Ur'Dar, notando o olhar confidente dos castelares.

— Coincidência ou não — Thagir continuou —, essa mensagem chegou no mesmo dia em que encontramos Teath.

Ur'Dar se aproximou.

— Quem é Teath? E, pelo amor do Grande Absolon, por que vocês voltaram para cá?

— Este é Teath! — Kullat estendeu os braços, com a rocha cósmica nas mãos, brilhando e pulsando suavemente. — Isto é o que restou do mais velho e sábio de todos os Gaiagons.

O brilho esverdeado fez Kim-moross levar a mão à boca, em choque. O rosto de N'quamor demonstrava seu sobressalto. Nem Parallel, com sua criação lógica, conseguiu se controlar, soltando um pequeno gemido de espanto.

— Que brincadeira é essa? — Ur'Dar balbuciou, não crendo no que via.

— Não é brincadeira. E não temos muito tempo — Kullat disse, segurando a rocha junto ao corpo. — Precisamos passar pelo Lago Sagrado e colocar Teath no Abismo Boreal.

Ur'Dar, com o olhar fixo na rocha cósmica, declarou:

— Mas isso é impossível! Nenhuma aproximação do Abismo é autorizada sem prévio consentimento. Precisamos de um Conclave Gamesh!*

— Com todo o respeito — Kullat interrompeu —, não há tempo para um Gamesh, general.

— Você não entendeu — retrucou Ur'dar, com seriedade. — O conclave é necessário não apenas para que o Conselho dê permissão de acesso ao Abismo.

— Precisamos de pelo menos quatro Anciões para realizar o feitiço de destravamento da abertura — explicou Parallel. — É uma medida de segurança para garantir que jamais alguém entre no Abismo novamente.

— Novamente? — Thagir interveio.

— Um mito. Uma lenda que antecede à construção da Muralha. Nós nem temos registros oficiais sobre isso — desconversou Ur'Dar.

— Nobres Gaijins, senhor Daimio — Kullat usou os títulos dos Anciões e deu um passo à frente, decidido, mas respeitoso. — Nem mesmo sabemos as condições de Teath. — Ergueu a rocha, à vista dos Anciões. — Mas precisamos fazer o que ele nos pediu. Temos que levá-lo até o Abismo Boreal. Somente lá ele conseguirá forças para falar com todos os Gaiagons restantes e convencê-los a nos entregarem as gemas-prisão dos Espectros.

Ur'Dar deu um passo para trás. Kim-moross cobriu a boca novamente.

— Isso é absurdo! — O general se apoiou na mesa, chocado. — Nós não podemos fazer isso.

— Não temos capacidade de proteger as gemas-prisão aqui em Ev've — Parallel complementou, analisando os fatos.

— Por favor — Thagir interrompeu. — Deixem-no terminar.

Kullat baixou a cabeça. Seu capuz ficou negro, escondendo seu rosto e sua vergonha.

— Nós não vamos guardá-las. — A voz de Kullat soou repleta de tristeza. — Vamos *destruí-las*.

Um silêncio áspero se abateu na sala de guerra. A resposta foi como um soco no estômago dos Anciões, ainda mais vinda daquele homem. Kullat, um ferrenho defensor da vida, informava que eles precisavam destruir as gemas-prisão e seus prisioneiros.

---

* Reunião de todos os Conselheiros da Ordem.

— Você não pode fazer isso — Kim-moross tentou argumentar, mas Kullat levantou a mão, pedindo-lhe silenciosamente que parasse.

Thagir se aproximou do amigo e pousou a mão em seu ombro.

— Esta decisão não cabe a mim nem a vocês. Nem mesmo o Conselho pode interferir. — A voz do pistoleiro não deixava lugar para incertezas.

Kullat ergueu a cabeça. A escuridão deu lugar à luz, e seu rosto apareceu por entre as sombras.

— Eu sou o representante de todos os Gaiagons. Sou o guardião das gemas-prisão. Aceitei esta responsabilidade e as consequências que ela traz.

— Temos que levar Teath — Thagir apontou para a rocha — até o Abismo imediatamente!

Kim-moross desceu de sua cadeira, aproximando-se de Kullat. A estatura e a aparente fragilidade infantil destoavam dos olhos sábios, da postura altiva e determinada que apenas uma Anciã e Conselheira da Ordem poderia transmitir.

Com gentileza, ela levantou a mão, tocando suavemente a rocha cósmica. A aura esverdeada da pedra se expandiu, cobrindo Kim-moross e fazendo seu corpo brilhar. Os olhos dela se tornaram opacos e tremeram nas órbitas. Ainda em transe, ela começou a chorar.

A Anciã baixou a mão. Seus olhos voltaram ao normal e a aura esverdeada deixou de cobrir seu corpo.

— Eles têm razão — ela declarou, secando as lágrimas com a manga da túnica.

Ur'Dar suspirou, baixando a cabeça e cruzando os quatro braços atrás do corpo.

— Vamos precisar reunir os Anciões para a liberação do acesso — disse, finalmente. — Kal-sur e Kyrilli estão em Urubadur com Jedaiah. Estão sendo nossos olhos. — Apontou para os monitores, onde incontáveis pontos vermelhos marcavam as defesas castelares.

Thagir relembrou que, apesar de a distância física ser de apenas poucos quilômetros, pelas características mágicas do entorno da ilha, a viagem do posto aéreo de Urubadur até o chão levaria três dias inteiros, impedindo Kal-sur e Kyrilli de irem até a Muralha de imediato.

— Iryel foi para a floresta Nessat com Turritop. E Tawor está na Torre Mamoru com Iki e Driera — informou N'quamor. — Lilehah está no extremo norte, instalando segurança extra nas escarpas Crisiom — complementou, mencionando as escarpas virtualmente inexpugnáveis que cobriam todo o litoral norte de Ev've. — Nenhum deles poderá parar o que está fazendo neste momento.

— Eu posso ir para a Muralha Central com Kullat e Thagir imediatamente — Parallel interveio.

— Ótimo! — N'quamor continuou. — Estou perto e posso ir para lá em breve. No caminho pedirei que Pisamehe e Tawornos nos encontrem também. Assim teremos os quatro Conselheiros necessários para os procedimentos.

— E quanto a nós? — Ur'Dar interrompeu, apontando para si e Kim-moross.

— General, preciso que continue a organizar nossas defesas.

— Considere feito — Ur'Dar concordou.

— Kim, as torres estão prontas para defender a ilha? — questionou o Daimio.

— Desde o pronunciamento de Volgo, as torres estão em alerta máximo e em capacidade plena de ataque e defesa — respondeu a armeira-mor.

— Excelente. Comande toda a operação da Torre Hideo. Mesmo com Urubadur nos guiando, alguém precisa coordenar as ações e reações das nossas tropas. E não há ninguém melhor que você para isso.

— Tenho que concordar com o senhor — disse a armeira-mor.

— Kullat e Thagir, partam imediatamente. — N'quamor voltou o olhar para os dois, que concordaram sem demora. — Nos encontramos na Muralha. Que Nopporn nos proteja!

A transmissão foi encerrada.

— Senhora, senhor — Kullat declarou, fazendo uma mesura —, foi um prazer revê-los. Com sua licença, partiremos agora mesmo.

— Foi um prazer revê-los também, meus jovens — Kim-moross respondeu.

— Não se preocupem! — Ur'Dar levantou um punho no ar, fechando-o com força. — Se aquele maluco do Volgo ousar aparecer aqui, terá uma grande surpresa. Nossas defesas serão um desafio insuperável para ele e toda a sua laia!

— Certamente, general! — Thagir concordou.

No momento em que Kullat e Thagir estavam prestes a sair, um som estridente ecoou pela sala de guerra, fazendo-os parar.

No painel central, um alerta piscou freneticamente. Em seguida, outro e mais outro. Nas telas, além dos pontos vermelhos ao redor de toda a ilha, pontos azuis surgiam por todos os lados.

— O que foi isso? — Ur'Dar resmungou, com olhos atentos aos painéis.

Parallel apertou um botão e uma parede sumiu, transformando-se em um vidro cristalino.

Da janela da sala de guerra, no octogésimo andar, tinha-se uma visão ampla dos alojamentos e prédios administrativos, da praça central, do Muro dos Registros e do Panteão dos Heróis. Mais adiante, resplandecente sob o sol daquele belo dia, era possível ver além do porto central.

No mar, ao longe, inúmeras embarcações surgiam, cortando as águas como facas afiadas. Enormes barcos cargueiros, com velas de pano e canhões de energia, acompanhados de gigantescos porta-exércitos, capazes de transportar centenas de guerreiros e veículos de uma só vez. Além dessas, dezenas de outras embarcações, de diversas formas e origens, rasgavam os mares coloridos em franca ameaça. As mais imponentes, três vezes maiores que os porta-exércitos, carregavam estandartes de três velhos inimigos da Ordem: os Olhos Sombrios, os Ratos da Noite e a Família Negra, os três tentáculos da Sombra.

Ur'Dar socou o vidro com as quatro mãos.

— Impossível!

O exército de Volgo navegava em direção à praia. As defesas castelares já não pareciam ser um desafio insuperável diante da tamanha força daquele ataque.

Tributos

A ilha não era exatamente como Volgo recordava. Havia séculos não entrava em seus domínios, sendo apenas informado das mudanças por espiões discretos e leais aos seus desígnios. Aqueles que a Ordem desagradou ou abandonou, deixando um gosto de vingança a ser servida. Graças a eles, soube da chegada de Kullat a Ev've e pôde movimentar suas tropas, que estavam mobilizadas havia dias, à espera do momento certo para atacar.

Quando estivera ali pela última vez, não havia prédios, nem torres, nem uma praça com estátuas de heróis. Mesmo assim, a memória das montanhas longínquas lhe trouxe agradáveis lembranças. O sol magnífico do final da manhã brilhava, refletindo seus raios nas águas coloridas.

De pé na proa, viu seus exércitos surgirem, vindos pelos Mares Boreais e se materializando ao redor de Ev've. Seu coração acelerou ao pensar que o lugar onde tudo havia começado seria o mesmo onde tudo terminaria. Abafou a ansiedade latente no peito enquanto observava as demais embarcações se posicionarem em formação. A invasão, há tanto tempo planejada, finalmente estava acontecendo.

Seus exércitos compunham a maior força jamais reunida em todo o Multiverso. Ditadores, ladrões, regentes, mafiosos, comandantes de guerra, líderes religiosos, representantes comerciais e outros tantos o apoiavam, cedendo suas armas e soldados, peças necessárias para completar o Exército Vermelho dos Povos Unidos.

Leais por convencimento, por encantos, por acordos, pela força, por terror ou por ganância. Mas, acima de tudo, sedentos. Sedentos de vingança, sangue e poder.

Volgo se surpreendeu com o preparo e a determinação dos castelares. Mesmo sabendo por seus espiões que os oponentes estavam se preparando para *algo*, ficou impressionado com as defesas da Ordem, tanto na orla quanto nos céus e na água, com embarcações, navios, naves voadoras, torres flutuantes e uma infinidade de preparativos.

https://goo.gl/4zzDcs

Mesmo assim, sorriu ao ver o mar tomado com suas próprias forças, que pareciam disputar cada espaço vazio ao redor de Ev've. Imaginou o terror na ilha, com diversos castelares reportando alertas de invasão, correndo de um lado para o outro, sem acreditar no que viam.

Satisfeito, permitiu-se sorrir um pouco mais.

Tempestuoso surgiu ao seu lado, trazendo um marujo de madeira diferente dos demais. Era uma figura estranha, de corpo pequeno e cabeça gigante. No lugar da boca, um enorme buraco negro brilhava intensamente.

— O ECO está pronto — disse o capitão, indiferente ao espetáculo bélico à sua volta.

Tempestuoso se virou e retornou ao leme, deixando o feiticeiro sozinho novamente.

Mesmo na hora mais sombria, seu coração permanece nublado, pensou Volgo, sentindo uma ponta de pesar por ter subjugado tão bem a vontade do capitão. Em seu íntimo, chegou a desejar que Tempestuoso se rebelasse e o combatesse, mesmo que fosse apenas por um brilho no olhar ou um gesto. Algo que demonstrasse que ele não tinha eliminado toda a essência do rapaz certamente lhe traria um pouco de paz ao coração.

Mas não havia paz nem redenção para a sua alma. O que existia era apenas o seu objetivo. A sua meta. Depois de atingi-la, nada que tivesse feito teria significado.

Atrás do feiticeiro, Nahra lançou um olhar discreto para Willroch. O poeta segurou a mão da lupina com delicadeza, roçando nela levemente os cristais que lhe recobriam a pele.

Chegou a hora!, pensou Volgo, decidido.

Seus dedos esqueléticos apertaram o cajado e ele sentiu a mão tremer ao iniciar o feitiço. Apesar do desconforto, tocou com a ponta do cajado as costas do bizarro marujo.

— Anciões de Ev've! — A voz de Volgo reverberou pela boca negra. Potencializada pelo brilho encantado, sua fala foi projetada para todos os lugares, não só em Ev've, mas em todos os planetas, de todos os universos. Todas as criaturas vivas do Multiverso escutavam, espantadas, o terrível anúncio. — Por incontáveis anos, sua tirania sobre o Multiverso foi tolerada. — A voz se encheu de mágoa. — Mas agora não mais! Vocês tiraram muito de muitos, brincaram com a vida de todos.

Nahra rosnou de dor, tapando os ouvidos com as mãos, mas o som não podia ser detido. Willroch a segurou com carinho, formulando um feitiço para amenizar o som que ela ouvia.

Indiferente às dores da lupina, Volgo apertou ainda mais o cajado, sentindo os dedos formigarem em uma sensação desconfortável já muito familiar. Voltou ao discurso, fazendo acusações contra os castelares, a Ordem e os Anciões de Ev've. Com palavras marcadas por ressentimento, enumerou todas as falhas dos castelares, todas as "atrocidades cometidas em nome da ordem e da paz". Na proa, o estandarte acima de sua cabeça tremulava nervosamente, agitando a bandeira negra com o símbolo do Sombra Branca, um Musashi invertido no centro.

— Hoje! — Volgo continuou. — Aqui, diante de vocês, a união dos povos vem cobrar por todos os crimes que cometeram. Nossos bravos soldados e eu daremos nossa vida para acabar de uma vez por todas com o eixo maligno que comanda esta ilha e espalha seus tentáculos por todo o Multiverso.

O mago fez uma pausa em seu discurso, permitindo que o silêncio tomasse conta da mente e do coração de todos. Como um avô zeloso, sua voz se tornou cândida e suave, agradável aos ouvidos.

— Mas ninguém, repito, *ninguém* precisa morrer. Somos todos civilizados, irmãos que devem se dar as mãos para buscar o que é melhor para todos. Viemos aqui em paz. Viemos para conversar. — Sua voz se tornou ainda mais firme e decidida. — Porém estamos preparados para fazer o que for preciso. A decisão está em suas mãos. Rendam-se, e garantimos que ninguém será ferido. Nossos termos são simples. Cinco Anciões e mais um Senhor de Castelo de renome devem se apresentar a mim, o representante dos Povos Unidos, para assinarem os termos de rendição. Entre os Anciões, deve estar o atual

Conselheiro Supremo, N'quamor. Como representante de todos os demais castelares, quem deve se apresentar é Kullat, de Oririn! — O nome do cavaleiro saiu entre dentes cerrados.

Ao seu comando, um navio de casco de madeira desfraldou as velas, brancas, reluzentes à luz do sol. No convés, crianças de várias raças, vestidas com túnicas coloridas, sorriam e acenavam como se estivessem em um passeio de férias.

— Como prova de boa-fé, enviaremos a vocês nossos próprios filhos, emissários de todos os povos. Nossas crianças são os tributos que selarão a união entre todos. A união multiversal!

Nahra não escondeu a surpresa e o desgosto ao ver o mago usar crianças como moeda de troca. Era algo vil e cruel, mesmo para um feiticeiro. O navio avançou em direção à ilha. A brisa suave trouxe o cheiro das crianças até a lupina, que farejou o ar, sentindo um sabor adstringente, horrível e nauseante. Já sentira aquele cheiro antes em um beco em Corilus.

— Orzana, mãe querida! — murmurou, espantada, com arrependimento no peito. — Amor meu, este cheiro! Nós não... nós não podemos permitir isso!

— Tarde demais, amada — ele respondeu. — Tarde demais para todos nós.

Nahra enrolou a cauda na perna, com o coração cheio de vergonha.

— Vocês têm até o meio-dia para se entregar — Volgo informou, encerrando a transmissão.

Luz Negra

O navio com as crianças zarpou em direção à praia, afastando-se do Exército dos Povos Unidos. Uma enorme bola metálica saiu das linhas de defesa castelares e se aproximou, girando sobre as ondas. Parando à frente da embarcação, lançou raios cintilantes, finos e de diversas cores.

A telemetria surgiu na tela de Kim-moross.

— Não há indícios de armas, sejam mágicas ou militares — disse, voltando-se para Ur'Dar.

— Vocês vão receber as crianças? — Thagir indagou, encarando Ur'Dar com seriedade. — Não estão pensando em acatar as exigências dele, estão?

— A Ordem não negocia com terroristas! — Ur'Dar bradou, fechando os quatro punhos. — As crianças são apenas parte do teatro que aquele insano armou.

— Concordo — Kullat interveio, chegando mais perto de Kim-moross. — O que ele realmente quer é pôr as mãos nas gemas-prisão. Essa encenação toda só serve para confundir e nos perturbar.

— São apenas crianças — Kim-moross murmurou, olhando novamente a telemetria. O general consentiu e ela liberou o acesso ao porto.

Da janela, com a visão aguçada pelo Coração de Thandur, Thagir observava o navio atracar e as crianças serem escoltadas em linha para uma detalhada inspeção. Meninos e meninas de várias raças, alguns assustados, outros sorrindo e brincando, sem dar atenção ao clima de guerra ao seu redor.

— Isso é muito estranho — disse Thagir, pensativo. — Por que trazer crianças para uma guerra?

— Para enganar seus seguidores. Ninguém reúne um exército tão vasto sem usar de mentiras, calúnias e muita dissimulação — Kim-moross respondeu, com brilho nos olhos infantis. — Se atacássemos o navio, validaríamos um contra-ataque deles.

— Faz sentido — Thagir concordou, pousando a mão no colar de regente de Newho que ornava seu pescoço. — Mas o que não estamos vendo? Alguma coisa está nos escapando.

Outra telemetria surgiu na tela e Kim-moross piscou, remexendo as mãos delicadas.

— As crianças estão bem, embora estejam com os sinais vitais um pouco desestabilizados.

— Ansiedade e medo — respondeu Ur'Dar. — Nada inesperado.

— Mandarei que sejam instaladas em alojamentos e vigiadas.

— Sugiro que as separem — disse Thagir, ainda segurando seu colar. — Se ele estava planejando que nós as recebêssemos, espalhá-las em vários prédios pode atrapalhar sua estratégia.

— Concordo — disse Kim-moross, digitando alguns comandos.

Kullat estava preocupado. Sentia um peso enorme pairar sobre si. Se ele se entregasse, poderia evitar uma guerra. Mas e depois? Um déspota insano governaria todo o Multiverso?

— Não vamos nos entregar. Nem você, Kullat! — Ur'Dar sentenciou, virando-se para o cavaleiro como se tivesse lido seus pensamentos. — De uma forma ou de outra, isso acaba hoje!

— Mas esta invasão muda tudo! — Kullat interveio. — Não podemos mais chamar os Gaiagons para Ev've. É justamente isso que o Volgo quer.

— Se não podemos trazer os Gaiagons aqui — Kim-moross argumentou —, você pode ir até eles. Use Teath para achá-los. Depois encontraremos uma forma de você fugir de Ev've.

Kullat fechou os punhos, tremendo de raiva.

Fugir? Eu, fugir? Kullat não aceitava aquela solução. Saber que, com sua fuga, milhares poderiam morrer era como ter uma adaga penetrando em seu peito. Além disso, o fato de Volgo usar as crianças como escudo para seus planos imundos era algo inaceitável.

Thagir se aproximou, segurando suavemente o braço do amigo. Um toque de amizade que lhe garantiu um pouco de calma interior.

— "Quando sacrifícios são necessários, só o que nos resta é suportar a dor" — o pistoleiro citou um dos ensinamentos do Livro dos Dias.

Kullat suspirou.

— Nós pensaremos em algo. — Thagir sorriu para o amigo, confiante.

As chamas nos punhos do cavaleiro diminuíram, e suas mãos pararam de tremer.

— Anciões. Senhores de Castelo. Seu tempo está se esgotando! — a voz rouca de Volgo reverberou por todo o Multiverso novamente. — Não queremos que haja derramamento de sangue, mas, se não atenderem às nossas demandas, *vocês* serão os únicos responsáveis pelo que acontecerá neste dia!

— Maldito seja — praguejou Ur'Dar.

Um alarme soou alto na sala de guerra. Kim-moross correu até o painel de controle, onde diversas luzes piscavam freneticamente. Várias imagens surgiram em telas holográficas. Eram as crianças.

Elas corriam como loucas, gritando em angústia. O Panteão de Heróis estava tomado, assim como vários alojamentos e a frente da Torre Hideo. Castelares tentavam contê-las, abraçando com carinho aquelas que conseguiam segurar. Guardas e curins também ajudavam, mesmo sem entender direito o que estava acontecendo.

Kullat arregalou os olhos ao ver as frágeis e inocentes crianças emitirem uma luz negra pelos olhos e pela boca e lembrou-se, horrorizado, da mulher no beco de Corilus, com a mesma feição de pavor e medo.

— O QUE ELE FEZ? — gritou, desesperado.

Em um dos monitores, uma menina kyniana surgiu. Estava diante da Torre Hideo, tapando os ouvidos em agonia. A pequenina abriu a boca e se curvou em um grito mudo, com uma dor excruciante estampada no rosto. Seu corpo se retorceu e se contraiu, transformando-se em uma massa negra, disforme e pulsante.

Perda, Ruína e Morte

As crianças explodiam em uma reação em cadeia, destruindo alojamentos, ferindo e matando todos ao redor. Até a Torre Hideo balançou com os violentos abalos.

Uma a uma, as telas de projeção eram tomadas por imagens de explosões e destroços, tornando-se negras em seguida.

Da janela era possível ver enormes colunas de fumaça e fogo se elevando contra o céu esmeralda da ilha.

— *Nossas crianças!* — As palavras de Volgo estavam carregadas de ódio e horror, embargadas com o choro incontido de alguém que acaba de perder o seu bem mais precioso. — *Vocês mataram nossas crianças! Povos Unidos, defendam-se! Vamos vingar nossos filhos!*

Diante de tamanha atrocidade, Kullat sucumbiu, apoiando-se na janela, com o peito arfando. Fechou os punhos e seus dedos sumiram, envoltos em camadas tão intensas de chamas brancas que pareciam ondas vivas. A escuridão se adensou como nunca dentro de seu capuz, deixando apenas dois olhos incendiados de ira a brilhar.

Naquele momento, ele se esqueceu de tudo. Da rocha cósmica. De Teath. Das ordens de N'quamor. De seu amigo Thagir. Até mesmo de Kylliat e seus pais.

Sob seus punhos, o vidro reforçado da janela explodiu. Sem olhar para trás, o cavaleiro levantou voo, cruzando o céu esmeralda como uma flecha prateada.

— Kullat, não! — Thagir correu para a janela estraçalhada, o vento balançando sua casaca esverdeada.

— Se Volgo o capturar agora — Parallel disse, consternado —, perderemos a guerra antes mesmo de ela começar.

— Você está enganado — Ur'Dar o corrigiu, aproximando-se da mesa. — A guerra *já* começou!

Kim-moross e Ur'Dar digitaram rapidamente alguns comandos nos painéis. Em instantes, todas as forças de combate de Ev've receberam ordens para atacar enquanto canhões de plasma acima da torre começaram a disparar.

— Ei! — A voz de Kylliat soou através do comunicador que ele havia implantado no bracelete do pistoleiro. — O que está acontecendo aí embaixo?

Thagir apertou um botão no bracelete azul em seu antebraço.

— Seu irmão sucumbiu à Maré Vermelha — disse, aflito. — Ele teve uma althama!

Com o Coração de Thandur acionado, ele acompanhava o rastro prateado de Kullat. Como uma escolta mortal, os tiros de plasma da torre ao seu redor o protegiam.

— Preciso ir atrás dele.

— Já estou ligando os motores — respondeu Kylliat.

— Desça a nave pela frente do prédio. Você vai ver onde me pegar.

— Eu vou com você — declarou Parallel, sem ser contestado pelo pistoleiro.

Em instantes, a Arcade-Boreal planava ao lado da janela quebrada, com a porta lateral aberta. Parallel e Thagir, com a rocha cósmica de Teath nos braços, entraram na nave. Kylliat pressionou os controles, os motores zuniram e eles partiram, desviando da densa fumaça que encobria os alojamentos.

Pessoas saíam de seus dormitórios tossindo e arfando, abaladas, sendo orientadas por castelares ou por outros guerrins a se afastarem dali. Gritos e lamentos eram o som mais comum na ilha agora, e Thagir não conseguia desviar o olhar, segurando a rocha em seu peito, com angústia.

Crianças, o pistoleiro fechou os olhos. *Crianças como bombas. Maldito seja você, Volgo!*

Outra explosão fez a nave tremer e Kylliat praguejou, fazendo uma manobra defensiva. Estavam pouco atrás de Kullat, mas o espaço aéreo da ilha já havia se transformado em um campo de batalha.

Dragões avançavam pelo ar, cercados por ciclovotores e naves Taiko, enquanto porta-exércitos saíam de sua formação inicial, navegando para a costa, disparando canhões e abrindo caminho com força, causando destruição.

No horizonte, o mar estava tomado de embarcações. Havia fumaça e fogo em diversos pontos da costa, além de explosões tardias nos arredores da Torre Hideo.

O Exército dos Povos Unidos avançava sem temor, alimentado pelas mentiras e falsidades implantadas por Volgo. Sedentos de vingança e com o coração encharcado de ódio, os combatentes lutavam com uma ferocidade inimaginável. As forças de defesa dos Senhores de Castelo contra-atacavam, sem reservas.

Por terra, céu e mar, a guerra havia irrompido. Submersos nas águas multicoloridas ao redor de Ev've, os subarpoeiros castelares combatiam pelotões de dragões-marinhos de Makras Tanyat. Na superfície, enormes embarcações de guerra se confrontavam, sendo apoiadas e atacadas por velozes e mortíferos veículos de assalto que ziguezagueavam nas águas. Nos céus, esquadrões de aeronaves de guerra disparavam rajadas de plasma, tiros traçantes e raios de todos os tipos.

Uma guerra de tamanhas proporções jamais tivera lugar em nenhuma parte do Multiverso. Tecnologia, magia e poderosos seres sendo usados como armas. Em instantes, máquinas de guerra foram transformadas em destroços, e milhares de vidas foram tomadas, derramando o sangue de incontáveis pais, mães, filhos e filhas.

Kylliat, com os braços conectados à interface bioativa, pilotava a nave diretamente com seus pensamentos, ganhando uma agilidade impressionante, desviando dos ataques, sem revidar. Apesar de a nave estar repleta de armas, precisava focar a atenção para não serem atingidos, na tentativa de alcançar Kullat.

Shanara, montada em sua dragoa Manoari, acabara de vencer uma batalha aérea contra um vesta-aéreo castelar, quando a militar kyniana avistou um rastro prateado no céu, vindo em sua direção. Com o visor tático de seu capacete, aproximou a imagem e reconheceu o cavaleiro voador que se aproximava. Cobiçosa pelo prêmio que fora prometido a quem conseguisse capturar, vivo, Kullat, de Oririn, decidiu atacar. Seu plano era simples, cegaria o alvo com as chamas da dragoa e o capturaria com as garras da montaria. Com um comando, atiçou Manoari em uma rota de interceptação.

Labaredas escarlates jorraram, envolvendo o corpo do cavaleiro. Sem se incomodar, Kullat simplesmente avançou para dentro das chamas, chocando-se contra as patas da dragoa. A energia de Kullat provocou um choque que percorreu o corpo de Manoari, atingindo também Shanara. As garras afiadas da dragoa enroscaram-se na capa de Kullat. Sentindo-se preso, o furioso cavaleiro fechou os punhos e liberou uma onda de energia. A pata de Manoari se estraçalhou, desprendendo o cavaleiro. Urrando de dor pelo membro destruído, a dragoa e sua dona giraram no ar, chocando-se violentamente contra uma nave Taiko. Com o impacto, Shanara, Manoari e a nave despencaram pelo céu, rodopiando até baterem com força nas águas abaixo.

Kullat pairou no ar por um momento. Ao seu redor, a guerra irrompia em caos, chamas, morte e destruição. A costa fumegava com máquinas arruinadas e o céu estava infestado de explosões. Sua garganta estava seca e sua mente ignorava as perdas, com as sombras cada vez mais densas dentro de seu capuz.

Uma aeronave a vapor mirou seus canhões contra ele, disparando e enfumaçando o ar. No entanto, antes mesmo de as ogivas percorrerem a metade do caminho, três cabos metálicos o envolveram, em um abraço fortíssimo. O cavaleiro sentiu o corpo ser puxado violentamente, sendo arrastado pelo céu em meio ao tiroteio, cada vez mais e mais alto.

Concentrando sua força, Kullat resistiu à tração. Furioso pelo ataque-surpresa, reverteu o jogo e, em vez de ser arrastado, agora era ele quem arrastava a nave que o capturara. Subiu ainda mais, afastando-se da guerra lá embaixo. A velocidade do deslocamento no céu fazia a nave tremer, como se fosse se despedaçar. O atrito com o ar criava faíscas no casco prateado.

Kullat sentiu o abraço dos cabos afrouxar e, com um golpe, livrou-se deles sem esforço. Livre, fez meia-volta, pronto para disparar contra a nave que ousou tentar prendê-lo.

Contudo, através do vidro trincado da cabine esfumaçada, reconheceu os integrantes da nave. O brilho em suas mãos se enfraqueceu. Piscou os olhos, ofegante. Como se fosse um sonho, viu seu irmão tentando estabilizar a nave, e Thagir e Parallel combatendo um incêndio que se iniciara na Arcade-Boreal.

— Ky? Thagir? — Kullat murmurou baixinho, não acreditando no que via. Ao reconhecer seus amigos, a raiva cedeu e sua althama se quebrou.

Com uma rapidez impressionante, voou até a nave, aproximando-se do casco chamuscado. Muito acima do mar, a nave flutuava, com Kylliat apertando botões e xingando sem parar enquanto Thagir e Parallel terminavam de usar a carga de dois pequenos lançadores de espuma antichamas. Felizmente o fogo havia sido controlado.

Kylliat olhou para o irmão pelo vidro quebrado, gesticulando e esbravejando. Mesmo sem escutar, Kullat percebeu que não eram palavras de afeto.

O vidro da cabine se retraiu, espalhando fumaça pelo céu esmeralda, e Kullat flutuou para dentro.

— Me desculpem! Não sabia que eram vocês. Alguém se feriu?

— Você me deve uma nave — resmungou Kylliat. — Por sorte não nos machucamos com a sua idiotice!

Thagir jogou o pequeno cilindro prateado no chão, visivelmente irritado.

— Deixem isso para depois. Temos que sair daqui o mais rápido possível!

— Não! — Kullat exclamou, cerrando os punhos. — Precisamos achar Volgo e acabar com ele de uma vez por todas!

Thagir se aproximou, tentando controlar a raiva. Sabia exatamente pelo que o cavaleiro passara com a althama.

— Temos que encarar a realidade — disse, com a voz mais complacente. — Não há como encontrar Volgo no meio desse exército todo antes de sermos abatidos ou, pior ainda, sem que *você* seja morto!

Kullat suspirou e baixou a cabeça. Bem abaixo deles, a guerra continuava. Uma batalha de proporções indescritíveis, em que milhares de castelares lutavam com todas as suas forças contra incontáveis exércitos de várias nações.

Não havia glória naquela guerra. Não havia redenção naquela luta. As únicas coisas que existiam eram perda, ruína e morte.

A Invasão

— Lancem todas as defesas imediatamente! — Ur'Dar bradou pelo comunicador que o ligava aos comandos de defesa de cada setor de Ev've. — Repito, lancem TODAS as defesas!

— Atenção, torres! Aumentar disparos para a velocidade máxima — Kim-moross ordenou, repassando a instrução aos controladores das defesas nas quatro gigantescas torres da ilha.

Os painéis piscavam freneticamente. O mapa geral da batalha, atualizado instantaneamente pelo posto elevado de vigilância Urubadur, sinalizava o avanço das tropas inimigas. Em alguns pontos, as forças de ataque já haviam atracado e avançavam por terra, abrindo caminho entre as defesas castelares.

Imagens da guerra, espalhada pelos quatro cantos da ilha, eram projetadas nos diversos monitores da sala de guerra. Ur'Dar e Kim-moross coordenavam freneticamente as contramedidas defensivas. Sob seu comando, Senhores de Castelo, amigos da Ordem, guerrins e até aqueles que haviam procurado refúgio em Ev've lutavam, juntos, por um mesmo objetivo. Uma meta que agora parecia impossível de ser alcançada: manter a paz.

△

Em um dos alojamentos em chamas, semidestruído pelas explosões das crianças-bomba de Volgo, um homem tossia enquanto corria pelos corredores esfumaçados.

Conhecido simplesmente como Ladrão, mas chamado por Kullat de Corning, tapava a boca e o nariz com seu casaco. Ao chegar ao meio do corredor, chutou a porta arruinada e fumegante, torcendo para que não fosse tarde demais.

Vasculhou com os olhos ardidos o quarto em chamas, sem encontrar ninguém. Tossindo e protegendo o rosto, avançou até a porta e tentou abri-la, mas estava fechada. Ele a chacoalhou, tentando destrancá-la.

— Tá ocupado! — gritou uma voz lá de dentro.

Sem esperar, Ladrão jogou o corpo contra a porta, forçando a entrada. Debaixo do chuveiro ligado, completamente encharcado em suas roupas espalhafatosas, estava seu inseparável companheiro, Bobo.

— Acho que terminei meu banho — disse Bobo, abrindo um sorriso.

— Temos que sair daqui! — Ladrão o agarrou pelo colarinho e o puxou.

Os guizos de seu chapéu balançaram, fazendo um barulho característico, enquanto Bobo era praticamente arrastado quarto afora.

Na costa leste de Ev've, a Torre Mamoru erguia-se majestosa em suas paredes de cristal, ao lado da estrondosa cachoeira que despejava milhares de litros de água no mar. Suas turbinas, impulsionadas pela força das águas, giravam e zuniam, gerando grande parte da energia usada em toda a ilha.

Espalhados em pontos estratégicos e elevados por toda a costa da região, centenas de castelares presenciaram os navios dos Povos Unidos surgirem. Comandado pelo Ancião Tawor, aquele era o maior grupo de defesa de todas as quatro torres. Apesar disso, as defesas castelares eram visivelmente em número menor que a gigantesca força dos Povos Unidos.

O ataque do Exército Vermelho de Volgo foi feroz, coordenado e preciso. As defesas marítimas automatizadas foram rapidamente destruídas, como se os atacantes soubessem exatamente onde encontrá-las e como vencê-las.

Tawor comandava com brilhantismo, mas perdia terreno rapidamente. As defesas aéreas e algumas das armadilhas recém-instaladas fizeram frente ao avanço, mas não foram suficientes para impedir que o exército invasor atracasse na costa, despejando centenas de inimigos aos pés do alto penhasco.

Gigantescas salamandras de fogo, protegidas por armaduras escuras e cavalgadas por mercenários reponianos, saltaram de dentro das embarcações metálicas, espalhando areia e água enquanto avançavam para o paredão, sob o fogo cerrado das forças de defesa de Ev've.

À beira do penhasco, um ao lado do outro, estavam Iki e Driera. Ele sorriu para ela, com o semblante tranquilo, e ela retribuiu o sorriso, encontrando no companheiro a paz em meio ao caos. Havia muito ambos tinham perdido a vontade de se aventurar, nutrindo apenas o simples desejo de permanecer vivendo ali, não tendo mais que um canto de pássaros para anunciar o fim da tarde. Até pouco tempo, jamais imaginaram que teriam de defender cada palmo de terra ao redor da Torre Mamoru.

Mas a guerra acontecera, trazendo consigo estranhos soldados de olhos esbugalhados, cheios de ódio, cavalgando animais grotescos que guinchavam em sua escalada para a batalha.

Dois soldados reponianos alados, com faces horrendas e raivosas, separaram-se do seu grupo de ataque e avançaram rapidamente pelo ar, desviando dos disparos e atirando freneticamente com suas espingardas negras. Driera segurou sua lança e agitou as asas, a natural e a de prótese metálica, preparando-se para alçar voo e deter o inimigo. Mas Iki a segurou pela mão, apontando com a cabeça para trás.

Ao se virar, Driera viu os recém-graduados Senhores de Castelo, Ulani e Sumo, movendo-se em uníssono. Ele gesticulava graciosamente, fazendo milhares de pequenas bolhas d'água girarem ao seu redor. Ela, de braços abertos, emitia ondas de calor, com chamas cobrindo-lhe as mãos e os antebraços.

Sumo fez um gesto circular e esticou um dedo. Uma única gota desgarrou-se do balé sincronizado e, como um projétil, disparou pelo ar. A bala de água acertou a cabeça do soldado reponiano da esquerda. Seu crânio chicoteou para trás com a força do golpe, em um corpo já sem vida. Ao mesmo tempo, Ulani fez um movimento brusco com os braços e lançou uma rajada de plasma concentrado pelo ar. O outro soldado foi vaporizado instantaneamente. Uma mancha enorme e vermelha, como uma flor etérea, surgiu em seu lugar.

△

No coração da floresta Nessat, em uma clareira coberta de gramíneas roxas, o Senhor de Castelo milenar chamado Turritop estava sentado, com as pernas cruzadas. À sua frente, havia um vaso com uma flor, que formava uma grande coroa de pétalas amareladas, rajadas de laranja e violeta, de textura mista de metal e tecido. Turritop olhava fixamente para o pequeno vaso. A seu lado, Drescher estava enrodilhado em si mesmo, formando um estranho caracol, aguardando pacientemente seu criador.

Centenas de criaturas-Drescher, de tamanhos e formas diferentes, cercavam a clareira. Ali também estava Iryel, uma das Anciãs do Conselho destacadas para comandar as defesas daquele setor com Turritop. Além dela, alguns Senhores de Castelo, mestres da Academia, e ainda os recém-intitulados Senhores de Castelo Virnus e Glinda, acompanhados de vários guerrins, entre eles os antigos aprendizes de Kullat: Cyla e sua zarabatana bélica; Aada, seu escudo triangular e sua espada especial; os gêmeos uniclopes de pele avermelhada, Wazu e Zazu, vestindo suas tradicionais botas e luvas energizadas, assim como a fivela de seus cintos. Também estavam ali os famosos companheiros que formavam o trio fantástico: Dod, de Collete, e as gêmeas Keetrin e Keitty, de Adrilin.

O Exército Vermelho invadiu a praia deserta e se embrenhou na vegetação. Milhares desembarcaram sem nenhuma resistência. Porém, ao entrarem na mata, encontraram problemas, grandes problemas.

Soldados eram tragados pelo solo, que se abria repentinamente sob seus pés, fechando-se em seguida em um túmulo inexpugnável. Veículos eram cobertos de cipós mais fortes que o aço, que se contorciam, amassando e destroçando as máquinas de guerra. Árvores enormes se agitavam quando os atacantes se aproximavam, lançando folhas no ar, que explodiam ao toque, ou, quando encostavam no chão, traziam uma morte verde.

Guerreiros eram presos por raízes em abraços mortais, trepadeiras destroçavam armaduras e corpos com seus espinhos afiados, belas flores exalavam seu perfume alucinógeno, lançando soldados uns contra os outros, com olhos esbugalhados e boca salivante. A floresta se defendia sem piedade. Pequenas bolsas esverdeadas estouravam ao sentirem a aproximação dos inimigos, eliminando gases tóxicos e envenenando o ar com uma pestilência mortal e corrosiva.

Os combatentes aéreos, naturalmente alados ou embarcados em aeronaves bélicas, eram atacados por enxames de seres gelatinosos, que se liquefaziam ao encostar no inimigo, liberando ácido que corroía hélices, motores, carcaças de naves, pele, carne e ossos.

No entanto, apesar da eficiência de todas as defesas de Nessat, plantadas e preparadas por Turritop ao longo de séculos, um grupamento do exército atacante avançava, safando-se de todas as armadilhas. Eram os soldados de

Scolopendra, nação guerreira semelhante a grandes centopeias, que usavam seus poderosos ferrões mandibulares para cortar árvores, destruir a vegetação e inocular veneno em plantas defensoras. O corpo deles era como uma blindagem natural que resistia aos ataques.

A invasão prosseguia em ritmo acelerado, mas Turritop continuava a olhar a pequena flor, admirando a beleza que ainda existia em meio à guerra.

Metal e Rocha

As explosões sacudiam a Arcade-Boreal. Os danos no sistema gravitacional limitavam muito as manobras evasivas. Com Kullat de volta à nave, Thagir o instruíra a pilotar rumo à costa, em rota direta à Lagoa Sagrada.

Kylliat xingava a má resposta dos controles que, mesmo com a comunicação bioativa, não lhe davam total controle sobre o voo. Por pouco conseguiu desviar de alguns destroços flamejantes, fazendo as turbinas chiarem, enquanto duas naves passaram zunindo pelo lado esquerdo. Logo atrás delas, um aerovetor disparava uma saraivada de balas, em sua tentativa de defender a ilha.

— Desculpem — Kullat disse com sinceridade. Seu olhar pousou no irmão e em Thagir. Parallel estava em pé, logo atrás dele. — Eu sinto muito, mas...

— Trataremos disso depois — Thagir o interrompeu. — Agora precisamos focar no nosso objetivo.

— Exatamente — Parallel concordou, esticando os braços sintéticos em sua direção, com a rocha cósmica nas mãos biônicas. — Temos que levar o Gaiagon até o Abismo. Ele e você, guardião.

Ao pegar a rocha, Kullat engoliu em seco. O pedaço rochoso pulsava fracamente, emitindo um halo verde quase esgotado. Teath não tinha tentado nenhum outro contato, e Kullat não sabia se a essência do Gaiagon ainda existia naquela pedra. O cavaleiro tocou a superfície áspera e fria, tentando projetar sua mente para Teath.

Nada além de um silêncio surdo ecoou em sua cabeça.

A sensação seria mais pesada se Kylliat não tivesse soltado um palavrão assim que uma turbina explodiu. Um brilho violeta iluminou o visor central da nave. Kylliat gritou e jogou a cabeça para trás, como se tivesse levado um soco. O nariz e os ouvidos começaram a sangrar em abundância.

Outro brilho, dessa vez vermelho, rasgou a lateral do casco com um barulho trincado. Parallel foi atingido no peito por um pedaço de metal incandescente. O Ancião bateu violentamente contra a parede da nave. Kullat deu com as costas em um painel lateral, destruindo-o, antes de ser jogado para o fundo da cabine. Thagir sentiu uma dor lancinante ao se chocar contra o teto quando a Arcade-Boreal girou descontrolada no ar.

O motor rugiu como um animal ferido, ignorando os comandos do Sprawl de tentar levantar o nariz da nave. Apesar dos esforços doloridos de Kylliat, a Arcade-Boreal caiu como um monólito de aço destroçado na praia, levantando uma onda de areia, destruindo a vegetação e se partindo em pedaços ao se chocar contra o solo, formando uma cratera entre a costa e o mar colorido.

Uma esquadra de dragões, acompanhada de um grupo de guerreiros elfi-dragões alados, sobrevoou a área da queda, isolando-a do restante da batalha. No solo, com armaduras exalando vapor e fumaça, soldados kynianos avançaram em direção à nave caída, sitiando-a.

Uma pequena nave fumegante da armada imperial de Makras Tanyat pousou, com um silvo agudo. Dela, saiu Veryna, orgulhosa com a coroa de Foerst na cabeça. Logo atrás surgiu Bemor Caed. Os óculos de meia-lua pendurados no que sobrou de seu nariz, pouco escondendo as tatuagens ao redor dos olhos. Com um sorriso retorcido na face deformada, ergueu o braço híbrido em uma saudação para seu mestre. Envolto em uma aura rubra brilhante, Volgo se aproximou do solo, pousando suavemente na areia. Ainda no ar, Nahra saltou do colo de Willroch. Ignorando os protestos do poeta, correu até a nave caída.

Em meio ao metal retorcido, faíscas e fumaça saíam dos painéis destruídos. O ar tinha um cheiro forte, com sabor cáustico de raiva. Ela trombou com Parallel, horrorizada com o pedaço de fuselagem que trespassava o peito robótico como uma lança de aço. O Ancião cambaleou, com fios expostos e óleo escorrendo do peito, até cair para o lado com os olhos sem brilho. Gemidos e sons desconexos vinham da cabine do piloto, onde Nahra pôde ver Kylliat. O Sprawl se contorcia no chão, com as mãos no peito. O sangue escorria pelo nariz e ele arfava sofregamente. Ao fundo da cabine destruída, o corpo de Thagir estava caído sobre uma caixa metálica.

No que restara da nave, Nahra reconheceu o manto branco de Kullat. O cavaleiro se levantava, segurando uma rocha estranha próxima ao peito. Apesar de protegido por seu campo de força natural, o impacto da queda o deixara zonzo.

— Kullat! — ela chamou.

— Nahra?... — ele murmurou, com a voz arrastada.

Ela sentiu o cheiro de dúvida.

— Eu...

Uma rajada lilás sobrepujou sua voz, atingindo o peito de Kullat e lançando-o violentamente contra a parede. O cavaleiro caiu, envolto em faíscas, que rapidamente se transformaram em duas serpentes. Ele reconhecera a magia que agora se enrolava em seu corpo, limitando seus movimentos. Era de Willroch, isso ele tinha certeza. Mas algo estava diferente, como se a energia trouxesse algo vivo, harmonioso. Uma fraqueza súbita assolou seu corpo e uma sensação estranha preencheu todas as suas células, minando sua força.

Com dificuldade, Kullat se concentrou. Seu poder parecia não responder mais aos seus comandos. Ele ainda conseguiu reunir forças e seus olhos brilharam em prata, lançando uma rajada ocular contra as serpentes. As criaturas abriram a boca e absorveram o golpe, devolvendo a energia em forma de uma descarga de choque que fez o corpo de Kullat tremer.

Nahra cerrou os dentes ao ouvir o cavaleiro urrar de dor e viu Willroch ao seu lado, com os cristais das gemas de manticore em suas mãos ainda brilhando em lilás, controlando as serpentes de energia.

— Traga aquele dund* para cá! — Veryna ordenou do lado de fora da nave, com indisfarçado prazer.

Draak passou por Nahra e Willroch, afastando os destroços e agarrando Kullat pelo capuz.

Thagir, dolorido e confuso, tentou intervir:

— Não faça isso!

Draak se virou. O movimento elevou sua capa, revelando para Thagir um ser grotesco preso às costas do cavaleiro-dragão.

— Esse aí não existe mais. — A voz saiu dupla, tanto da boca do cavaleiro-dragão quanto de suas costas. Fina e sibilante, continha uma arrogância irritante, como se para reforçar o controle absoluto que a maga trilobita possuía sobre o elfi-dragão.

A trilobita fechou o punho de Draak e socou o rosto de Thagir, rasgando seus lábios. Sangrando, o pistoleiro desmaiou.

---

* Canalha ou farsante, em kin'nita.

Com truculência, Draak arrastou Kullat para fora, lançando-o de joelhos na areia. As serpentes de magia de Willroch ainda o prendiam, sugando a energia de seu corpo.

— Nahra... — Kullat murmurou com dificuldade. — Você nos traiu...

Draak fechou seu punho-garra e desferiu um soco violento na nuca de Kullat, afundando sua cabeça na areia.

Nahra sentiu que aquela frase de Kullat era como uma lança atravessando seu coração. Nunca havia pensado nela mesma como traidora. Apenas seguia seus sentimentos, entregue ao desejo e à paixão. Mas ver seu antigo companheiro subjugado daquela forma a fez pensar em intervir.

Imaginou-se lançando contra Draak, despedaçando a trilobita com suas garras negras e libertando seu antigo companheiro. Mas era tarde demais para arrependimentos. Ela precisava resistir aos impulsos ferinos de seu coração e manter-se fiel aos seus sentimentos para com seu amado. Sem escolha, envergonhada e abalada, desviou o olhar e baixou a cabeça, abraçando Willroch.

— O que faremos com ele? — Draak perguntou, em um sibilo.

Bemor avançou para cima de Kullat, com sede de vingança.

— Vamos matá-lo! — respondeu, com seu sorriso disforme. — Vamos matar todos eles!

— Ainda não — Volgo interferiu, concentrado.

Sua mente ecoava pelo Multiverso, buscando sintonizar sua Maru com a frequência de uma gema-prisão. Surpreso e confuso, olhou para Kullat.

— A pedra. — O feiticeiro sorriu ao perceber quão perto estava a razão de sua procura. — Entregue-me aquela pedra!

Willroch se aproximou, ajoelhou-se ao lado de Kullat e, afastando as serpentes com um gesto, tirou a rocha das mãos trêmulas do cavaleiro.

— Sinto muito, Kuga — ele sussurrou. — Se houvesse outro jeito...

Kullat tentou resistir, mas as serpentes mágicas apertaram ainda mais seu abraço mortal, fazendo o cavaleiro gemer de dor.

Na costa, um grupamento de Senhores de Castelo conseguiu avançar até a praia, usando seus poderes para lutar duramente contra soldados kynianos. Uma Senhora de Castelo de roupas amarelas, com um X no peito, conseguiu furar o bloqueio e avançou sobre a Guarda Azul. Os soldados revidaram e, em instantes, sua cabeça rolava pela areia.

Volgo pensou em se afastar dali com seu prisioneiro, mas abandonou seus temores ao ver um enorme encouraçado ancorar na praia, próximo a eles, com seu casco metálico reluzindo à luz do sol em prismas prateados.

O mago se permitiu sorrir com a chegada de sua arma secreta. Aquele era seu maior trunfo, o mais poderoso exército já visto em Ev've. Rápido, preciso e capaz de aniquilar qualquer inimigo. Aquela embarcação de guerra trazia um de seus segredos mais bem guardados.

A lateral da embarcação se abriu, com o ranger agudo de engrenagens. Pela abertura, uma graciosa e altiva binaliana surgiu, correndo velozmente, com as mãos transformadas em armas poderosas. Sua pele metálica, verde com rajadas claras no peito saliente, refletia os clarões das explosões ao redor. Os olhos esmeralda piscavam, enquanto vários outros binalianos, de diferentes tamanhos e cores, com feições masculinas e femininas, desembarcaram na praia, com punhos transformados em armas.

Willroch se aproximou de Volgo e lhe entregou a rocha. Os cristais em suas mãos ainda brilhavam em lilás, mantendo o controle das serpentes. Os olhos do mago vermelho brilharam em contraste com o halo verde da rocha cósmica ao tocá-la.

Volgo fechou os olhos, sentindo um profundo êxtase.

Os soldados de metal seriam sua garantia de vitória, e a rocha em suas mãos era a última peça que faltava.

Nada poderá me deter!, pensou, triunfante.

As Lendas Retornam

Finalmente ele tinha tudo de que precisava para finalizar o que começara havia milênios. Estava com a vitória nas mãos. Mas em uma guerra não existem certezas.

À sua volta, os soldados kynianos começaram a cair, surpresos ao serem alvejados por tiros precisos e mortais. Ele se virou e viu o exército binaliano avançar. Em vez de lutarem contra os castelares, estavam matando a Guarda Azul e os soldados dos Povos Unidos. Incrédulo, sentiu algo o atingir com violência, como um aríete eletrificado, dando-lhe um choque fortíssimo e jogando-o contra uma árvore ao longe.

— Formação Avita, em quatro — ordenou Veryna, com a voz imperiosa.
— Eruin, nos dê cobertura!

Bemor escondeu-se atrás dela, como um rato assustado. Um comandante elfi-dragão estendeu os braços, desdobrando ossos e músculos, formando asas. Com um salto, lançou-se ao céu, emitindo sons altos, como rugidos de alerta. Em resposta, vários dragões começaram a descer rapidamente em direção à praia.

Um grupo de binalianos, comandados por um de pele azul e peito largo, saltou muito alto, com propulsores metálicos a zunir, alguns nos pés, outros nas costas ou nas mãos, enquanto riscavam o céu, chocando-se contra os dragões e seus cavaleiros.

Willroch protegeu Nahra dos disparos com círculos lilases de magia. Com seu pensamento focado em proteger sua amada, as serpentes mágicas que prendiam Kullat se desfizeram no ar.

Sem as amarras, o poder de Kullat se expandiu como uma tempestade, brotando de dentro do seu corpo com uma força brutal e descontrolada. A liberação da energia provocou uma onda de choque, atingindo Draak com um golpe seco que o lançou girando para longe. Kullat tentou voar, mas sua energia vibrou errática e diminuiu drasticamente. Ele saltou de costas, em um voo de volta para dentro da nave.

Sem conseguir controlar o próprio poder, Kullat chocou-se contra a parede do veículo estelar. Desconsiderando a dor da pancada, levantou-se com dificuldade, preocupado com seus companheiros, que ainda estavam dentro da nave, desde o momento da queda.

Encontrou Thagir sentado no chão, com a casaca rasgada e ensopada de sangue, deixando à mostra um corte no ombro. Um pequeno frasco aberto nas mãos exalava um vapor denso, com aroma de almíscar, que o pistoleiro passava no ferimento.

— Você está bem? — Kullat perguntou, preocupado.

— Vou ficar — o pistoleiro respondeu, sentindo a névoa fazer efeito em contato com o machucado. Os lábios rasgados por Draak já estavam curados, mas um pouco de sangue coagulado sujava sua barba.

— Parallel! — Kullat gritou, vendo o corpo inerte do Ancião.

Thagir segurou o braço do amigo.

— Ele se foi.

Kullat apenas assentiu, em silêncio.

O pistoleiro acionou o bracelete azul, e uma arma de cano colorido surgiu em sua mão.

— Pegue o seu irmão. Temos que ir.

Com um aceno de cabeça, Kullat concordou e avançou até a cabine, onde seu irmão estava deitado, contorcendo-se de dor.

— Ky! Venha. Precisamos sair daqui.

Kullat limpou o sangue do nariz, em busca de ferimentos. Ao ver que não havia nenhum, levantou seu irmão, que apertava o peito e gemia. Apoiando-o, avançou até o rasgo na lateral da nave.

Ao olhar para fora, viu, incrédulo, todo um exército de seres de metal atacando, os quais, até aquele momento, eram tidos como extintos. Mas presenciar os lendários binalianos de volta dos mortos, lutando contra o Exército dos Povos Unidos, foi apenas o começo.

Uma mulher exuberante gritava comandos enquanto avançava e atirava com duas pistolas de energia escura. Os cabelos, curtos, eram uma mescla de negro e dourado e combinavam com uma elegante e pequenina tiara que repousava em sua cabeça. O braço esquerdo, do ombro até o pulso e avançando por três dedos, estava recoberto por uma membrana de aspecto metálico, que combinava com sua pele bronzeada.

Ao lado dela, viu um ser de tez dourada, carregando um rifle prateado nas mãos. Suas feições eram as de um homem, ainda que pequenas engrenagens nas têmporas denunciassem que não era inteiramente humano. Era atlético, com músculos definidos cobertos pela pele dourada. Um colete cinza protegia o peito largo, deixando à mostra algumas engrenagens diminutas nos ombros e articulações, que giravam a cada movimento.

Laryssa? Azio?

O cavaleiro piscou, incrédulo, ao ver os antigos amigos, quase irreconhecíveis, no comando de seres extraordinários.

Não havia dúvidas. As lendas tinham retornado e estavam lutando para salvá-lo.

Escuridão Incontida

Laryssa e Azio avançavam, com o exército de binalianos à frente. A praia fervia em disparos e explosões. Ela viu quando Thagir e Kullat saíram dos destroços da nave, carregando alguém.

O pistoleiro disparava uma gosma amarela pelo caminho, criando esferas gelatinosas e vítreas que impediam os tiros dos inimigos. Quanto a Kullat, ele criara outros dois Kullats-de-energia, distraindo as poucas forças inimigas que continuavam próximas da Arcade-Boreal, enquanto carregava Kylliat, que tremia incontrolavelmente.

Bemor Caed, Veryna, Willroch e Nahra estavam preocupados demais com os binalianos e não repararam nos fugitivos. Volgo, atingido por um disparo de canhão análogo, estava catatônico ao pé de uma árvore em chamas.

— [Rainha.] — A voz no ouvido de Laryssa era de Galatea, sua general-comandante. — [Aquele grupo apresenta leituras incomuns.]

Ao longe, Laryssa viu Galatea apontando para Thagir, Kullat e um homem de roupas estranhas.

— Mantenham os inimigos longe deles — Laryssa ordenou, transmitindo o comando pelo pequeno comunicador que tinha ao ouvido e disparando em dois soldados de armaduras.

— E eliminem o homem de vermelho — Azio complementou as ordens, disparando com precisão o rifle prateado em alvos distantes.

— [Entendido] — respondeu Galatea pelo comunicador, liderando uma dezena de soldados contra Volgo, que tentava se levantar.

O feiticeiro foi envolvido em fogo, fumaça e destroços causados pelos disparos binalianos.

Laryssa apontou para cima de Azio, que mirou rapidamente e disparou vários tiros contra uma nave que descia velozmente na direção deles. Ela pensou em ajudá-lo, mas viu Draak ao longe. O elfi-dragão corria, balançando um braço mole, quebrado, em perseguição a Kullat.

— De jeito nenhum! — Laryssa exclamou, com raiva.

Ela saltou, largando as armas e esticando o corpo. Invocando o avatar de uma Xinef, um animal alado impressionante com o dobro do seu tamanho, bateu as asas etéreas e alçou voo.

— [Azio!] — ela gritou pelo comunicador, dando um rasante na praia e desviando de um ciclovotor cuja cabine explodiu à sua frente.

— [Estou com você] — Azio respondeu.

Seus tiros explodiram o ciclovotor e providenciaram uma cobertura bélica para sua rainha.

Laryssa mudou o avatar da Xenif para um enorme bisão-castor-do-deserto e, enrodilhando-se, atingiu a lateral de Draak, lançando-o ao chão.

Draak levantou-se rapidamente, com raiva no olhar, segurando o braço quebrado. A trilobita, sibilando, ordenou que Draak projetasse suas garras para dilacerar o dorso da pequena mulher diante dele. Laryssa girou o corpo agilmente, desviando do golpe com facilidade. Desfazendo seu avatar, fez surgir duas lâminas de neon da estrutura biônica em seu braço. Sem hesitar, rasgou o dorso de Draak.

Sangue escorreu pela areia da praia enquanto o elfi-dragão cambaleava, gemendo de dor. Agora evocando o avatar de uma Ymat, ela saltou por cima de Draak e, com seis braços de energia, arrancou a trilobita das costas dele, deixando três grandes buracos na pele escamosa.

A trilobita silvou e guinchou furiosamente. Virando de lado, fez surgir um ferrão da carapaça, que atingiu o braço metálico de Laryssa. A dor a fez largar o ser asqueroso.

Liberta, a trilobita esgueirou-se rapidamente pela areia, fugindo para longe. Laryssa cerrou os dentes, mas conseguiu se levantar. Olhou para Draak no chão arenoso. O elfi-dragão não se mexia.

Enquanto corria em meio a tiros e explosões, Azio viu o enorme corpo do elfi-dragão aos pés de Laryssa. Apesar da pequena estatura, sua figura era de uma presença fabulosa, mesmo em meio aos horrores de uma guerra. Serena e altiva, aquela que um dia fora sua protegida, havia se tornado uma mulher forte, madura e decidida. Uma verdadeira rainha. A *sua* rainha.

Azio mal havia dado dois passos em sua direção, quando Laryssa levou a mão ao braço, com uma expressão de dor.

Ele a alcançou, abraçando-a e deitando-a com cuidado no chão. Servindo de escudo, seu corpo dourado amorteceu o impacto das balas, protegendo-a.

— Você está bem? — perguntou, preocupado, alisando suavemente o rosto dela.

— Não foi nada grave — ela respondeu, tranquilizando-o. — Eu me descuidei. Não vai acontecer de novo. Ajude-me a levantar, sim?

Ele escaneou o ferimento, certificando-se de que estava tudo bem. Identificou rastros de veneno, mas o braço biônico não seria afetado por ele.

Laryssa se levantou e apontou para a costa. Ao se virar, Azio viu uma kyniana, que gritava ordens histericamente para um grupo de soldados. Atrás dela estava um homem de rosto distorcido, segurando uma pistola prateada com uma mão híbrida.

— Aqueles dois. — Laryssa pousou a mão no ombro de Azio. — Temos que dar um jeito neles.

Azio concordou e checou sua carabina de longa distância. Restavam apenas duas cápsulas.

— Isso bastará — disse, engatilhando a arma.

Em um instante, Veryna gritava ordens para a Guarda Azul; no seguinte, viu Bemor cair ao seu lado, com a cabeça em pedaços. A guerreira sentiu um impacto seco no peito e sua voz sumiu, sufocada por um ardor insuportável, enquanto seus órgãos queimavam. Ela caiu de joelhos, vendo, em agonia, seu corpo se derreter, enquanto engasgava no próprio sangue.

Seus olhos fitaram o mar colorido, repleto de maravilhas de guerra a bombardear a costa. Seu último pensamento foi cheio de medo, angústia e fracasso.

Ao seu lado, Bemor Caed jazia envolto em uma poça de sangue. O buraco em seu crânio repuxou ainda mais sua pele, deixando seu semblante com um sorriso deformado no rosto sem vida. Seus óculos de meia-lua caíram na areia, revelando os olhos tatuados, repletos de espanto e terror. Seu braço híbrido tremeu por alguns instantes, até ficar imóvel na areia da praia. A Guarda Azul, vendo sua comandante e seu companheiro caídos, largaram as armas e correram em direção ao mar.

Não muito longe dali, onde Volgo era atacado por um grupo de binalianos, uma enorme explosão de energia vermelha os lançou longe, fazendo-os girar pelos ares. Dois deles se chocaram com uma enorme rocha negra, os corpos despedaçados pelo impacto.

Em meio ao violento abalo, Volgo surgiu, em pé, segurando seu cajado com ambas as mãos. Um vento mágico balançava sua túnica cor de sangue, os detalhes em dourado refletindo o brilho da energia do cajado. O feiticeiro havia se recuperado do ataque inicial.

Ao ver aquilo, os olhos de Azio brilharam, com incontida ira. Não eram mais olhos de pedra, como quando fora dominado pela primeira vez por Volgo. Graças ao poder do Globo Negro, que circulava dentro de si, e ao amor de Laryssa, eles haviam se transformado e evoluído. Agora eram azuis, um híbrido de olhos humanos e de autômato, assim como o restante de seu corpo dourado.

Com passos largos, movido pelas pernas musculosas, disparou pela praia, de encontro ao homem que o escravizara e fizera de refém o que restara de seu povo, durante décadas de terríveis torturas e experiências. O homem que quase o fizera matar Laryssa: *Volgo!*

Balas não o afetavam, bombas não impediam seu avanço. Seu corpo era como um bólido dourado, impulsionado pela raiva e pela energia do Globo Negro. Sob as botas de silício, sentiu o chão chacoalhar, desequilibrando sua corrida. A areia explodiu sob seus pés, e ele foi jogado para cima com violência. Ainda no ar, tentáculos violeta surgiram, serpenteando e agarrando seu corpo. Ventosas se prenderam em sua pele dourada, causando queimaduras enquanto se enrolavam em seus braços e pernas.

Atrás do feiticeiro, estava um homem de vestes violeta e uma lupina, com um enorme lobo cinzento ao seu lado.

Volgo desfez sua magia de proteção e o vento mágico desapareceu.

— Proteja-me enquanto eu encontro a rocha! — ordenou, concentrando-se e fechando os olhos.

Ainda prendendo Azio com seus tentáculos, Willroch encheu os pulmões de ar. Usando um átimo da magia de Ágnia, expeliu uma fumaça esbranquiçada, que envolveu a ele e seus companheiros e se solidificou em hexágonos semitransparentes.

Thagir ia à frente, abrindo caminho. Já havia usado tantas armas que perdera a conta. Por duas vezes seu bracelete falhou, obrigando-o a dar cabo dos inimigos com as próprias mãos.

Kullat tentou novamente concentrar sua energia para voar, mas era inútil. Apesar de sentir a energia mágica retornando, sua Maru ainda estava desestabilizada pelo estranho ataque que recebera de Willroch. Sem alternativa, apoiava o irmão, que caminhava com dificuldade.

— Eu não consigo segurá-lo... — murmurou Kylliat, agarrando o peito com as duas mãos, em pânico.

— O que foi, Ky? — Kullat questionou, preocupado.

— Ele está vindo! — Kylliat gemeu. — Namgib!

Os músculos cibernéticos do seu peito se afastaram e a cicatriz prateada se abriu, como se partisse Kylliat em dois. A dor foi tamanha que ele não conseguiu sequer gritar.

Com violência, um cubo se libertou do amálgama de ossos e metal que o prendia e uma onda de luz negra surgiu, como um farol invertido engolindo a luminosidade.

A Ceifeira Cósmica

No ar, o cubo se abriu, libertando uma massa negra disforme, com pontos luminosos espalhados por toda a sua extensão. A onda negro-estrelada lançou-se em direção à praia, avançando em um furioso ciclone.

Kullat, Thagir e Kylliat foram arremessados para longe com a força da ventania.

Soldados voaram, naves e criaturas aladas foram arrastadas pelos ares e máquinas de guerra tombaram como folhas em um furacão.

Volgo foi atingido com violência e suas vestes se rasgaram pela fúria da tempestade. Desnorteado, fincou o cajado à sua frente, criando uma pequena barreira em cunha.

A proteção de Willroch, ainda em formação, quebrou-se em cacos luminosos, e a estranha massa castigou o corpo do poeta, fazendo-o perder o fôlego como se tivesse levado um soco no peito.

Azio, ainda preso pelos tentáculos, sentiu a violência da onda negra rasgando sua pele e cortando sua carne dourada.

Nahra foi atingida na cabeça por um galho e caiu na areia. Talbain saltou sobre ela, protegendo-a com seu corpanzil dos destroços arremessados pela ventania. Uma tempestade elétrica se formou, descarregando raios na praia e atingindo vários soldados, matando-os instantaneamente. Talbain também foi atingido.

Laryssa invocou sucessivos avatares de animais, desesperada ao ver as auras serem consumidas à medida que eram invocadas.

A massa elevou-se no céu, moldando sua própria e estranha matéria cósmica em um ser colossal. Um apêndice se transformou em um braço, cuja ponta alongada formou uma foice revestida de estrelas e runas indecifráveis na lâmina.

A criatura se ergueu, envolta em seu manto cósmico. Do interior do estranho capuz, um urro fez a própria existência estremecer. Namgib, uma força natural de tamanho e origem desconhecidos, estava livre novamente. Livre e faminto.

A simples visão de Namgib tinha um efeito aterrador, libertando os mais profundos terrores nas pessoas. Guerreiros corajosos choravam como crianças, abandonando o campo de batalha, enquanto animais fugiam, descontrolados. Senhores de Castelo e exércitos dos Povos Unidos entraram em desespero. Mesmo os binalianos se acuaram diante da enorme escuridão que se movia na costa.

Esgotada pela onda negra, mas temerosa pelo seu povo, Laryssa ordenou que recuassem. Galatea rezou para o deus Nett, pedindo que ele assegurasse a segurança de sua rainha e de seu rei, enquanto comandava a retirada.

Indiferente ao desespero ao seu redor, Namgib urrou novamente, levantando sua foice aos céus. As runas brilharam como sóis, e as nuvens que tocavam a lâmina sumiram da existência.

A luz do dia se desvaneceu em raios pálidos, como se a cor do céu fosse sugada pela criatura. O mar recuou violentamente diante da presença, encalhando porta-exércitos, tombando navios e derrubando torres navais.

A lâmina desceu em uma velocidade vertiginosa, desarmonizando completamente a Maru de tudo o que tocava. Em meio ao caos, o rastro da inexistência permanecia no ar, formando um arco vazio no céu. Naves, dragões, seres alados e até mesmo a fumaça, tudo desaparecia sob o simples toque da lâmina de Namgib, alimentando-o e fortalecendo-o ainda mais.

Por detrás dele, explosões atingiram o seu corpo cósmico, criando rasgos no tecido negro-estrelado. Do topo da Torre Hideo, os disparos continuaram, acertando o que seria o rosto em formato de galáxia da criatura.

O manto estrelado se moveu para o capuz, recobrindo os pontos atingidos e reconstituindo sua face. A criatura urrou, furiosa.

A lâmina oscilou rapidamente, deixando um rastro de nada por onde passava, atingindo a torre perto da base, subindo em diagonal até a metade de sua altura, absorvendo tudo em seu caminho. O que restou do topo da torre despencou no vazio, gerando um estrondo violento ao se chocar com o que restara da parte de baixo.

O majestoso edifício ruiu sobre si mesmo, levando consigo milhares de vidas, que se extinguiram sob o manto negro-estrelado daquela ceifeira cósmica.

Rastro Vazio

Namgib balançou sua foice novamente, agora de cima para baixo, consumindo um bosque, grande parte do Muro dos Registros, e criando uma enorme vala no solo, além de absorver uma grandiosa nave que levantava voo, numa vã tentativa de fuga.

A cada movimento, um pedaço da existência sumia, e o ceifador cósmico crescia, alimentando-se da realidade obliterada. A escuridão tomou o céu por completo, reduzindo o dia a uma penumbra opressora.

Namgib ergueu a lâmina novamente, insaciável. Lançando a foice da morte sobre o litoral, em seu caminho ceifou um arpoador castelar, a parte superior do tombadilho de um navio encalhado, um pedaço de uma balsa de fogo — que explodiu logo em seguida — e continuou a deslizar pelo ar, cada vez mais baixo, em direção a Kullat, Thagir e Kylliat.

Kullat tentou concentrar sua força. A mão esquerda começou a soltar fagulhas, enquanto a direita mal se iluminou. Ao seu lado, Thagir tentou materializar um cilindro de tântrio, uma das poucas armas em seu pequeno arsenal restante, mas seu bracelete novamente não lhe obedeceu, brilhando de forma estranha e soltando faíscas.

A foice seguiu seu caminho. A beirada da lâmina passou rente ao corpo de Kylliat, sem tocá-lo.

Instintivamente, Thagir ergueu os braços, com o bracelete crepitante à frente do rosto, e Kullat estendeu as mãos, tentando formar uma barreira de proteção.

Laryssa gritou em desespero.

Para seu horror, viu a lâmina gigantesca continuar a terrível destruição. Atrás dela, Kullat e Thagir haviam desaparecido, deixando em seu lugar um rastro vazio

Duplas Improváveis

Aterrorizada, Laryssa assistiu ao sumiço do cavaleiro e do pistoleiro, sem poder fazer nada.

Aquela criatura horrenda havia matado seus amigos. Impotente e perdida, não sabia mais o que fazer. Ela, que prometera a si mesma corrigir todos os seus erros, ajudar aquele que um dia fora tão importante em sua vida, sentiu-se completamente confusa e derrotada. Apesar de ter conseguido resgatar Azio, libertar os binalianos, subjugar Gabian e repassar secretamente informações dos planos de Volgo para o Conselho de Ev've, ainda assim falhara.

Mas não podia esmorecer, não podia desistir. Ainda havia alguém para proteger, alguém que ela precisava salvar. Seu rei e companheiro dourado, aquele a quem ela devia a própria vida. Preocupada, correu até Azio, encontrando-o semiconsciente. Seu corpo dourado estava coberto de cortes e de sangue, mas livre. Invocando o avatar de um animal enorme, com chifres pontiagudos, ergueu carinhosamente o corpanzil dourado do autômato, afastando-o do duelo titânico, pronta a defendê-lo com sua própria vida.

Não muito longe dali, Willroch estava desacordado na areia. Tinha as roupas rasgadas e ferimentos profundos marcavam sua pele escura. Caída ao seu lado, Nahra não se mexia, com os ouvidos e o rosto sujos de sangue. O corpo carbonizado de Talbain a cobria. Quando ela se mexeu, o lobo se desfez em cinzas azuladas. Com esforço, ajoelhou-se ao lado de Willroch, acariciando o rosto de seu amado. Ao toque suave das mãos lupinas, Willroch abriu os olhos e sorriu.

— Vamos sair daqui — disse ela, ajudando-o a se levantar. — Precisamos nos proteger.

Em meio aos horrores da guerra, Laryssa carregava Azio para um lado, enquanto Nahra auxiliava Willroch a correr na direção contrária. Os dois casais improváveis buscavam abrigo, fugindo da tenebrosa criatura que tudo destruía.

Encontros Inesperados

Namgib urrou novamente, mas dessa vez foi um urro sofrido. Sua forma gigantesca tremeu, e as galáxias e estrelas em seu corpo negro piscaram em pulsos distorcidos.

A criatura deu um passo para trás, desequilibrada. Sua foice pulsou, e as runas na lâmina começaram a se apagar. Quando a última perdeu o brilho, a ponta da lâmina rachou, desprendendo um pedaço da massa negra.

O monólito caiu pesadamente na praia, levantando uma nuvem de areia. A massa disforme começou a brilhar em prata e verde e colapsou, sendo sugada para dentro de si mesma, sumindo com um estampido seco.

Como se sempre estivesse estado ali, onde antes jazia o amontoado de massa negra da foice, havia um homem. Vestia um manto e um capuz de couro, esverdeados e brilhantes. O capuz estava baixado, deixando à mostra cabelos e barbas fartos em uma mistura de branco, negro e ruivo. Os olhos eram de cores diferentes um do outro.

Atônito, Volgo o reconheceu. Era alguém que sumira havia tanto tempo que sua existência se tornara história e, depois, lenda.

Aquele era o Cavaleiro-Rei.

— Agora tudo faz sentido! — Volgo exclamou para si mesmo.

As constelações e galáxias no corpo de Namgib voltaram a brilhar. Sóis giraram, reacendendo as runas da gigantesca foice. A lâmina se regenerou, afiada. A criatura urrou ao ver o homem, de braços cruzados, em uma postura desafiadora e confiante diante do gigante.

Levantando a foice, Namgib desceu a lâmina com rapidez, destruindo o próprio ar em seu caminho.

Cavaleiro-Rei apenas levantou o braço, revelando uma mão enfaixada, com o pulso envolto em um bracelete. Mão, pulso, faixas e bracelete brilhavam em um azul fosforescente.

A lâmina estrelada chocou-se com o braço em um estrondo que ecoou violentamente pela praia. Pedaços de rocha incandescente e fagulhas de estrelas queimaram em uma explosão.

A onda de choque limpou o céu esfumaçado pela guerra.

— Minha vez! — disse Cavaleiro-Rei, sorrindo.

Confiante, disparou como uma bala, deixando um rastro intenso no ar enquanto voava contra a cabeça cósmica. Sua mão se fechou em um punho cerrado, brilhando como se segurasse uma estrela prateada.

O estrondo do poderoso soco foi ensurdecedor. A constelação que formava o queixo da criatura se fragmentou e se espalhou, gerando uma depressão negra em sua face.

Namgib cambaleou.

Outro golpe fez uma nebulosa explodir, consumindo estrelas e desestabilizando órbitas eternas.

A criatura se contorceu, urrando dolorosamente, a massa cósmica se remexendo, tentando se remoldar ao corpo. Sua enorme sombra se desvaneceu, permitindo que a luz do dia brilhasse timidamente.

Cavaleiro-Rei sorriu.

Ele havia esperado muito tempo pela revanche contra aquela criatura que aterrorizara seus sonhos. Desde o momento em que tomara consciência de si, por todo o longo período das Guerras Espectrais, até muito depois, durante seu treinamento, recluso, solitário, anônimo.

Sentindo-se preparado, finalmente se permitiu voltar para o seu início. Retornar para o futuro, para o tempo e o lugar em que, ganhando ou perdendo, também seria o seu fim.

Confiante de que conseguiria enfrentar a criatura, que também era o seu criador, Cavaleiro-Rei atacou novamente.

Girando no ar, desferiu um chute na lateral da cabeça do ser cósmico, produzindo supernovas que explodiram em seu rosto. Um pequeno cometa se desprendeu da face, chiando enquanto caía, desfazendo-se em fogo e fumaça. O corpo gigantesco se dobrou e um punho negro se chocou contra o que restara do mar, fervendo as águas coloridas com seu toque.

Cavaleiro-Rei uniu as mãos, apontando os indicadores para o corpo da criatura. Seus olhos brilharam e uma luz azul surgiu, cobrindo as mãos enfaixadas. Em instantes, uma arma de cano longo e espiralado se solidificou na palma de sua mão. Puxou o gatilho com indisfarçada satisfação. A arma produziu um zunido agudo antes de disparar.

O bólido alongado, algo como uma gota gigantesca com boca afiada e escancarada, atingiu o peito da criatura. O projétil-gota destruiu os anéis de um planeta esverdeado, abocanhou uma anã-vermelha de uma só vez e afundou o tecido negro, explodindo em seguida. O violento abalo não emitiu som algum ao acertar um corpo feito de vácuo espacial, formando um anel de fogo que consumiu o corpo de Namgib, abrindo um rasgo em seu peito.

Ele caiu de costas sobre uma esquadra encalhada do Exército dos Povos Unidos, esmagando-os como papel. A lâmina despencou sobre um porta-exército, sumindo com metade dele.

Namgib urrou de dor e ódio. O rombo em seu peito se fechou e seu corpo se apequenou. A escuridão cedeu e o dia ganhou mais força.

Cavaleiro-Rei concentrou sua energia e disparou novamente. Namgib girou o enorme braço estrelado, rodopiando a foice, e o projétil-gota ricocheteou na lâmina, sendo lançado longe, engolindo um dragão no ar e explodindo ao se chocar contra um encouraçado bélico. O brilho da explosão foi cegante, a onda de choque, avassaladora, e o fogo subiu em uma coluna de fumaça incendiária, gerando um cogumelo de destruição no céu.

O corpo de Namgib se transformou em uma massa novamente. Todas as estrelas, constelações e planetas em seu corpo se moveram, em um turbilhão cósmico. Galáxias inteiras se uniram no rosto da criatura, chocando-se, criando dois olhos intensos como quasares.

A criatura urrou, raivosa, e de seus olhos-quasares surgiram dois jatos de plasma.

Cavaleiro-Rei cruzou os braços à frente do corpo, recebendo o impacto do golpe em pleno ar. Usando de toda a sua força de vontade e energia, amparou os jatos plasmáticos com o próprio corpo.

A escuridão que se abatera sobre o dia quando Namgib surgiu novamente abrandou. Os olhos-quasares se consumiram, e os jatos de plasma desapareceram, restando apenas um rosto de nebulosa. Um buraco negro se formou, sugando a poeira estelar brilhante, produzindo uma abertura compacta e completamente escura.

O urro que Namgib emitiu foi intenso, indescritível, aterrorizante. Seu manto estrelado se retraiu, revelando duas mãos esqueléticas. Em suas costas, duas estruturas ósseas despontaram, evidenciando asas sombrias. Sob o capuz negro, o rosto da criatura tomou a forma de uma caveira com olhos de fogo.

Namgib segurou sua foice com as duas mãos. Com um movimento brusco, quebrou a arma, espalhando pó de estrelas pelo ar. O pó se uniu, e as duas partes quebradas se sacudiram, moldando-se à nova forma. Em uma das mãos, Namgib agora segurava uma foice curta. O pó se solidificou no cabo da foice, enquanto a outra parte se transformara em uma longa e fina corrente, que serpenteava no ar. Na outra mão, um gigantesco e agourento corvo se materializou.

Com os olhos em ebulição, a ave grasnou ferozmente quando a corrente se prendeu em uma de suas patas.

Namgib agitou os ossos das asas etéreas e abriu a boca, exalando uma fumaça pútrida. Sua voz era um som chiado, terrível, enlouquecedor. O pássaro grasnou alto, em resposta. Batendo as asas, arrastando a corrente presa à pata, voou em direção a Cavaleiro-Rei.

Arfante, com o corpo ardendo, Cavaleiro-Rei encarou a criatura. Qualquer que fosse o preço a pagar, ele precisava vencer, mesmo que tomasse um caminho sem volta. Esticou as mãos brilhantes para a frente, emitindo raios e faíscas. Um semicírculo se formou diante dele, como uma meia-lua mortal.

O pássaro, em vez de atacá-lo, desviou. Em um rasante, ele o prendeu com suas poderosas garras negras. Namgib puxou a corrente, trazendo o pássaro com um tranco seco e agarrando Cavaleiro-Rei, enquanto a ave se incorporava novamente ao seu manto. A escuridão ganhou força, roubando um pouco mais da claridade do dia.

Namgib ergueu sua foice alto no céu. Três runas se acenderam, queimando em vermelho, laranja e amarelo na lâmina. Seus olhos incandescentes se tornaram duas estrelas fulgurantes quando ele desferiu um golpe descomunal.

Mesmo preso, Cavaleiro-Rei criou uma barreira de energia no peito, bloqueando a ponta da lâmina. Uma explosão de luzes e fogo se espalhou pelo céu.

Namgib urrou, apertando o homem em sua mão. Todas as estrelas, nebulosas e galáxias brilharam intensamente no corpo da criatura. Concentrando toda a força do seu corpo cósmico, a lâmina inteira brilhou ainda mais intensamente, em uma fúria descontrolada.

A foice de Namgib desceu, veloz, incandescente, insuperável. Com a força do infinito, cravou a lâmina em Cavaleiro-Rei, trespassando-lhe o peito e rasgando-lhe as costas.

O Mago e o Gaiagon

Por alguns momentos, Volgo ficou paralisado diante da batalha. Testemunhar o nascimento e a morte de Cavaleiro-Rei, finalmente sabendo de tudo o que acontecera entre um fato e outro, foi um choque para o mago.

Ver tudo aquilo trouxe lembranças há muito presas em seu coração. Pela primeira vez em milênios, por um breve momento, questionou a si mesmo e seus atos.

O instante de relutância, porém, foi breve. Ele, e apenas ele, poderia dar fim de uma vez por todas a tudo aquilo. Nem mil criaturas lendárias o impediriam de concretizar seu plano. Só ele poderia salvar a todos. Somente ele seria capaz de acabar com todo o mal do Multiverso de uma só vez.

Arfando, arqueado e apoiado em seu cajado, concentrou-se com todas as suas forças, buscando com a mente a rocha que havia deixado escapar das mãos. A rocha com o Gaiagon e a gema-prisão dos Espectros.

Mesmo abatido, sentiu a tênue energia da gema. Com um raio escarlate do cajado, rasgou o solo à sua frente, enfim encontrando a rocha. Com magia, trouxe-a voando até as mãos esquálidas, liberando a força dos Espectros em seu corpo. Sua mente penetrou na consciência adormecida na rocha, tocando a essência do Gaiagon, sentindo-o fraco, mas ainda vivo.

Teath acordou de sua hibernação, confuso. Esperava que quem o acordaria fosse Kullat. Contudo, o toque da mente que sentia agora era outro. Uma consciência que deveria ter deixado de existir há muito.

Satisfeito, Volgo sentiu que o Gaiagon o reconhecera.

Olá, Teath, Volgo saudou, também reconhecendo o antigo colosso.

Você... vivo?, Teath respondeu, atônito.

Uma Luz que se Apaga

Volgo se concentrou e sentiu a essência de Teath, protegida pela carcaça pétrea. Deveria haver um ponto fraco por onde ele conseguiria matar o Gaiagon. Bastava encontrar tal ponto. Entendendo o que seu inimigo procurava, Teath invadiu a mente do mago, e seus pensamentos se misturaram.

Sonhos de vingança se mesclaram a uma harmonia cósmica, bailando no espaço escuro e silencioso. Faces de pessoas queridas se misturaram a órbitas silenciosas de estrelas e planetas. Irmãos espalhados pelo Multiverso tiveram seus paradeiros revelados. Medo e fracasso dividiram a atenção com tristeza e abandono. Um sentimento de arrependimento surgiu, como um vulcão, explodindo em conhecimento milenar, traições e estratégias vergonhosas, jorrando saudade, dor e esperança. Esperança de acabar com o sofrimento de todos.

Volgo era Teath.

Teath era Volgo.

O mago e o Gaiagon, agora, sabiam todos os segredos um do outro.

A mente de Volgo fundiu-se à de Teath. Revivendo um passado que não era seu, flutuou no espaço, sentindo a gravidade puxá-lo ao se incorporar a uma lua inabitada, buscando paz em sua jornada de guardião da gema. O tempo passou rápido, e daquela órbita celestial nasceu a dor ao ser atingido por um enorme meteoro, se despedaçando, flutuando pelo espaço em uma miríade de rochas inertes, sem forças para voltar a se reunir, condenado a viver no vazio. Até o dia em que foi encontrado por Esperança, por Verdade, por Kullat. Nesse momento, Volgo soube da outra gema ligada ao cavaleiro.

Ao mesmo tempo, Teath tomou conhecimento da vida de Volgo, sentindo, estarrecido, como seu antigo aliado havia se transformado em um homem seco de corpo e alma. Em culpa e piedade, chegou até a entender suas razões, as possibilidades de sucesso, mas não conseguia concordar com os horrores que Volgo causara. Se fosse mais fraco, teria cedido e perdido a razão. Mas a esperança em seu íntimo era maior. A esperança de que a paz no Multiverso poderia ser restabelecida.

Volgo sentiu uma rachadura ínfima no corpo do Gaiagon.

Adeus, meu velho amigo.

Ainda não...

Buscando o que restava de suas forças, Teath ampliou sua consciência. Com uma torrente de emoções, atacou a mente de Volgo com fé, esperança, amor e compreensão. Sensações que o mago havia enterrado fundo na alma. Em meio às lágrimas, o feiticeiro soltou a rocha.

Em seu pequeno corpo rochoso, Teath flutuou por um instante. Livre, lançou-se em disparada em direção a Namgib. Quando a rocha cósmica penetrou a massa que formava o corpo da criatura, Namgib urrou. A rocha que guardava a essência do Gaiagon rachou e explodiu. O espaço que formava a criatura ondulou, e todas as constelações, grupamentos estelares e sistemas galácticos piscaram.

Namgib sacudiu o corpo gigantesco. Um espasmo arrancou a foice do corpo ensanguentado em sua mão seca. A arma cósmica tombou, transformando-se em pó de universo, que evaporou no ar. O corpo de Cavaleiro-Rei escorregou da outra mão, caindo no chão arenoso.

Namgib urrou violentamente, e seu corpo inteiro tremeu. Estrelas chocaram-se umas contra as outras, sóis explodiram, galáxias inteiras colapsaram. A energia e os detritos celestes formaram rios brilhantes de poeira cósmica, que ondularam em espiral até Teath. Uma luz amarelada surgiu do olho da espiral, lançando-se diretamente sobre o corpo inerte de Cavaleiro-Rei.

A escuridão foi sendo vencida pela luz, enquanto o titã, cada vez menor e mais fraco, tentava, em vão, arrancar Teath de dentro de si.

O Gaiagon fizera seu último sacrifício. Renunciara à própria vida para poder deter a criatura, enquanto ele e todos os Espectros que estavam presos em sua gema eram desintegrados.

O mar começou a subir novamente, retornando aos poucos ao seu lugar. O sol de Ev've voltou a brilhar com toda a sua intensidade.

O corpo de Namgib foi ficando cada vez menor. Reduzido a uma massa pequenina, nele não havia mais galáxias, estrelas ou sóis.

A luz que iluminava Cavaleiro-Rei se apagou.

A Guerra se Espalha

Kylliat estava caído, parcialmente encoberto por areia e destroços. Impotente, assistira à luta do estranho homem contra a entidade cósmica. Parte de seu corpo biônico não respondia, e ele permanecia paralisado na areia da praia. Caído a seu lado, o cubo tecnológico, que por anos contivera Namgib, pulsava fracamente.

A pequena esfera negra a que Namgib fora reduzido flutuava debilmente, perto do corpo do Cavaleiro-Rei. Kylliat cerrou os dentes e se concentrou. Sabia que Namgib não estava morto. Não se pode matar *a morte*. Se não agisse rápido, a criatura poderia despertar novamente, e dessa vez não haveria ninguém capaz de detê-la.

Em um esforço brutal, conectou telepaticamente seu cérebro ao cubo. Pequenos motores se ligaram no objeto, lançando-o contra o que restara de Namgib, fechando-se ao seu redor e retornando diretamente ao peito de Kylliat. Dor e alívio se mesclaram quando seu tórax se fechou. Mais uma vez, ele se tornara a prisão viva para Namgib.

Com o cubo devidamente implantado, Kylliat retomou o controle dos membros cibernéticos e conseguiu se levantar. Procurou o irmão, mas não o encontrou. Nem ele nem Thagir. Dentro da nave em que fora piloto, encontrou o corpo do Ancião. Estava perfurado no peito, molhado de sangue e óleo, sem nenhum sinal vital, mas Kylliat tinha recursos úteis sobre qualquer tecnologia. Tentou acessar a mente cibernética do Ancião. Percebeu que Parallel tinha uma mente orgânica, muito próxima à de um humano, então ele não conseguiria transferir a mente do Ancião para outro lugar, mas o corpo biônico, por alguma funcionalidade própria, ainda mantinha contato com as torres. Seus olhos ficaram azuis quando sua consciência se conectou ao centro de informação de Ev've.

Kylliat procurou saber sobre seus pais e uma notificação de transporte lhe informou que já estavam fora da ilha, voltando para Oririn. Respirou aliviado ao saber que haviam sido salvos da destruição que assolara a ilha.

Kullat não estava em lugar nenhum; era como se tivesse desaparecido. Para encontrar seu irmão, ele teria que ir até o centro de comunicações, onde os processadores eram muito mais eficientes e os radares, muito mais potentes.

A Torre Hideo estava destruída e inúmeras baixas se acumulavam nas unidades castelares. Alertas de invasão na floresta Nessat e de vários ataques na Torre Mamoru piscavam freneticamente. A lista de mortes não parava de aumentar, tanto na ilha como fora dela. A guerra se expandira para todo o Multiverso.

A Rainha Dourada

Volgo tremia de raiva. Por duas vezes teve o Gaiagon nas mãos, mas Teath se fora, e, com ele, a gema-prisão. Também perdera Kullat e a outra gema-prisão, guardada dentro do cavaleiro. Mas ainda havia uma esperança.

Arrancando o manto rasgado, deixou à mostra o tronco pálido e esquelético, recoberto de tatuagens negras. Apoiando-se em seu cajado, foi até onde o corpo do Cavaleiro-Rei havia tombado. Para sua surpresa, não havia mais o buraco em seu peito. Em seu último ato de bravura, Teath usara a própria Maru de Namgib para restaurar o ferimento.

Ele se ajoelhou ao lado do Cavaleiro-Rei, afastando o tecido rasgado que recobria o seu peito. Suas suspeitas se confirmaram. Ali estava a gema-prisão que Kullat carregava.

Murmurando algumas palavras, a mão do mago ficou semitransparente, afundando-se no peito do homem caído e agarrando a gema-prisão. O corpo do Cavaleiro-Rei entrou em convulsão, e ele abriu os olhos, inspirando o ar pela boca profundamente, gritando de dor enquanto a gema era arrancada de seu peito.

Laryssa não sabia o que fazer. Não podia deixar Azio sozinho, desprotegido. Já perdera um grande amor uma vez, não suportaria perder outro. Mas também não podia ficar parada. Alguma coisa naquele homem que lutara contra o gigante cósmico acendia algo em seu coração. Algo familiar, como uma canção conhecida, mas esquecida há muito tempo.

— Sinto muito, meu amor — ela disse, dando um beijo apaixonado em seu amado. O gigante dourado moveu a cabeça, desorientado.

Sem esperar seu companheiro se recuperar, Laryssa se virou e correu, com seu avatar mudado para um felino veloz e esguio.

Cavaleiro-Rei, ainda gritando, se debatia no chão. Seu corpo começou a brilhar, cada vez mais forte. Volgo protegeu os olhos da luz cegante com seu braço seco, segurando o objeto de seu desejo.

Laryssa saltou e o mago foi jogado no chão, com as costas rasgadas por garras afiadas. O feiticeiro gritou de dor, mas Laryssa não se importou. Transformou seu avatar em um enorme símio e socou o corpo seco de Volgo, duas, três, quatro vezes. Outro avatar, e agora ela era um animal de dentes afiados.

Mordendo com força, chacoalhou o corpo ressequido, lançando-o para longe como um boneco de gravetos. Volgo bateu violentamente contra uma pedra.

No movimento, Laryssa voltou os olhos para onde o Cavaleiro-Rei estava. O que viu a deixou em choque e ela desfez seu avatar com o susto, cobrindo a boca com as mãos.

Caídos, onde antes estava o Cavaleiro-Rei, Kullat e Thagir respiravam fracamente, entre gemidos de dor.

O aspecto fantasmagórico do manto de Kullat havia sumido, denunciando que sua magia natural não estava ativa. Os cabelos e a barba de ambos estavam crescidos, como se não fossem cortados há muito tempo, e a expressão no rosto dos dois estava mais pesada, envelhecida e cansada.

Ver os dois ali, vivos, fez Laryssa soluçar em um choro contido.

Ela achara que seu esforço havia sido em vão, que ambos haviam morrido. Mas, de alguma forma, os dois haviam se fundido naquele homem que lutara contra a criatura cósmica. Era por isso que ela o reconhecera. Seu coração pulou de felicidade e sua visão ficou turva pelas lágrimas de alegria ao ver seus amigos vivos.

Em seguida, tudo ficou vermelho.

Aproveitando-se da distração de Laryssa, Volgo lançou um raio escarlate contra ela, atingindo seu corpo com descargas de energia mágica.

Com dificuldade, ela abriu as mãos, fazendo surgir uma nevasca ao seu redor para proteger o corpo. Esticou os braços e fez os flocos de neve, afiados como navalha, avançarem contra o inimigo.

O mago bateu com o cajado no chão e uma onda de areia elevou o solo sob ela, jogando-a para o alto. Ainda no ar, ela invocou um enorme mocho das neves feito de gelo, que pousou sobre suas costas com graciosidade.

Volgo ergueu uma parede de energia rubra momentos antes de a ave atingi-lo, fazendo-a se chocar contra a proteção, espatifando-a, enquanto dezenas de runas queimavam no anteparo mágico, derretendo o gelo.

Aproveitando o impulso, Laryssa saltou por cima da barreira. Ao tocar o solo, seu avatar era a de uma elegante lebre humanoide. Seu braço biônico exibia duas lâminas brilhantes, e da cintura sacou um cilindro que, acionado com um zumbido, estendeu uma lâmina de luz azul, formando uma espécie de espada.

Furiosa, atacou novamente, com a agilidade e a rapidez aumentadas pelo avatar. Volgo energizou seu cajado, que foi tomado por uma vibração avermelhada.

A espada zumbia quando cortava o ar, e os golpes entre a lâmina de luz e o cajado geravam faíscas e um chiado alto, como uma descarga elétrica. Laryssa atacava com habilidade, enquanto Volgo defendia as investidas com destreza e velocidade não condizentes com alguém de seu porte físico e sua idade.

Ela desferiu um golpe contra a cabeça do mago, ao mesmo tempo em que estocou a lateral do corpo dele com as lâminas brilhantes de seu braço biônico. A estratégia funcionou. Volgo tinha agora dois cortes na lateral do peito. Contudo, ele aproveitara para acertar um chute no estômago dela, lançando-a longe.

O feiticeiro elevou seu cajado e direcionou raios avermelhados contra Laryssa. Erguendo sua espada luminosa à frente do rosto, ela usou a lâmina para absorver o golpe. Sua respiração ritmada de guerreira experiente demonstrava seu preparo. Mas o que mais impressionava Volgo era seu olhar, firme e determinado.

O som da luta chegou aos ouvidos de Azio. Ele se levantou com dificuldade, os músculos reclamando de dor. Piscou algumas vezes, assustado e desorientado. Lentamente, detectou de onde vinha o barulho. A poucos metros dele, Laryssa e Volgo se enfrentavam. As faíscas explodiam a cada golpe.

— Confesso que estou impressionado — Volgo disse, arfando e olhando para ela com uma atitude de respeito. — Você não é mais uma garotinha ingênua.

— Nunca despreze a força de uma mulher — ela retrucou, ameaçadora.

— Eu nunca desprezei... — ele falou, sério. Olhando para um ponto atrás dela, complementou: — Atuala, agora!

— ATRÁS DE VOCÊ! — Azio gritou, horrorizado, tentando correr para salvar sua amada.

Laryssa não teve tempo de se virar nem de ver quem a atacava. Apenas sentiu um golpe violento atingir-lhe as costas, derrubando-a.

Com esforço, apoiou-se no chão, e um sentimento de horror incontido a envolveu ao ver seu agressor.

Kullat, o cavaleiro de Oririn.

Os punhos enfaixados brilhavam em chamas brancas e rubras. Nas costas dele estava a criatura que ela arrancara de Draak. Dos ferimentos onde ela cravara suas presas, escorria sangue, que era absorvido pelo manto, colorindo o branco espectral com um vermelho-escuro. Debaixo do capuz, a escuridão era pegajosa sobre seu rosto, revelando apenas seus olhos, dois pontos luminosos que irradiavam fúria.

Confusa, Laryssa viu seu amigo intensificar as chamas, lançando um golpe diretamente contra ela. Rapidamente, ela invocou o avatar de outro animal, mas o novo ataque foi como uma avalanche, despedaçando a imagem que a protegia, tirando-lhe o fôlego em um violento espasmo.

Dizem que no momento derradeiro vemos a vida inteira passar diante dos olhos. No entanto, a única coisa que Laryssa via era o seu amor, Azio, correndo em sua direção, gritando em desespero.

Ela não sentiu medo nem arrependimentos. Aprendera a aceitar os erros do passado e a amadurecer com os aprendizados duros que a vida lhe proporcionara. Finalmente havia encontrado o seu lugar no Multiverso, ao se permitir ser feliz ao lado de Azio, mesmo que por pouco tempo. Ela não precisava rever toda a sua vida, pois havia encontrado a si mesma.

Durante a maior das batalhas do Multiverso, defendendo as pessoas que amava, Laryssa se deu por vencida. A antiga garota mimada, ex-guerrina e princesa de Agas'B, abandonara a tudo e a todos, na esperança de encontrar a luz no fim do caminho. E no lugar mais inusitado, com o ser que mais merecia e que fora o mais relegado por ela, acabou por encontrar o que tanto procurara.

Laryssa olhou para Azio e, em completa paz, sorriu para ele.

As chamas mágicas, fulgurantes e incandescentes, envolveram seu corpo. Sua pele foi tomada pelas labaredas, sendo coberta por bolhas e feridas que lhe penetravam a carne. Seu braço biomecânico explodiu e a coroa derreteu.

Laryssa, a Rainha Dourada do povo de Binal, nem sequer gritou.

O Cavaleiro e o Rei

— Orzana! — exclamou Nahra, escondendo o rosto no peito de Willroch.

Apesar de não conhecer Laryssa, Nahra conhecia o passado da princesa de Agas'B com Kullat e sabia da importância da jovem mulher para seu antigo companheiro castelar. Testemunhar aquela morte não era apenas mais uma perda sem sentido em uma guerra de terror; era a prova de que ela mesma, em nome do seu amor por Willroch, mudara.

Antes Nahra definia a si própria como uma Senhora de Castelo orgulhosa, forte e decidida, que lutava por causas nobres e batalhava pelos outros, sem esperar nada em troca. Mas, diante daquela cena grotesca em que Kullat — mesmo sendo controlado por uma das irmãs trilobitas — assassinava a princesa dos contos de Agas'B, Nahra percebeu como sua mudança fora drástica.

Não sentia pena de Laryssa. Não tinha compaixão por Kullat. Não sentia nem mesmo vergonha por permitir que todos os horrores da guerra continuassem. Sentia apenas medo. Medo de se arrepender, medo de que os fantasmas de suas atitudes em nome de seu amor por Willroch tornassem sua culpa insuportável e que isso afetasse sua vida com seu amado.

Contudo, apesar de toda a perda ao seu redor, coração abrandou ao esconder o rosto no peito de seu companheiro. Ela não queria mais olhar. Não queria acreditar no que os próprios olhos viam. Aquele não era mais seu ex-amigo; era apenas mais uma ferramenta à disposição de Volgo.

— Excelente trabalho, Atuala! — exclamou Volgo, satisfeito, observando com atenção o cavaleiro de manto branco-rubro.

— Obrigada, mestre! — disse a trilobita por meio de Kullat, com sua voz sibilante e áspera.

— Mate os que sobraram. Não posso mais ser interrompido.

— Como quiser — ela respondeu, fazendo as chamas nas mãos de Kullat ficarem ainda mais intensas, vivas como um incêndio, subindo até os ombros. Seus pés já não tocavam mais o chão. — Estou ansiosa para descobrir o que este corpo consegue fazer.

— Willroch! — O poeta tremeu com o chamado de Volgo. — Chegou a hora. Vamos!

Não era um pedido.

A lupina sentiu o cheiro de terror emanar dele e tentou segurá-lo, apenas para receber um olhar pedindo que o deixasse ir. Ela baixou a cabeça, aceitando o papel que o destino lhe impusera.

Willroch fez um gesto e uma bolha lilás surgiu à sua frente, flutuou até Nahra e a envolveu por completo, elevando-a no ar.

Ela apoiou as mãos na parede transparente e fitou seu companheiro enquanto a bolha se elevava até o céu. O mago poeta acompanhou com o olhar a partida de sua amada. Ela estaria mais segura no barco do capitão Tempestuoso enquanto ele faria o que tinha que ser feito.

Ignorando o corpo fumegante de Laryssa no chão, Willroch e Volgo se afastaram.

Azio avançou com os olhos repletos de ódio. Muitas raças no Multiverso cultivavam esse sentimento de igualar as coisas, de vingar suas perdas. Esse misto de redenção e violência se tornou uma força motriz para Azio. Encontrar seu povo escravizado por Volgo criara nele uma constante busca por reparação. O mesmo sentimento agora, multiplicado inúmeras vezes, percorria seus músculos cibernéticos. Ele se esqueceu da guerra em volta. Os gritos em seu ouvido não surtiam efeito. Os enormes porta-exércitos tombados, os incontáveis mortos e feridos, os corpos despedaçados, as máquinas de guerra, os ciclovotores e as naves Taiko destruídas, nada disso tinha a menor importância para ele.

Seus pensamentos eram um turbilhão de sentimentos e incriminavam Kullat por ter sido fraco, por ter sido dominado. Não importava se Kullat havia mudado de lado ou se estava sendo controlado, *ele* era o responsável por inúmeros anos de sofrimento de Laryssa, *ele* era o culpado pela morte de sua rainha.

Lembrou-se de sua luta contra Kullat anos atrás e de como a havia vencido. Se antes ele quase matara o cavaleiro com suas mãos douradas, agora, graças ao desenvolvimento acelerado de seu corpo causado pelo poder do Globo Negro, deixara de ser um binaliano comum para ser o próximo salto evolucionário de sua raça. Kullat era o réu, ele seria o carrasco e a pena seria a morte.

A trilobita observava seu avanço com um riso debochado.

— Agora é a sua vez, *latinha*! — ela sibilou, usando uma das lembranças de Kullat para zombar de Azio, fechando os punhos flamejantes e aguardando o confronto. — Venha encontrar sua destruição!

Impulsionado pela fúria, Azio também cerrou os punhos. Enrijecendo seus ossos metálicos, fortificando seus músculos biônicos e tornando sua pele ainda mais espessa, desferiu um soco contra o cavaleiro, que flutuava, desdenhoso, à sua frente.

O golpe atingiu a lateral do capuz de Kullat, gerando uma explosão de luz e sombra. A força e a velocidade de seu soco foram tamanhas que espalharam uma onda de choque. A pele dourada dos seus dedos rasgou, esparramando sangue pelos ares e sujando seu rosto. O cavaleiro foi jogado para trás.

Azio avançou, golpeando mais uma, duas, três vezes. A cada soco, mais força, mais fúria. A cada golpe, uma nova explosão, uma nova onda de choque e mais sangue. O quarto ataque foi tão forte que seu punho se quebrou com o impacto.

Ofegante, Azio olhou para a mão pendente, inutilizada. Pelos seus cálculos, o último golpe fora dez vezes mais forte que qualquer outro que ele já desferira. O crânio do cavaleiro deveria estar afundado, disforme. Mas, para sua surpresa, o cavaleiro continuava flutuando, sem nenhum sinal de dor ou de que tivesse sido atacado.

— É só isso? — a trilobita zombou, com olhos brilhantes. — Você não faz mesmo ideia da força deste corpo!

O brilho nos olhos de Kullat se intensificou, iluminando um rosto distorcido.

Ensandecida de poder, Kullat-Atuala socou o peito de Azio, criando uma explosão de chamas brancas e rubras. Azio cambaleou, sendo agarrado por uma gigantesca mão de energia. Atuala riu ao trazê-lo para perto de si. Bastava um pensamento e poderia incendiar Azio em uma fornalha mágica. Mas aquele corpo tinha um poder jamais sentido pela trilobita, e ela queria se divertir um pouco mais com isso.

Gargalhando como uma maníaca, Kullat-Atuala agarrou o punho quebrado do adversário e emitiu uma onda de energia mágica que percorreu o corpo de Azio, penetrando sua carne cibernética e atingindo seus órgãos. O intenso choque se espalhou, lançando raios ao redor, queimando o chão. Um líquido branco começou a vazar dos ouvidos e olhos de Azio.

Ainda gargalhando, o cavaleiro agarrou o antebraço do rei dos binalianos, deformando o membro como se fosse feito de espuma e, com um movimento bruto, girou o braço cibernético, que estalou ao ser deslocado do ombro metálico. Com outro movimento, arrancou o braço inteiro do ombro de Azio, que tombou sobre o solo fumegante, com o corpo em convulsão enquanto sangue espirrava de seus músculos de silício.

Usando o membro amputado como um martelo, Kullat-Atuala começou a bater na cabeça e no rosto do binaliano, rindo mais e mais a cada golpe.

Enquanto isso, no céu, Volgo entregou a gema-prisão para Willroch e, com seu cajado, criou uma esfera multifacetada de energia ao redor de ambos.

Willroch fechou os olhos, segurou a pedra entre as palmas e canalizou toda a energia de Ágnia que estava armazenada em seu corpo, através dos cacos de ovo de manticore incrustados em suas mãos. Pequenos raios surgiram, serpenteando na superfície rochosa e se concentrando em um único ponto da gema.

Volgo sentiu as vibrações vindas da gema-prisão e teve certeza de que teria sucesso. Por décadas, com seu corpo preso em uma rocha submersa em Oririn, usara a própria Maru e a energia roubada de dois gêmeos de Adrilin para conseguir fazer uma ínfima rachadura em uma das gemas-prisão. Mas agora, com toda a energia mágica obtida por Willroch, teria fácil acesso aos Espectros aprisionados.

As defesas de Ev've estavam sendo derrubadas uma a uma, e os Senhores de Castelo perderiam a guerra. Tanta preparação, tantos planos e sacrifícios. Tanto esforço e tantas atrocidades. No momento em que a gema-prisão fosse quebrada, nada mais teria importância. Nada nem ninguém poderia mais detê-lo. E, enfim, todo o mal deixaria de existir.

A Plenitude da Existência

Ao redor da ilha, a guerra continuava. As defesas da floresta Nessat, construídas e plantadas anos antes por Turritop, impediam o avanço dos inimigos e retardavam a movimentação das tropas invasoras.

As flores de Julg, com seus esporos soporíferos amarelos, faziam os soldados tossirem, com a respiração pesada e os olhos grudentos por uma gosma gelatinosa, derrubando-os no solo macio e repleto de folhas, ignorados pelos companheiros que tentavam se afastar da armadilha.

Não muito longe, um esquadrão de mercenários gratilanos, com seus uniformes herméticos, encontrava-se perdido do restante da companhia, conduzido por caminhos tortuosos pela vegetação que se movia disfarçadamente, levando-os a fazer o mesmo percurso várias vezes. Nem mesmo o céu, encoberto por galhos e folhas, servia de orientação, e até as marcas de suas lâminas de neon em algumas árvores e pedras sumiam poucos instantes depois de feitas, como se nunca tivessem existido.

Outro grupo de atacantes, brutais e destruidores, abriu caminho à força, avançando até encontrar uma clareira rodeada de plantas exóticas. Exalando um aroma doce enquanto balançavam em uma cadência coreografada, em uma dança hipnótica, as plantas paralisaram o esquadrão hostil, enquanto longos e finos espinhos eram arremessados a cada movimento, perfurando armaduras, vestimentas e armas, prendendo-os em uma intrincada malha de espinhos.

Alheio a tudo, no jardim central da floresta, Turritop contemplava seu experimento com atenção, ansioso pelo iminente desabrochar da bela e única flor, que trocara os tons alaranjados por cores metálicas. Indiferente ao destino dos invasores — e sendo da opinião de que tudo que podia ser feito já fora feito —, deixara a Anciã Yriel, com a ajuda de Drescher e de mais alguns castelares, monitorar a situação. A Anciã desaprovava sua atitude, mas ele não se importava com a opinião da *jovem* Yriel, pois Amaralina estava chegando.

Drescher, por intermédio de diversas plantas robóticas espalhadas pela floresta, acompanhava a aproximação dos exércitos dos Povos Unidos com preocupação. Apesar de muitos terem sido desabilitados ou impedidos de prosseguir, outros mais avançavam, incansáveis.

A antiga aprendiz de Kullat, Aada, permanecia em silêncio. Ela ajeitou o escudo triangular e girou a espada, olhando para seu grupo de comando. Os irmãos Wazu e Zazu piscavam as enormes órbitas, nervosos, com a fivela dos cintos zumbindo. Batiam as luvas e checavam constantemente as botas energizadas, atentos aos ruídos na floresta. Cyla, à espreita em um galho de árvore e camuflada na copa graças à sua pele verde, olhava por sobre a vegetação, mantendo a zarabatana pronta para disparar dardos debilitantes contra qualquer coisa que se movesse na direção deles.

Desenrodilhando o corpo coberto de placas, interligadas em uma armadura, Drescher se aproximou da Anciã e da guerrina Keetrin, que permanecia a seu lado desde o início do ataque.

— Um grupo de lesmas hidrosas conseguiu passar pelo lado leste — informou Drescher.

— Temos problemas piores! — exclamou Keetrin, preocupada. Com seus olhos enevoados, enxergava pelos olhos de sua irmã Keitty e de seu inseparável amigo Dod, que flutuavam por entre a vegetação, acompanhando de perto o grupo de invasores que seguia à frente. — Uma horda de soldados de Scolopendra passou pela última zona de contenção.

— Teremos que barrá-los aqui — disse Drescher, pensativo. — Se os Scolopendras passarem por nós, chegarão a Wintermute com facilidade.

— Eles não passarão! — exclamou Yriel, com a voz firme. — Esquadrão cinco, venha comigo. Vamos nos juntar ao grupo avançado de Virnus e Glinda. Drescher, você sabe o que fazer — finalizou, caminhando para dentro da floresta e sendo seguida por Aada e pelo restante do esquadrão cinco.

Drescher os acompanhou até a borda da clareira, onde parou. Por um breve momento, olhou para Turritop, solitário, que ignorava tudo em volta e mirava fixamente o botão de flor que se movia fracamente, em um leve pulsar.

Com um suspiro, Drescher moveu vários braços, em padrões complexos. Milhares de mini-Dreschers responderam ao seu comando, reunindo-se no limite da clareira e avançando em linha reta por ambos os lados da floresta, a fim de formar uma barreira tripla que separasse a guerra de Turritop, que, alheio a tudo, tinha toda a sua atenção na pequena flor, que chegara ao estágio final.

A maturidade necessária para desabrochar finalmente havia sido atingida. Não faltaria muito agora. As primeiras pétalas já se expandiam, afrouxando seu laço ao redor do botão.

Durante algum tempo, só houve silêncio. Nenhum movimento, nem mesmo o vento, quebrou a paz da clareira. A única coisa que se movia era o botão de flor.

A sensação de tensão que Turritop sentia era indescritível. Aquele momento havia sido tão esperado que nada poderia ter mais importância. Por um longo tempo — e, para um terrícola de vida extremamente longa, isso significa muito mais que para qualquer outro ser normal —, ele ansiou por concluir o seu estudo, a sua experiência. Aquela era, para ele, a maior realização de sua vida.

Em sua contemplação, Turritop se alienou do restante da existência. Não estava na floresta quando Keetrin e Dod foram alcançados e, sem escapatória, deram o último abraço. Não estava presente para ver Virnus e Glinda lutando bravamente, até darem os últimos suspiros, lado a lado. Não presenciara Aada e seu grupo batalharem com afinco e serem vencidos, um a um, assim como também acontecera com a Anciã, e, acima de tudo, não vira quando Drescher incorporou várias plantas robóticas para formar um guerreiro gigante que, sozinho, derrotou metade dos agressores antes de ser totalmente destroçado pelo que restara do exército Scolopendra.

A barreira de mini-Dreschers resistiu uma, duas, três vezes. No entanto, na quarta investida, as paredes ruíram.

Entre silvos e grunhidos raivosos, o inimigo invadiu o jardim.

Turritop não se moveu. Emocionado, apenas curvou a boca levemente, em um sorriso, enquanto uma lágrima escorria em seu rosto.

— Minha Amaralina... — sussurrou, hipnotizado pela elegância das curvas da criaturinha.

A flor desabrochara, revelando entre as pétalas uma figura de beleza singular que se espreguiçava, levantando os bracinhos como se quisesse alcançar o céu, exibindo um pequeno e delicado par de asas coloridas. Diferentemente das anteriores, essa tinha cabelos azuis e pele rosada, com pequenas manchas coloridas ao redor dos ombros.

Em um salto, Amaralina levantou voo, batendo as asinhas suavemente, deixando para trás um Turritop admirado e perdido em sua beleza.

— Aproveite sua vida — ele disse, sorridente, com as mãos unidas no peito, enquanto os Scolopendras saltavam sobre ele.

Amaralina tomou impulso e voou livremente, pairando sobre a floresta devastada em direção ao sol, pronta para aproveitar a plenitude de sua existência.

Cascata Mortal

As defesas da Torre Mamoru disparavam freneticamente contra os invasores, lançando raios sobre a floresta de cristal.

Driera suava e seus cabelos colavam na testa. Os cortes e escoriações a incomodavam, mas ainda havia muitos inimigos para enfrentar, com seus urros e gritos sendo abafados pelo estrondoso som da cachoeira que desaguava furiosamente no mar abaixo.

Com um movimento ágil, girou sua lança, perfurando um reponiano que saltara em sua direção. Seus olhos encontraram os de Iki, com amor e ternura.

Ele lhe sorriu levemente. Seu amado lutava obstinadamente. A pele prateada, coberta de linhas retas, brilhava com o suor. O Senhor de Castelo remexia os braços, formando ciclones e tufões que afastavam as hordas inimigas. Vários castelares se uniam ao casal no esforço de defender a torre.

Outro batalhão inimigo aportou, trazendo homens e mulheres de Kynis, com orelhas pontudas e pele acinzentada, que dividiam espaço com criaturas horrendas. Em outro flanco, mimetizadores de Randa sibilavam encantos debaixo de seus capuzes de pele, comandando um bando de bestas selvagens.

Sumo rodopiou seu cajado, criando uma tromba-d'água com a cachoeira, que varreu várias salamandras de fogo e afogou seus condutores. Slurg piava freneticamente ao seu lado, ansioso para bicar os inimigos.

Uma das salamandras cuspiu uma enorme bola de fogo em direção ao jovem, mas Ulani se jogou na frente dele e a bola de fogo se chocou contra sua pele avermelhada, explodindo em faíscas, sem afetá-la.

Mais uma vez, Sumo *dançou*, mexendo as mãos graciosamente. Da imensa cachoeira ao lado da torre, um jato d'água violento irrompeu, batendo forte em algumas salamandras. Outras começaram a se retorcer e a fumacear. A pele fervente e cheia de manchas murchava, e elas gritavam enquanto seu corpo se apagava por fora, mas fervia por dentro. Ulani remexia os braços ao lado de Sumo, cozinhando os órgãos dos animais.

No entanto, o exército inimigo era numeroso demais. Uma matilha de gigantescos cães de guerra escalou a encosta com suas garras afiadas e chegou ao topo do penhasco. Sob o canto hipnotizante de seus mestres, os animais avançaram ferozmente.

Ulani e Sumo foram encurralados por um grupo deles. Ela foi atacada pela frente e quase teve o rosto arrancado por uma mordida, mas conseguiu evitar que as mandíbulas do cão-besta estraçalhassem sua face. Com o punho aquecido, bateu entre o focinho e os olhos, forçando a criatura a recuar por um instante, enquanto outra besta pulou nas costas de Sumo, rasgando-lhe a pele e os músculos.

Com o golpe, ele caiu de joelhos, sentindo uma dor lancinante. Ao mesmo tempo, Slurg rolou no chão, sentindo toda a dor de seu dono.

Piando e grasnando, o bichinho ganhou uma coloração negra. Suas asinhas bateram freneticamente e seu corpo começou a inchar. Entre pios e estranhos guinchos, seu bico se alongou, exibindo um aspecto serrilhado, enquanto músculos se distendiam, empurrando ossos e tendões. A penugem, jovem e macia, borbulhava enquanto o pequeno corpo arredondado crescia, em estalos e grunhidos. Suas costas se transformaram em uma série de ossos pontiagudos que rompiam a pele, e suas pequenas patas deram lugar a pernas musculosas.

O cão-besta que atacara Sumo preparou outro bote, mas garras amarelas, gigantes e perigosas o perfuraram, como se ele fosse de papel. Em seguida, um punho gigantesco agarrou a criatura e a esmagou. A matilha rosnou, assustada com o gigante que agora segurava Sumo nos braços. Instintivamente, os cães-besta entenderam que aquela briga não valeria a pena e eles recuaram.

— Obrigado, garoto — murmurou Sumo, passando a mão na cabeça do ser gigantesco em que Slurg havia se transformado. Apesar de sua aparência ameaçadora, os olhos verdes e fendidos emanavam carinho pelo dono. — Eu estou bem. Ajude Ulani.

Piscando em entendimento, Slurg colocou Sumo sentado em seu ombro, antes de esmagar os outros cães que ainda atacavam a garota.

— Ulani, calma! — gritou Sumo ao ver que ela já gerava calor ao redor de si, tentando se proteger do monstro. — É o Slurg.

— O quê? — ela questionou, pasma ao ver o namorado no ombro da criatura.

— Depois eu explico — ele respondeu. — Agora temos que ajudá-los!

O jovem apontou para as portas das torres, onde poucos sobreviventes ainda lutavam contra os invasores.

Slurg correu a passos largos para a frente da Torre 1, sendo seguido por Ulani.

— Perdemos a Torre 2 — Driera gritou quando eles chegaram.

A guerreira puxou a lança de um cão-besta, arfando com o esforço. Aquela batalha consumia não apenas seu corpo, mas também seu espírito. Tivera sorte no amor, primeiro com Dau, depois com Iki, e era por esse amor que lutava agora. Não apenas pela Ordem ou por seus companheiros castelares, mas por um sentimento que tanto a machucara, mas também a curara.

— Vamos manter a formação aqui — ordenou Tawor, atrás de Iki. O Ancião estava com as roupas sujas de terra e sangue.

Os castelares mantiveram a formação na porta de entrada da torre, conforme os ordens de Tawor. Eram não mais que uma dúzia de Senhores de Castelo, concentrados na pequena praça.

Com seus cães-besta e o restante das forças inimigas, os mimetizadores formaram um círculo ao redor da edificação. Sumo notou que, apesar dos urros e dos berros, eles não se aproximavam; pelo contrário, se afastavam.

Antes que pudesse entender o motivo para aquele distanciamento, um estrondo fez os castelares olharem para cima.

Um gigantesco dragão-serpente de corpo prateado se enrodilhara à lateral da torre. Abrindo a bocarra, o animal fez surgir um brilho esbranquiçado entre os enormes dentes, lançando uma cascata luminosa e fumegante sobre os castelares, que não tiveram tempo de reagir.

O jorro cobriu o corpo dos corajosos guerreiros, espalhando-se pelo pátio e cobrindo as plantas que haviam restado do pequeno jardim da torre, enquanto os inimigos gritavam palavras de vitória e sacudiam suas armas no ar.

Com um movimento brusco, o animal parou de expelir o jorro mortal, lambendo com a língua bifurcada o restante da gosma que pingava de sua bocarra.

Abaixo dele, era como se os castelares e o jardim tivessem sido transformados em uma cena esculpida em um único bloco de rocha esbranquiçada, criando uma paisagem grotesca de estátuas bizarras.

Iki e Driera, em posição de ataque, com os braços esticados para cima, pareciam espíritos guerreiros capturados em pedra. Sem nunca desistir, sem nunca se dar por vencidos, mas agora sem vida.

Slurg, com seu corpanzil congelado no ar, retratava, em um salto, o desespero de tentar inutilmente proteger seu amigo.

Sumo e Ulani, como eternos namorados, estavam abraçados, formando um único ser, unidos pela eternidade. O corpo dos dois estava coberto por uma mistura de ondas e chamas enrijecidas, retrato de uma paixão de opostos que se complementavam.

Um Sopro Suave no Multiverso

O som das pancadas do que restava do braço de Azio contra o corpo em carne metálica viva e molhada de sangue era horrendo. O rosto do autômato estava desfigurado, e seu corpo, estendido em uma posição grotesca, não se movia.

Kullat-Atuala parou de atacar, largou a massa destroçada do homem dourado e lançou o braço destruído para longe. A diversão acabara.

Olhando para as mãos enfaixadas, ficou admirada pelo turbilhão de chamas prateadas que se avolumavam nas mãos e punhos.

— Este corpo é mesmo incrível! — disse, espantada, para si mesma.

Satisfeita, vasculhou o campo de batalha em busca de outro alvo com quem pudesse experimentar seus poderes. Acima, no céu de Ev've, Volgo e Willroch estavam envoltos em uma proteção mágica translúcida.

Vendo dois castelares avançando na areia contra um grupo de soldados reptilianos, Atuala sorriu, gargalhando, em um misto de sons sibilantes e guturais.

Das mãos de Kullat surgiram línguas de fogo mágico, rolando e avançando sobre si mesmas, se expandindo, incendiando o ar ao redor. Inimigos e aliados foram surpreendidos pelas chamas. Em instantes, todos foram transformados em corpos ressequidos e carbonizados, em imagens distorcidas, como obras de arte macabras.

Kullat-Atuala abriu os braços, em êxtase. Sua gargalhada dupla ecoava pela praia enquanto girava o corpo, como uma bailarina do caos. Enfim, seus olhos pousaram sobre Thagir, desacordado dentro de uma cratera na areia.

— Ah! — exclamou com prazer. — Você eu terei prazer ainda maior em queimar.

Mal deu um passo em direção ao pistoleiro e uma bola de areia molhada se espatifou em sua nuca.

Com raiva, virou-se, encarando a figura patética que a atacara. Um homem de corpo delgado, roupas coloridas e um chapéu estranho com guizos nas pontas.

— Deixe o mestre pistola em paz — Bobo ordenou, com o dedo em riste.

— É sério? Você é tão fraco que não teria graça nenhuma te queimar. — Kullat-Atuala baixou as mãos e as chamas diminuíram. — Saia daqui antes que eu mude de ideia!

Ao se virar, uma nova bola de areia arrebentou contra sua carapaça. Chocada com a petulância daquele homem, ela se virou novamente.

— Você deve ser completamen...

Dessa vez a bola atingiu em cheio o rosto de Kullat. Graças à proteção mágica natural do corpo do cavaleiro, a areia nem sequer tocou sua pele, mas deixou Atuala muito irritada.

— Cê tá doente! — Bobo apontou para Kullat. — Tem um bicho feio em você. Xô! Vai embora, bicho feio!

— Seu miseravelzinho... — A voz de Atuala saiu apenas de sua boca, nas costas de Kullat. — Quem é que você está chamando de feia?

Kullat-Atuala ergueu a mão e disparou um jato cáustico. A luz das chamas a cegou por um instante, mas ela sorria ao pensar no homem carbonizado. Satisfeita, baixou a mão. Porém, para seu espanto, não havia nada onde deveria estar o corpo queimado.

— *Me* larga! — Bobo gritou, sendo carregado pelas fortes patas metálicas de um gru de combate.

Sentado à cela, pilotando a ave mecatrônica, estava Ladrão.

— Eu disse para você *não* vir para cá, não disse? — Sua voz competia com o som suave das asas de metal.

— Você não é minha mãe! Se fosse, teria seios.

Bobo cruzou os braços e as pernas, contrariado, sendo carregado no ar.

— Esse seu jeito ainda vai acabar nos matan...

Sua frase foi interrompida por uma explosão. Uma bola de fogo de Kullat--Atuala atingira o flanco do gru e o impacto abriu um rombo na fuselagem. Ladrão soltou os comandos hidráulicos das patas de sua montaria, liberando Bobo e saltando em seguida, antes do gru se chocar com o solo.

Ambos rolaram na areia.

— Vamos logo! — Ladrão disse, ajudando o amigo a se levantar.

Kullat-Atuala, com as mãos em chamas, se aproximava calmamente.

— Foi divertido — disse Bobo, sorrindo.

Ladrão agarrou o braço do amigo, puxando-o. Se fossem rápidos, poderiam escapar.

Mas Bobo não se moveu.

— Não temos tempo para bobagens! — Ladrão puxou novamente o amigo, sentindo o braço dele estranhamente amolecido. — Temos que sair daqui agora!

— Foi divertido — repetiu Bobo, ainda sorridente. Sua voz estava embrulhada e um chiado acompanhava sua respiração. — Não foi?

Confuso, Ladrão olhou para o amigo. Um pedaço de metal trespassava seu abdome. A estaca metálica estava empapada, vermelha.

Kullat-Atuala estava cada vez mais perto, o brilho nas mãos aumentando.

Ladrão ficou paralisado, sem saber o que fazer. Se corresse, poderia ter uma chance. Se deixasse o amigo para trás, talvez sobrevivesse. Mas ele não se moveu. Não podia deixar o amigo sozinho. Ele era ladrão, larápio e golpista, mas havia uma coisa que tinha de sobra: honra. E ele honraria Bobo com sua amizade, até o fim.

— Por todos esses anos... — Bobo disse, com lágrimas nos olhos. — Você foi... um grande amigo...

— Eu fui um tolo. Nunca dei o valor que você merecia. Você, sim, foi o melhor amigo que alguém poderia ter tido!

Bobo tentou sorrir novamente, mas o sorriso saiu fraco, com dentes avermelhados. Seu rosto estava pálido. Os guizos de seu chapéu balançaram fracamente.

— Iorik... — confidenciou. — Esse é o meu nome...

Ele tossiu, espalhando sangue na camisa de Ladrão, segurando a mão do amigo. Sua mão ficou flácida, as pernas fraquejaram e o corpo perdeu a força.

Ladrão abraçou o amigo, impedindo que caísse.

— Hood — revelou Ladrão, baixinho, no ouvido do amigo. — Meu nome verdadeiro é Hood.

Hood permaneceu abraçado a Iorik, sentindo o corpo frágil, leve como uma pena, um sopro suave no Multiverso. Lágrimas rolavam em sua face, misturando-se ao sangue morno do amigo.

— Que nome... — Iorik disse em um sussurro, sua voz já perdendo a força — mais bobo...

Um tremor e um suspiro, e os guizos de Iorik se calaram para sempre.

Uma Corrida Indesejada

Kullat-Atuala estancou, com a mão brilhando e um sorriso maldoso no rosto. Hood fechou os olhos, pronto para seguir seu amigo ao infinito.

Uma pequena bola esverdeada cruzou o ar, bateu na areia e rolou em direção a Kullat-Atuala.

A granada sônica vibrou, emitindo um som estrondoso, como uma meer-mimiana entristecida cantando seu réquiem à beira de um penhasco.

O cavaleiro caiu de joelhos, enquanto a trilobita se debatia, desesperada, e com os ouvidos feridos pelo som lamurioso.

Hood, também atingido pelo som, tombou, com o corpo de Iorik nos braços.

△

Momentos antes, Thagir acordara, desorientado, dentro de uma cratera. Sua última lembrança era de um ser gigantesco e de uma foice cósmica. Depois daquilo, sua cabeça virou uma confusão. Era como se anos de lembranças, que não eram as dele, tivessem invadido sua mente, em um turbilhão de pensamentos desconexos.

Como uma tempestade, suas memórias do presente voltaram. Ele estava em Ev've, em uma guerra. A pior de todas elas.

Desnorteado, levantou-se.

Ativando o poder do Coração de Thandur, sua visão ficou aguçada, seus pensamentos se tornaram mais rápidos e sua mente se concentrou. Era como se o próprio tempo tivesse desacelerado, com tudo em volta acontecendo vagarosamente.

O que viu o deixou em choque. A destruição e a morte estavam por todos os lados. Máquinas de guerra tombadas, ruínas e corpos. Muitos corpos, e a morte em todos os lugares. No céu, um aglomerado estranho, com paredes vítreas e mutantes, ora sinuosas, ora angulares, envolviam Volgo e Willroch, além de algo iluminado nas mãos do mago poeta.

Em meio a tanto caos, Thagir sentiu uma ponta de esperança ao ver Kullat lançando uma rajada de fogo mágico contra alguém em pleno ar. Mas a esperança logo se transformou em horror quando reconheceu quem Kullat estava atacando. Bobo e Ladrão.

Com seu olhar aguçado, viu uma criatura grotesca presa às costas do amigo. Rapidamente compreendeu que, assim como o elfi-dragão Draak, Kullat também estava sendo controlado.

Thagir relembrou sua missão secreta, dada tantos anos atrás, primeiro a ele, depois a Nahra. O Conselho de Ev've sempre soube que deveria haver um meio, uma pessoa, para garantir que seres poderosos como Kullat jamais ameaçassem o Multiverso. Uma missão que Thagir aceitara, mas que nunca pensara que precisaria cumprir.

Os anos de convivência haviam criado uma amizade duradoura, em que os dois se dispuseram a se sacrificar um pelo outro. Desde então, sua missão se tornara um fardo. Mas o Conselho nunca deixaria alguém tão poderoso quanto Kullat sem uma "contramedida". Foi por isso que colocaram Nahra, uma lupina, e, consequentemente, alguém imune à Maru mágica de Kullat, como sua companheira. Ela não seria tão eficiente quanto Thagir para controlar Kullat, mas fora uma boa substituta na época em que o amigo pedira baixa da Ordem.

Thagir se lembrou de sua última conversa com a armeira-mor de Ev've, em sua reunião secreta. A voz infantil dela ainda ecoava em sua mente: "Segundo análises dos testes de nível Tesla realizados recentemente, o conteúdo desta caixa pode ser útil para aumentar suas chances. Com isto, e seus outros recursos, temos fé que conseguirá fazer o que for preciso, caso seja necessário. Quero lembrá-lo de que está autorizado a deter Kullat, caso ele não consiga controlar seu poder. Lembre-se: ele está muito mais forte que antes, e você deve usar todos os meios necessários para detê-lo, caso ele... se perca".

Ela não disse abertamente, mas "todos os meios necessários" significava matar seu amigo, pensou Thagir, rangendo os dentes.

O pistoleiro sabia que seu amigo estava sendo controlado e não tinha culpa de seus atos, mas isso não aliviava em nada o fardo que ele tinha agora sobre seus ombros.

Ciente do que tinha de fazer, materializou uma arma cinza, de cano curto e grosso. Ainda concentrado, buscou em sua mente o interior da Joia de Landrakar, onde guardara o conteúdo da caixa que Kim-moross lhe dera. Em instantes, os quatro anéis de Genekhan se materializaram em seus dedos.

Desativando o poder do Coração de Thandur, viu o tempo voltar à normalidade. Do cinto, pegou um Canto de Meermim. Girou seus hemisférios em sentidos opostos, mudando seu modo de ataque e aumentando sua potência. Apertou o botão, lançou a granada sônica contra Kullat e saltou para fora da cratera, engatilhando o canhão xartroliano na mão enquanto corria.

A granada sônica vibrou, emitindo um som estrondoso e contínuo, derrubando Kullat-Atuala. Thagir mirou e apertou o gatilho. O projétil explodiu nas costas da inimiga, criando uma nuvem de fumaça cintilante ao seu redor.

Em circunstâncias normais, aquilo seria mais que suficiente para demolir uma montanha, mas o vulto de Kullat-Atuala permanecia de joelhos, com as mãos brilhantes tampando os ouvidos, em meio à fumaça.

A esperança do pistoleiro era de que o canhão xartroliano, no mínimo, deixasse Kullat desacordado. Mas, com as defesas mágicas naturais do cavaleiro restabelecidas, a criatura também estava protegida de qualquer arma comum. Thagir precisava tirá-la das costas de Kullat, e só tinha uma forma de conseguir isso. Arrancá-la com as próprias mãos.

Largando a arma na areia — aquela era a última bala —, correu na direção daquilo que passara anos treinando: a indesejada corrida para deter o seu amigo.

O Canto de Meermim estava se exaurindo. Em pouco tempo, seu lamento se encerraria e a criatura poderia lutar novamente. Sem parar de correr, Thagir se concentrou no conteúdo da Joia de Landrakar de seu bracelete, buscando mais uma granada sônica. Mas, ao tentar materializá-la, nada aconteceu. Para seu azar, as granadas restantes haviam sido armazenadas em um espaço corrompido da joia.

Sem demora, ajustou rapidamente sua estratégia. Calculando a distância entre ele e Kullat, colocou a mão no cinto e apertou um botão, fazendo a granada ao lado do amigo explodir em uma onda sonora. O impacto do choque atingiu a lateral do cavaleiro, fazendo-o rolar para o lado.

Aproveitando que Atuala estava zonza, Thagir usou o anel negro para gerar uma corrente escura e brilhante. Tal como fizera em sua luta contra o

Geist no torneio do submundo, laçou o cavaleiro pela canela e o puxou com força, trazendo-o com um tranco em sua direção. Fincando os pés na areia, Thagir cerrou os dois punhos. Um brilhou em azul, eletrificado como uma tempestade, e o outro se iluminou em um alaranjado intenso, potencializando em dezenas de vezes sua força e resistência. Diferentemente da luta anterior, dessa vez concentrou toda a força dos anéis de uma só vez. Não poderia dar espaço para a inimiga se recuperar.

O corpo de Kullat se aproximou e, ainda no ar, Thagir lançou seus punhos, atingindo a cabeça e as costas da trilobita. O golpe foi tão intenso que gerou uma explosão de força e numerosos raios, que envolveram o corpo da criatura ao mesmo tempo em que empurraram Thagir para trás, com o poderoso rebote.

O pistoleiro se chocou de costas contra a areia. As runas dos anéis alaranjados e azuis sumiram, totalmente exauridas.

Kullat-Atuala foi lançada para a frente, girando enquanto quicava na areia. Apesar da proteção do cavaleiro, a trilobita sentiu a violência dos golpes. Mas se manteve firmemente presa às costas do Senhor de Castelo, graças às suas pinças e à poderosa cauda.

Ainda no chão, Thagir usou o poder do anel negro para criar uma besta negro-brilhante, com duas flechas pontiagudas e farpadas. Assim que o corpo de Kullat parou de rolar, ele disparou as flechas, que voaram certeiras, carregando uma corda que as manteve ligadas ao anel. Ambas as setas atingiram o espaço mínimo entre as costas do cavaleiro e a trilobita. Prontamente, Thagir transformou as setas em duas mãos enormes de matéria negro-brilhante. Uma delas circundou o corpo da criatura, enquanto a outra apanhou o cavaleiro. As cordas cresceram, formando dois braços poderosos.

Atuala sentiu o desespero crescer em seu coração quando as gigantescas mãos mágicas começaram a forçar os dois seres unidos em um só em direções opostas. Aflita, concentrou o poder do cavaleiro, criando fitas de energia mágica que se enrolaram nos dois, atando-os ainda mais fortemente. As fitas continuaram a crescer, avançando sobre as mãos negras do anel, investindo contra os braços e estrangulando-os em um aperto vigoroso.

Por um momento, o embate parecia empatado, até que o anel de Thagir soltou faíscas negras e a runa que havia nele rachou com o esforço. No mesmo instante, a matéria escura se desfez no ar.

Sentindo-se liberta, Kullat-Atuala comandou suas fitas para atacarem Thagir. O pistoleiro saltou com agilidade, fazendo acrobacias enquanto desviava das investidas da trilobita. Com raiva, ela comandou as fitas para penetrarem no solo arenoso. Percebendo o plano de Atuala, Thagir ergueu a mão esquerda, fazendo brilhar seu anel prateado. O ar em volta ficou pesado e começou a girar, criando um redemoinho de areia sob seus pés que o elevou no instante em que as fitas mágicas surgiram debaixo dele. Com seu anel, Thagir criava bolsões de ar giratório, usando-os como plataformas para saltar e se apoiar, subindo cada vez mais, a fim de fugir das fitas.

Quatro delas se elevaram ao seu lado e, como cobras dando o bote, investiram ao mesmo tempo. O pistoleiro desativou seu anel, despencando no ar, a casaca verde balançando vorazmente enquanto caía.

Ainda no ar, materializou uma bazuca e disparou contra a base das fitas, explodindo-as em fogo e areia. Com seu anel cor de prata, criou um colchão de ar que amorteceu sua queda.

Ofegante, Thagir se levantou, encarando Kullat-Atuala, que, a poucos passos, batia palmas.

— Confesso que estou impressionada! — a inimiga exclamou, com sua voz dupla. — Não imaginei que um homenzinho simples e patético como você pudesse dar tanto trabalho.

Thagir apontou para o amigo, com o olhar duro.

— Deixe meu amigo em paz e pouparei sua vida. Recuse e morrerá!

O tom de sua voz foi tão severo e determinado que Atuala chegou a sentir uma ponta de dúvida.

— Isso só pode ser brincadeira! — respondeu ela. — Este é o hospedeiro mais poderoso que encontrei em todos os meus séculos de vida. Eu nem sequer podia imaginar que havia alguém tão forte como ele no Multiverso. Você acha mesmo que pode nos vencer?

Kullat-Atuala deu um passo à frente, desafiadora. Thagir não se intimidou e também se aproximou. A distância entre ambos era de apenas dois passos.

— O aviso foi dado. Se acredita em algum deus, é melhor rezar para ele agora.

Kullat-Atuala começou a gargalhar, quase não acreditando na petulância daquele homem. Certamente ele era um ótimo lutador, cheio de surpresas, mas nada nem ninguém seria páreo para o poder de seu escravo. Além disso, os Senhores de Castelo haviam perdido a guerra. Era apenas uma questão de tempo para todos os castelares serem eliminados da face do Multiverso. Ao redor de Volgo e Willroch, o céu começava a escurecer, sendo tomado por nuvens escuras e carregadas. Não havia como seu mestre perder. Não havia como *ela* ser derrotada. Sua confiança retornou, sólida como um rochedo que não esmorece diante do mar revolto.

— Chegou a sua hora — Atuala vomitou as palavras com raiva incontida.

— Adeus, homenzinho!

Ela esticou os braços para a frente, já com as chamas prateadas e alaranjadas tomando-lhe as mãos e os punhos. As labaredas se agigantaram, fenomenais, assassinas.

Como uma explosão solar, uma incrível língua de fogo foi disparada à queima-roupa contra Thagir. As chamas mágicas eram tão intensas que, mesmo protegida pelo corpo de Kullat, Atuala sentiu o ardor do golpe. Ela começou a gargalhar histericamente, intensificando ainda mais as chamas. A areia em volta derreteu.

Satisfeita, fechou os punhos, extinguindo as chamas.

Seu riso, porém, se transformou em um rugido de raiva. Thagir estava à sua frente, parado, com a mão esticada e o anel prateado brilhando, envolto em uma redoma de grossas paredes de vácuo, que o mantinham calmo e seguro lá dentro.

— Seu miserável! — Kullat-Atuala cuspiu o insulto.

Erguendo novamente as mãos, em vez de calor, concentrou o poder de Kullat em forma de energia mágica. Algo que atravessaria aquele bolsão como se fosse uma bolha de sabão.

Com um grito ensandecido, lançou uma rajada tão intensa que abriu uma vala na areia, destruindo uma árvore fumegante atrás e seguindo ao longe, até explodir um edifício na beira da praia.

Incrédula, viu duas mãos peludas surgirem do meio da energia e agarrarem seus pulsos enfaixados, apertando-os com força. Ao toque das mãos, a energia de Kullat falhou e se dissipou no ar. À sua frente, intacto, estava Thagir. Vestindo luvas feitas de garras de lobo gigante, o pistoleiro forçava os braços de Kullat para trás.

— Impossível! — Atuala gritou, espantada.

Realidade Impossível

Thagir apertou ainda mais os pulsos de Kullat.

— O impossível faz parte da minha realidade!

— M-Mas... — Atuala gaguejou —, como foi que você... o poder dele, ninguém conseguiria...

— "Conheça o seu inimigo e conheça a si mesmo, e não temerás o resultado de cem batalhas" — Thagir citou um dos ensinamentos do Livro dos Dias, escrito pelo sábio Suntzu, considerado um mestre na arte da guerra.

— Não tem ninguém que conheça Kullat melhor do que eu! Está vendo isto aqui? — Apontou com um dedo lupino para seu colar de regente, que brilhava suavemente. — Descobri por acidente, ainda na Academia, que este colar me protege da magia de Kullat. Não sei por que nem como, mas funciona, e com isso eu posso vencê-lo!

Atuala estava confusa. Ela tinha acesso a todas as memórias do cavaleiro e não havia nada sobre isso em suas lembranças.

— Mentira! — A voz dupla saiu aguda e amedrontada. — Eu saberia disso!

Ela tentou concentrar a energia de Kullat novamente, mas sentiu algo parecido com um choque. O toque das garras lupinas interferia de tal maneira nos poderes de Kullat que era como se seu corpo estivesse em curto-circuito.

— Sua tola! — Thagir cruzou os braços de Kullat, forçando-os para baixo. Aproximando-se do amigo, falou diretamente para as costas dele, dirigindo-se à trilobita: — Kullat jamais desconfiou disso. No momento em que começamos a lutar, você já havia perdido. Não usei nem metade dos recursos que tenho contra ele, e veja onde estamos. Olhe só para você. Confusa, perdida, sem saber o que fazer.

— Eu... eu me rendo! — Atuala sussurrou, apenas com sua voz agora. — Eu juro que vou embora e nunca mais você ou nenhum castelar vai me ver.

Thagir apertou ainda mais forte os pulsos do amigo, fazendo-o se curvar de dor.

— Dizem que não há verdadeira justiça sem misericórdia. Que ela está no perdão, na clemência — vociferou com raiva. — Eu acho isso uma bobagem, mas tento seguir esse preceito em nome do bem comum. Infelizmente para você, sua chance de indulto já passou. Acredito que somos responsáveis pelas nossas decisões e devemos arcar com as consequências delas. Cada ato leviano deve ter uma pena proporcional.

Com uma das enormes patas, Thagir agarrou os dois punhos de Kullat. Com outra, esticou as garras lupinas, afiadas como navalhas, prontas a penetrar na proteção mágica do amigo e estraçalhar a trilobita.

— O que você fez foi imperdoável — continuou —, e a sua punição já foi estabelecida.

Atuala se debatia, tentando se desvencilhar do aperto. A morte já pairava em seu espírito e ela sibilava em terror quando a estrutura mágica em torno de Volgo e Willroch explodiu, gerando uma profusão de luzes, sons e cacos da estrutura mágica.

Thagir permaneceu em pé, segurando firmemente os braços de Kullat, apesar do repentino vendaval. O céu de Ev've foi encoberto por uma tempestade, e uma chuva torrencial desabou sobre eles. Nuvens carregadas se espalharam rapidamente, acompanhadas de raios que cruzaram os céus, atingindo terra e mar. Ventos fortíssimos arrastavam areia, fumaça, fogo e destroços.

Invocando os poderes do anel elemental sob a luva de lobo, ele se concentrou para controlar os ventos, evitando ser atingido pelos detritos que voavam caoticamente, levados pela tormenta.

Esgotado, Willroch despencou, tombando pesadamente atrás da vegetação da orla. Volgo não se importou. Não precisava mais do mago poeta. Não precisava de mais ninguém.

A gema-prisão estava rachada e as fissuras brilhavam intensamente. Delas, dezenas de criaturas escapavam, como lulas de sombra sólida, envolvendo as mãos e os braços de Volgo, penetrando sua pele, fixando-se em sua carne. A cada ser absorvido, uma nova tatuagem surgia, brilhante.

Volgo estava em êxtase, sentindo todo o poder acumulado. Enfim, tornara--se senhor de quase duas centenas dos seres mais temidos do Multiverso.

Abrindo os braços, permitiu que todos os seus escravos sombrios se unissem. Mesmo tendo planejado aquele momento por tantos séculos, ficou surpreso diante de tamanha força. A magia dos Espectros, a única de Maru negativa, era soberba.

Fechando os punhos, desferiu raios negros para o alto, em uma tempestade de loucura e poder. Os raios se chocaram contra algo invisível, em um estrondo ensurdecedor. A realidade ondulou, como ondas provocadas por uma pedra lançada em um lago.

O ponto invisível começou a brilhar em um roxo profundo, espalhando-se como uma capa que se expandia sobre Ev've. O mago aumentou a intensidade, na esperança de conseguir quebrar o Kaput, o feitiço de sacrifício que Nopporn lançara milênios atrás, a única coisa que o impedia de concluir seu plano.

O céu arroxeado trincou em outro estrondo, mas por pouco tempo. Tão rápido quanto apareceram, as fissuras se fecharam.

Volgo interrompeu o fluxo de raios. Apesar de usar todo o seu inédito poder, não estava forte o suficiente para vencer o Kaput de Nopporn. Precisava de mais. Precisava dos outros Espectros.

Com o coração pulsando de ódio e frustração, gerou uma onda negra que se disseminou a uma velocidade incrível, penetrando as dimensões incompreensíveis dos Mares Boreais e se espalhando por todo o Multiverso.

Não havia mais necessidade de engodos, de procuras seculares ou de capturas. Tendo estado unido com Teath, sabia exatamente onde todos os outros Gaiagons estavam. Ele tinha o conhecimento do paradeiro de todos e, agora, também possuía o poder para arrancar deles aquilo de que precisava.

Direcionada para pontos exatos em diversos universos simultaneamente, sua onda de magia percorria o Multiverso inteiro, como se existisse em uma realidade impossível.

Certeza, Coragem e Amor

Saysh, a Certeza, e uma das últimas fêmeas da espécie dos Gaiagons, adormecia em um planeta afastado e selvagem. Tornara-se parte de uma geleira grandiosa, que cobria todo um continente. Seu corpo gigantesco e congelado se quebrou, e toda a geleira começou a rachar em enormes icebergs quando a gema-prisão foi arrancada de seu corpo, agora sem vida.

△

O mais jovem dos Gaiagons, Noath, o Coragem, fundira-se ao oceano de uma lua pequenina ao redor de um planeta gasoso, sendo lar de milhares de espécies marinhas. Suas águas se tornaram turvas e ácidas, e toda a vida pereceu em um instante quando, das profundezas de um abismo submarino, a gema-prisão foi libertada à força, deixando para trás a morte.

△

Deesh, o Amor, sempre preocupado com vidas alheias, integrara-se ao deserto cáustico de um planeta longínquo, criando centenas de oásis, possibilitando que a fauna e a flora surgissem e a vida prosperasse em meio a tanta desolação. O Gaiagon se apavorou quando os oásis secaram, a vegetação feneceu e as dunas do deserto se agitaram, vítimas das gigantescas ondas de areia que varreram o planeta. Em um eco solitário, Deesh chorou com a desolação que retornava, enquanto a gema-prisão subia aos céus, em um rastro de destruição.

Testemunha de um Gigante

Thagir tentava se manter em pé, sustentando o foco em controlar os ventos da tempestade que assolavam Ev've. Ainda segurava Kullat-Atuala, que se debatia, tentando escapar.

De repente, seu colar de regente brilhou, emitindo um silvo lamentoso. Seu reino estava em perigo. Assustado, ativou o Coração de Thandur, para que sua percepção de tempo fosse alterada antes de receber a mensagem do colar.

Normalmente seria um comunicado de seu pai ou de Danima, informando o motivo do alarme. Mas, dessa vez, foi diferente. Em sua mente surgiram imagens de algum lugar do interespaço, onde um cometa brilhante cruzava o vácuo, como se fosse feito de pura luz.

Abruptamente, a luz fez uma curva, virando em sua direção e ficando maior e maior a cada instante que se aproximava, até que Thagir conseguiu discernir que não era uma luz, mas um ser gigantesco, com quatro braços, radiante, com um rosto enorme, orelhas gigantescas e um nariz alongado tal qual uma tromba. Seu brilho era cálido, reconfortante como uma promessa de vida, mas em seu peito havia um buraco sinistro, que emanava tristeza.

Nesse momento Thagir entendeu que aquela era uma imagem do passado e que ele estava vendo um Gaiagon em sua forma original. Um Gaiagon recém--empossado como guardião, que carregava a gema-prisão à procura de um local longe de tudo e de todos para ser o seu lar pela eternidade.

O colosso de luz estancou e olhou ao redor, parecendo satisfeito pela desolação daquele lugar remoto. Então seu corpo todo brilhou ainda mais intensamente, alcançando distâncias assombrosas e tocando a estrela-mãe daquele sistema. Do longínquo e escuro interespaço, rochas e pedras se aproximaram, aglomerando-se à frente do Gaiagon, fundindo-se, formando um novo corpo celeste.

Rapidamente, o amontoado de rochas atingiu o tamanho de um planeta, árido, totalmente desprovido de vida. Era como se Thagir fosse um pássaro, planando a uma altura inconcebível, observando milhares de anos se passarem em um piscar de olhos. Chocado, o pistoleiro reconheceu a cadeia de montanhas e o mais alto dos vulcões de seu reino, em Newho. Aquele era o nascimento de sua terra natal.

O Gaiagon desceu sobre o planeta, pousando suavemente aos pés da cordilheira, penetrando no solo e integrando-se a ele. A pequena bola inóspita de rocha foi tomada por nuvens, girando, surgindo e se transformando em chuva, em um ciclo veloz e interminável. O planeta foi tomado por florestas de um verde exuberante, repletas de animais exóticos. Os mares foram povoados de vida e, nos céus, pássaros de todos os tamanhos e formas voavam livremente. O Gaiagon havia se tornado o próprio planeta.

O tempo continuou avançando em velocidade acelerada, até que Thagir reconheceu as naves. Eram os veículos que haviam levado seus ancestrais para a recém-batizada Newho, a nova casa dos pistoleiros. As naves desceram, cidades integradas à natureza surgiram, e, aos pés da alta cadeia de montanhas, no exato ponto onde o Gaiagon repousava, um castelo foi erguido.

Thagir se sentiu mover. Do alto do céu, mergulhou rapidamente. Em um instante já adentrava o palácio, estancando diante da à figura que reconhecera dos retratos de família. Era seu tataravô. Diante dele, o colar de regência de Newho flutuava e a voz do Gaiagon reverberava na sala do trono.

Este colar é feito do meu corpo e da minha essência. A essência de Ganesh, o Prosperidade! Ao aceitá-lo, selaremos nossa amizade. Seu tataravô sumiu, dando lugar ao seu bisavô. A decoração da sala do trono mudou. *Sua família prometeu ser a protetora desta terra, não permitindo que o mal jamais triunfe. Em troca, darei tudo de que precisarem. Riquezas nunca faltarão.*

Dizendo isso, do chão brotaram pedras preciosas das mais diversas. Seu bisavô desapareceu, sendo substituído pelo seu avô. Novamente a sala do trono mudou de aspecto, acompanhando a evolução do tempo.

Sua vida e a vida do seu povo serão repletas de fartura e abundância.

Do meio das joias, plantas nasceram, frutas e legumes brotaram e amadureceram, e uma fonte de água límpida emergiu. Seu avô foi substituído pelo seu pai e, onde havia a fonte, agora existia uma escultura de beleza sem igual, que jorrava água cristalina. Thagir reconheceu a escultura que enfeitava a sala do trono desde sua infância.

Seu pai pegou o colar. Nesse momento, Thagir se sentiu sugado para uma sala branca e brilhante, na qual apenas o rosto de seu pai flutuava, enorme.

— Filho, se está vendo esta mensagem, significa... Bom, você sabe o que significa. Chegou a hora de você saber toda a verdade e de ser o portador do segredo mais bem guardado de Newho. Este é o momento em que você decidirá se assumirá o compromisso e aceitará ser o sucessor da responsabilidade que os Idrarig assumiram, há tantos anos, com o Prosperidade. Eu espero que...

Nesse instante, o rosto de seu pai ficou paralisado. A sala branca começou a tremer, as paredes racharam e foram manchadas com um líquido vermelho como sangue. Thagir foi sugado novamente, agora para fora da sala, de volta à sala do trono. O palácio inteiro estremecia, como em um terremoto de proporções inimagináveis.

A cena diante de seus olhos foi demais para Thagir. O desespero o invadiu e sua garganta se fechou, em um grito mudo. Ao lado da escultura, agora quebrada, jazia seu pai, com os olhos vidrados e sem vida. Tomado de aflição, Thagir tentou alcançá-lo, mas uma força invisível o puxou pelas costas, arrastando-o pelo palácio. Impotente, viu pessoas correndo, perdidas, sem saber o que fazer, enquanto toda a edificação desmoronava sobre eles.

Thagir gritava, mas sua voz não era ouvida. Tentava se agarrar enquanto era arrastado, mas suas mãos transpassavam o que tocavam, intangíveis.

Abismos se abriram no chão do castelo, profundos, expelindo magma e fogo. Pelas paredes quebradas, era possível ver o céu enegrecido de Newho. Ao longe, o pico da cordilheira explodiu, lançando pedras e cinza aos céus, em uma chuva mortal de fogo, como cachoeiras de sangue flamejante.

Seu coração sangrava ao presenciar seu povo, sua família e seu lar sendo destruídos. Sentiu-se novamente puxado, atraído para o subsolo do castelo através de um enorme buraco no chão.

Durante a queda, viu o majestoso teto do castelo ruir, com uma coluna de fumaça densa subindo aos céus.

Seu corpo se estabilizou, flutuando. Mesmo toda a tragédia que vira até aquele momento não o preparara para aquilo. Imóvel e impotente, presenciou a cena mais terrível de toda a sua vida. No porão, envolta em uma poça de sangue e coberta de entulhos, sua companheira, sua amada esposa e mãe de suas filhas, estava caída, sozinha, com o corpo em uma posição grotesca.

— DANIMAAAA!!! — Thagir gritou, em um urro alucinado de desespero, tentando alcançar a amada. Quis fechar os olhos, mas era impossível. Algo queria que ele visse todo o sofrimento, que assistisse a toda aquela tragédia.

Seu corpo foi puxado com ainda mais força, penetrando fundo no solo sob o palácio, cada vez mais e mais para baixo, passando por camadas de rochas, joias e terra, até atingir uma câmara profunda, toda feita de pedras preciosas, cada uma emanando uma luz natural.

No centro do enorme salão, Thagir reconheceu Ganesh. Seu corpo estava pequeno, sem brilho. No rosto, apenas dor e sofrimento. Suas quatro mãos e a longa tromba apertavam o peito. O outrora poderoso Gaiagon mirou diretamente Thagir, com os olhos cobertos de lágrimas, e abriu a boca com dificuldade.

Desculpe...

... pequenino.

Sem forças para resistir, o peito de Ganesh explodiu, arrancando um pedaço de sua tromba e perfurando suas mãos. A gema-prisão, arrancada de dentro do Gaiagon, girou uma vez sobre si mesma e, com um estampido seco, desapareceu.

Thagir testemunhou o gigante fechar os olhos, exalar um último suspiro e o planeta inteiro tremer violentamente. Em um instante, ele e tudo o que nele havia não existiam mais.

CORTINA NEGRA

O colar de Thagir se apagou, rachou ao meio e caiu de seu pescoço. A mente do pistoleiro retornou a Ev've. Ainda segurava Kullat-Atuala pelos pulsos. O tempo continuava girando devagar, alterado pelo Coração de Thandur.

Ao seu redor, tudo era somente caos e destruição. Volgo voava em meio à tormenta, envolto em raios. As gemas-prisão, vindas dos confins do Multiverso, se materializavam, flutuando à sua volta.

Diante da tragédia em seu mundo, Thagir fraquejou. A magia do Coração de Thandur se quebrou e a velocidade dos acontecimentos voltou ao normal. Presenciar sua família morta fora algo avassalador, e o grande pistoleiro de Newho, com o espírito aquebrantado, vacilou.

Percebendo o afrouxamento do aperto nos pulsos de Kullat, Atuala recobrou a coragem e a esperança.

Ele pode conhecer tudo sobre o amigo, pensou, satisfeita, *mas não está preparado para me enfrentar!*

Comandando os vigorosos músculos de Kullat, Atuala lançou os braços para cima e os pulsos do cavaleiro escorregaram pelas luvas lupinas, ganhando a liberdade.

Arrasado, Thagir nem sequer percebeu que Kullat havia se soltado. Completamente perdido, também não viu quando o cavaleiro se abaixou à sua frente, expondo em suas costas a carapaça de Atuala.

Tão próxima, e com sua vítima totalmente sem reação, a maga trilobita sibilou, exultante, cravando o ferrão venenoso da cauda no peito do pistoleiro. O veneno amarelado e mortal fluiu direto para o coração de Thagir.

O pistoleiro tombou de joelhos na areia. Em seus olhos, lágrimas. Em seu peito, um buraco sangrento. Em seu coração, além do veneno, o vazio desesperador de quem perdera tudo o que amava e pelo qual vivia.

— Seu vermezinho medíocre. — Kullat-Atuala cuspiu no rosto dele.

Thagir não reagiu. Sua visão, antes nublada apenas pelas lágrimas, perdeu o foco.

Atuala sorriu, satisfeita, no ver o sofrimento do inimigo.

— Você vai morrer! — sibilou no ouvido do pistoleiro.

Ele esticou a mão fracamente à frente, em delírio, querendo tocar algo inexistente, mas deixou-a cair, sem forças, sobre o peito de Kullat.

Atuala sorriu novamente diante de sua vitória.

— Eu ainda... — Thagir sussurrou — ... não morri!

A Joia de Landrakar brilhou e, em um instante, na mão que estava apoiada no peito de Kullat, uma arma feita de puro cristal se materializou.

Atuala ouviu dois cliques secos seguidos.

O primeiro projétil avermelhado saiu da pistola de Amadanti, passou pelo campo de força de Kullat como se ele não existisse, atravessou o ombro do cavaleiro e saiu pelas costas, estraçalhando um pedaço da carapaça de Atuala. O segundo projétil seguiu o mesmo caminho, um pouco mais para o lado, e levou consigo metade da cabeça da trilobita.

Thagir tossiu, expelindo sangue e um líquido esverdeado. Seu corpo estava pesado, insensível, e a alma, anestesiada. Ainda de joelhos, o pistoleiro parou de se mover e fechou os olhos. Uma cortina negra cobriu-lhe a visão.

Sono Eterno

Kullat permaneceu em pé. O corpo de Atuala se desgrudou de suas costas e tombou no chão, sem vida.

O cavaleiro respirou profundamente, como se aspirasse o ar puro pela primeira vez em anos. As costas pareciam em brasa e o ombro pulsava de dor.

Ao tocar o ferimento, pedaços das Faixas de Jord se enrolaram sobre o machucado, estancando o sangramento. As faixas se alongaram, cobrindo parte do ombro e das costas do cavaleiro, envolvendo todo o seu braço.

Seus olhos encontraram Thagir. O pistoleiro estava ajoelhado à sua frente, pálido e com os olhos fechados. A boca, manchada de vermelho e verde. Um veneno amarelado se misturava ao sangue que escorria de um ferimento no peito.

O cavaleiro lançou-se de joelhos diante do amigo, segurando-o pelos ombros.

— Thagir! — exclamou, tendo o cuidado de não movê-lo. — Acorde!

Kullat, que assistira a tudo como se fosse prisioneiro em seu próprio corpo e compartilhara seus pensamentos com Atuala, conhecera o poder letal do veneno da trilobita.

O pistoleiro não abriu os olhos, mas suspirou, com um chiado no peito.

— Kullat, você está aí?

— Sim, é claro. Não vou a lugar nenhum — respondeu, com um sorriso tímido e sem esperança. — Ei, amigão, aguente firme. Você ainda me deve uma revanche.

— Eu te venceria — Thagir retrucou, sorrindo fracamente, com o peito chiando a cada respiração.

— Com certeza! — Kullat exclamou.

— Ao menos — disse, arfante — minha última luta foi com meu melhor amigo...

— Não foi nosso último combate. Vamos lutar de novo. O perdedor paga o jantar, está bem?

Thagir não respondeu. O cavaleiro, impotente, o abraçou. Thagir suspirou.

— No fim, eu não consegui vencê-lo nem uma única vez em uma luta justa...

— O que você está dizendo? — Kullat fingiu estar indignado. — Acabamos de começar nossa vida!

— Tem razão... — o pistoleiro respondeu, confuso, voltando a ficar em silêncio.

Pousando uma das mãos no peito do amigo, Kullat começou a orar.

— Rezar não vai adiantar. — A voz de Thagir estava fraca. — Não há ninguém lá para te escutar...

— Não fale isso, seu teimoso. Você vai ficar bem.

Thagir abriu os olhos, opacos e esbranquiçados, e, mesmo sem vê-lo, tombou a cabeça em direção ao amigo.

— Estão todos mortos... — Lágrimas escorriam em seu rosto. — Não tenho mais por que continuar...

— Eu estou aqui! — Kullat insistiu, sem saber do que ele falava. — Continue por mim.

Thagir engasgou, tossiu sangue e um líquido verde, mas recobrou a respiração.

Desolado, Kullat chorou em silêncio, segurando-o. Se o soltasse, ele cairia. Diante do inevitável, apenas fechou os olhos, acompanhando seu amigo na escuridão.

— Estou um pouco cansado... — disse Thagir, desorientado. — Vou dormir só um pouco... Logo, logo eu acordo. — Sua voz foi ficando cada vez mais fraca. — Você ficará ao meu lado... até eu acordar?

— Nunca sairei do seu lado. — Kullat suspirou. Thagir respirou fracamente e permaneceu em silêncio. Kullat apertou a mão do amigo, sentindo as lágrimas escorrerem no rosto. Ainda estava de olhos fechados, comungando da escuridão em que Thagir se encontrava, fazendo tudo o que podia pelo companheiro. E a única coisa que podia fazer era ficar ali.

— Kullat?

— Sim, sim... O que foi?

Thagir não respondeu de imediato. Com a voz baixa, quase inaudível, disse finalmente:

— Obrigado...

A respiração de Thagir ficou mais baixa, mais lenta, até que o silêncio se instalou.

Kullat não sentiu mais nenhum movimento. Ainda abraçado ao pistoleiro, despediu-se pela última vez:

— Boa noite, meu amigo...

O Peso do Saber

No céu, Volgo flutuava. As tatuagens em seu corpo se moviam como animais vivos. As gemas-prisão, arrancadas dos Gaiagons nos confins do Multiverso, giravam ao seu redor em um grotesco carrossel, sendo atingidas por raios negros e vermelhos vindos de seu cajado e de seus dedos esqueléticos.

O enorme poder dos Espectros fluía em seu corpo de uma forma que nunca conseguira antes. Da primeira vez que possuíra uma gema, precisou de anos para quebrá-la e de outros mais para absorver os Espectros. Da segunda vez, usou a magia de um planeta inteiro e Willroch como instrumento para quebrar a outra gema. Mas agora não precisava de subterfúgios ou de longas esperas. Estava mais forte do que nunca, e apenas o seu próprio poder e a força dos Espectros seriam suficientes para quebrar todas as gemas-prisão de uma só vez.

Pressentiu as joias se fragilizando, enfraquecendo, sendo pressionadas por dentro, cada uma com noventa e nove novos Espectros se agitando, ávidos pela liberdade que se aproximava. Sentia-se invencível, a instantes de se tornar o ser mais poderoso de toda a história. Sob seu controle, a horda de criaturas há milênios aprisionada seria o seu instrumento para chegar à vitória final. A guerra em Ev've, o Exército dos Povos Unidos, os acordos e promessas, os sacrifícios e as mortes não importavam mais. Tudo fora apenas parte de seu plano para conseguir o que precisava.

Imerso em seu próprio delírio, não viu quando uma pequena nave prateada, pilotada por Nahra, resgatou Willroch e desapareceu em direção ao portal dos Mares Boreais. Também não percebeu Kullat, ajoelhado, deitar suavemente o corpo de seu amigo no chão. Não viu o cavaleiro se levantar, arrancar as faixas das mãos com o corpo trêmulo, cerrando os punhos, as chamas incendiando mãos e braços, tomando-lhe o peito e se espalhando por todo o corpo, com uma intensidade jamais vista.

Kullat agora voava, determinado, com um só objetivo: acabar com Volgo definitivamente. Mesmo quando enfrentou seus piores desafios ou quando a Maré Vermelha da althama lhe consumiu a razão, ainda assim seu poder nunca extrapolou certo limite. Seu espírito fora treinado pelos monges de Pamma para desenvolver o autocontrole, e sua mente aprendera com os castelares os limites entre o certo e o errado. Mas, acima de tudo, havia Thagir. Seu amigo, seu guia, aquele que o trazia de volta à realidade sempre que era preciso.

Mas seu fiel companheiro não estava mais ali. Estava morto, caído na areia da praia com um buraco no peito. Pela primeira vez, o cavaleiro deixou todo o seu poder fluir, permitindo-se levar pela maior Maré Vermelha de sua vida.

Seus olhos brilharam como se o Multiverso queimasse dentro deles. Sua roupa, totalmente renovada, estava mais branca e mais brilhante do que jamais estivera. Seu corpo, carregado de eletricidade mágica, emitia pequenas descargas, enquanto sua aura brilhava, vibrando o ar ao redor, em um zunido baixo e flutuante.

Com os braços esticados e os punhos unidos, agora desprovidos das faixas, Kullat voava com tamanha velocidade que o ar foi esmagado, gerando círculos concêntricos enquanto ele avançava, até que a camada de ar se rompeu à sua frente, em um estrondo ensurdecedor.

Volgo não chegou a ouvir, pois Kullat avançava mais rápido que o som. Como um aríete de pura energia, lançou-se contra o mago, atingindo o homem de vermelho com tamanha força que afundou os ossos de seu peito. Sem parar de empurrar, Kullat acelerou ainda mais. Os raios negros e vermelhos de Volgo foram interrompidos, mas as gemas-prisão continuavam a girar em torno do mago.

O cavaleiro desferiu uma sequência de socos contra o peito esquálido do feiticeiro. Girando o tronco agilmente, quebrou o nariz de Volgo com o cotovelo, espalhando sangue pelos ares.

Kullat continuou a socá-lo, empurrando-o cada vez mais alto no céu, penetrando nuvens tempestuosas. Cada soco produzia raios que se dispersavam pelas nuvens, em estrondos reverberantes.

Enfim estancou, segurando Volgo pelo pescoço. O rosto do mago estava desfigurado quando ambos saíram das nuvens. As tatuagens ainda se moviam sob a pele retorcida e manchada de sangue. Sem piedade, desferiu um último soco no queixo do feiticeiro. A violência do golpe fez o pescoço de Volgo estalar e sua cabeça pender para trás, em um baque seco. Seu corpo esquelético se desprendeu do aperto de Kullat.

O corpo débil, vestindo não mais que alguns retalhos, flutuou no espaço como se não tivesse peso, com a cabeça grotescamente jogada para trás. Suas tatuagens se moviam, alucinadas, como se fugissem para as costas. As gemas-prisão ainda giravam ao redor do corpo inerte do mago, em rastros alaranjados e negros desenhados no ar.

Kullat tentou alcançá-las, mas as gemas escapavam de seu aperto, atraídas para o corpo de Volgo. Uma após outra, chocaram-se contra as costas do feiticeiro, com um som horrendo, como um rugido gutural, seguido de uma gargalhada macabra.

Sua cabeça se contorceu, girando de forma anormal, erguendo-se em um ângulo impossível. Um novo estalo, e a coluna e a cabeça voltaram ao lugar. O rosto não apresentava nenhuma marca, machucado ou mesmo sangue. Uma das gemas estava incrustada em sua testa, craquelada, emitindo emanações sombrias pelas rachaduras.

Kullat estancou, espantado pela visão grotesca.

— Há muito tempo deixei de acreditar em destino — Volgo disse, movendo a cabeça para os lados, como se conferisse se tudo estava certo —, mas parece que o nosso está ligado. Tivemos nossos caminhos cruzados muitas e muitas vezes. Mesmo antes de você e eu existirmos, já havíamos nos encontrado.

— Isso não faz sentido! — Kullat retrucou, sem compreender.

— Muito pelo contrário! — o mago prosseguiu, fechando os punhos ao redor do cajado. — Nunca fez tanto sentido. Agora eu sei. Eu sou fruto das suas ações. E você, fruto das minhas. — Riu estranhamente, com os olhos esbugalhados. — Dia e noite. Luz e escuridão. Desejo e dever. Passado e presente. Você não vê? Somos duas partes iguais, mas opostas. Uma moldada pela mão do outro.

A comparação deixou Kullat enojado.

— Você é louco! Uma abominação!

— Louco? Provavelmente sim. — Volgo sorriu. A gema-prisão girava em sua testa, como se estivesse viva. Seu corpo se elevava lentamente no ar. — Abominação? Talvez. — Sua voz era profunda, aconchegante, ilusória. — Mas, se eu sou uma abominação, você é o quê? Um receptáculo para o poder dos Gaiagons. Um poder muito maior e incompreensível para tantos no Multiverso. Você, Kullat, é alguém com um poder que não conhece e que precisa ser contido com magia. — Volgo apontou para as Faixas de Jord nos punhos de Kullat. Com outro gesto, dois círculos apareceram, um de cada lado dele, com as imagens de Thagir e Nahra. — Ou policiado pelos próprios amigos.

A imagem de Thagir se moveu, e sua voz pôde ser ouvida.

Descobri por acidente, ainda na Academia, que este colar me protege da magia de Kullat. Não sei por que nem como, mas funciona, e com isso eu posso vencê-lo!

— Não! — A imagem fez Kullat recuar.

Volgo sorriu com a confusão do cavaleiro. Seu cajado vibrava ao som de sua voz, potencializando o efeito inebriante de suas palavras.

— Manipulador maldito! Sempre com mentiras, sempre com ilusões. Meus amigos jamais fariam isso — Kullat retrucou, com os dentes cerrados de ódio. Seu corpo inteiro irradiava energia, zunindo com tamanho poder.

— Não minta para você mesmo. — A voz de Volgo era firme e sincera, plena de compreensão. Ele estendeu a mão para baixo, como um pai que oferece apoio a um filho. — Eu sei tudo por que você passou. Eu posso ajudá-lo. *Eu posso ajudar a todos!* Tudo pode ser diferente.

Kullat estava confuso. As palavras de Volgo penetravam em sua mente, ganhando espaço e força em seu coração, enraizando-se em seus pensamentos. Havia sinceridade em sua voz, uma sinceridade inesperada, que nenhum feitiço poderia reproduzir.

Em seu íntimo, ele sabia que era verdade, e o peso de saber aquilo era demais para ele.

— Pare — gritou, exasperado, tapando os ouvidos. — Pare!

Iguais e Opostos

As palavras saíram com uma explosão de luz que se propagou como uma esfera, desfazendo nuvens e avançando contra Volgo.

O mago espalmou uma das mãos à frente, incorporando a esfera à sua própria magia negra e concentrando-a em um pequeno raio negro com um forte brilho no centro. Ao fechar a palma com força, transformou o raio em um arco rubro-negro e o lançou em direção a Kullat.

O cavaleiro fechou os punhos flamejantes em frente ao corpo, pulsando em pura energia. O estrondo ecoou pelo céu quando o raio rubro-negro o atingiu, causando uma enorme explosão.

O vento gélido da noite que caía afastou a fumaça, revelando Kullat, imóvel e arfante, flutuando no céu escuro.

— Você persiste em não dar ouvidos à razão — Volgo vociferou, com ecos irregulares na voz. — Insiste em querer lutar, eternamente...

Kullat suspirou profundamente, resistindo aos efeitos da sedutora voz de Volgo, tentando se desvencilhar do efeito hipnótico de suas palavras.

— Meu destino pode ser o de lutar pela eternidade — retrucou, encarando o inimigo com renovada determinação. — Mas você não verá um novo dia!

O semblante de Volgo se transformou. Sua expressão, até então receptiva e calorosa, se tornou firme, convicta e raivosa.

— Chega! Eu tentei abrir seus olhos, clarear sua razão. Mas você não entende! — exclamou, com a voz rouca deformada por centenas de vozes, em ecos guturais.

Enquanto falava, ergueu seu cajado acima da cabeça, despejando sobre si uma torrente de magia. Seu corpo, coberto por uma aura vermelha e negra, começou a pulsar. Sua pele perdeu a palidez e seus ossos desapareceram em meio a músculos rígidos e poderosos, com veias pulsantes. Volgo não era mais um homem esquelético, ao contrário, tornara-se extremamente forte.

— Você interferiu nos meus planos muitas vezes — exclamou, com a voz ainda mais profunda. — Mas esta foi a última!

Com o corpo renovado de poder e força, o feiticeiro retesou os músculos e avançou, deixando um rastro de eletricidade negra no ar. Kullat fechou os punhos e suas labaredas mágicas se intensificaram, serpenteando em volta do corpo.

O estrondo da colisão entre os dois homens reverberou por toda a ilha, dando início a um duelo furioso, cada qual lutando pela verdade que carregava em seu coração. Volgo, com o poder dos Espectros, era a encarnação viva de Maru negativa, a própria antiMaru. Kullat era seu oposto, uma força vital positiva, existente em cada ser do Multiverso.

Escurecido pela magia de Volgo, mas também iluminado por uma suave aurora boreal, o céu de Ev've estremecia e se sacudia a cada golpe.

Volgo dobrou os braços musculosos em um ângulo excêntrico, como se não tivesse ossos, para soltar uma ampla rajada vermelha de seu cajado contra o cavaleiro. Kullat por pouco não foi atingido, sentindo a pele arder quando a energia queimou o ar à sua frente, destruindo uma longínqua cadeia de montanhas.

O contragolpe veio com Kullat, que esmurrou com força o dorso do feiticeiro, lançando-o em piruetas céu afora. Antes, porém, o mago criou uma nuvem escura que envolveu o cavaleiro.

Tossindo, com a fumaça a lhe arder os pulmões, Kullat moldou sua energia e criou milhares de pequenos seres alados, que dissiparam a magia de Volgo. Graças à sua rápida reação, teve tempo de ver que o mago havia se recuperado e investia contra ele novamente.

Envolto em chamas vermelhas e negras, Volgo havia concentrado toda a energia dos Espectros, densa, negra e destrutiva, em uma bola gigantesca e mortal que queimava ameaçadoramente, cada vez mais forte, em preparação ao ataque final que conduziria ao caos e à destruição. Mesmo estando distante do mago, as emanações de poder de Volgo eram potentes, impiedosas e arrasadoras.

Kullat deixou sua raiva transbordar e sua energia mágica queimar em uma aura poderosa, que envolvia todo o seu corpo. Decidido a não ser como seu inimigo, suspirou. Com as palmas unidas, cruzou as pernas no ar e fechou os olhos. Naquele breve momento, buscou harmonia, vibrando como se a vida fluísse de seu interior, elevando sua alma, buscando a luz dentro de si. Uma onda de energia quente e magnífica tomou conta de seu ser e uma gigantesca esfera luminosa o cercou, envolta em círculos concêntricos e vibrantes.

O sol negro do caos se precipitou velozmente contra a esfera luminosa de vida. Todo o poder da Maru negativa de centenas de Espectros se lançou contra a força magnânima da Maru positiva dos Gaiagons.

Duas forças iguais, mas opostas.

Colapso

O estrondo e a violência da colisão penetraram nas camadas da realidade, espalhando-se e reverberando por todos os universos, sendo sentidos por cada ser vivo do Multiverso.

A existência ondulou, descompassada. O céu da ilha tremulou fortemente, como uma bandeira rasgada ao vento. Um som seco de algo se quebrando se disseminou.

Como se fosse feito de vidro, todo o firmamento estrelado trincou, emitindo rachaduras por toda a sua extensão, fazendo ribombar uma extraordinária tempestade. Entre trovões, raios e estrondos, trincas se transformavam em fissuras, abrindo-se em pleno ar em rompantes, sangrando águas boreais em cascatas multicoloridas.

Kullat perdeu a noção de tempo e espaço. Quase inconsciente pela força devastadora do impacto, foi lançado pelos céus de Ev've como um cometa em direção ao interior da ilha, deixando um rastro luminoso em meio à tenebrosa tempestade.

Amortecido, tentou recobrar o controle do voo, sem sucesso. Um raio rasgou a realidade, esgarçando o ar em uma fissura enorme. Kullat passou ao seu lado e seus olhos miraram, espantados, o interior da abertura. Um sol brilhava cálido em um horizonte desconhecido, deitando-se atrás de montanhas nubladas, iluminando com cores hipnóticas um acampamento abandonado, cercado de ruínas, e uma estátua de três figuras de braços esticados, que apontavam para diferentes direções.

Mais um estrondo ecoou, um pedaço do céu ruiu e outra fissura surgiu, revelando uma estrutura triangular voltada para um céu noturno com luas avermelhadas.

A cada raio, a cada trovão, o tecido da existência se quebrava. Fissuras transbordavam em águas boreais ou revelavam partes do Multiverso: paisagens alienígenas, cidades de vidro, um castelo de gelo, um abismo azul do cosmos, entre tantas outras.

As camadas da realidade se tornaram fracas demais para conter o choque entre as Marus positiva e negativa do valente cavaleiro e do terrível mago.

O Multiverso estava em colapso.

Kaput

Ev've estava tomada de tufões e furacões, que varriam céus e terra, destruindo tudo o que tocavam. Em todos os universos, a realidade se desfazia. O Multiverso inteiro ruía diante de Kullat, e ele fora o causador daquilo. Tudo pelo que lutara, tantas renúncias feitas em sua vida para proteger os universos, e no fim ele seria o causador de toda essa destruição.

Com o coração novamente tomado pela ira, o cavaleiro urrou, liberando sua energia em uma violenta explosão de luz, força e raiva, que fez sua energia fluir com intensidade, contendo seu voo.

— Khrommer! — exclamou, ainda zonzo, ao ver que a praia era agora apenas um ponto distante no horizonte e que ele flutuava sobre a fonte de toda a Maru do Multiverso, no centro de Ev've. A Muralha Sagrada ao seu redor estava completamente arruinada, o poço do Abismo Boreal, totalmente desprotegido.

O cavaleiro perdeu a fala ao ver que o Abismo Boreal, antes um poço tranquilo com um fluxo contínuo e harmonioso de Maru em forma de águas coloridas, havia se transformado em um vulcão incontrolável, com explosões caóticas e multicoloridas, jorrando luz líquida de forma errática para todos os lados.

Um raio negro e vermelho irrompeu em suas costas, fazendo o cavaleiro gritar e girar no ar. A dor percorreu-lhe o corpo como se estilhaços de ferro quente lhe cortassem a carne.

Sem hesitar, Volgo transpassou Kullat com a ponta do cajado, empurrando a madeira incandescente do estômago às costas do cavaleiro. Raios vermelhos surgiam do objeto, penetrando as entranhas de Kullat. Poderosos músculos giraram o objeto, fazendo Kullat urrar de dor. Com um sorriso, o mago lançou-se violentamente contra o solo, empurrando Kullat consigo.

O impacto foi tão intenso que levantou toneladas de terra, formando uma cratera gigantesca. Dentro dela, a figura musculosa de Volgo se erguia entre a fumaça e a poeira, com os braços erguidos em vitória, enquanto o cavaleiro agonizava com o cajado eletrificado fincado no corpo.

— Vê, cavaleiro? — Volgo se virou, olhando para o corpo moribundo de Kullat. — Vê como as realidades me obedecem?

Ele não respondeu. A ponta do cajado enterrada no estômago dilacerava suas entranhas e saía pelas costas.

— Adeus, Kullat, de Oririn! — o mago exclamou, com uma pequena porção de respeito na voz.

Volgo fez alguns gestos e faixas vermelhas surgiram no ar. Elas envolviam seus braços, suas mãos e se estendiam até seu cajado, circundando-o por inteiro, prendendo-o ao mago. Com mais um movimento brusco, desenrolaram-se de seus braços e mãos, sendo lançadas ao redor de Kullat, atando-o firmemente e impossibilitando-o de se movimentar. As pontas das faixas penetraram no solo, prendendo o cavaleiro ainda mais fortemente enquanto continuavam a eletrocutá-lo com a magia vermelha.

Com Kullat preso à cratera, sem se importar se estava vivo ou não, o enorme corpo musculoso planou em meio aos raios e trovões, acima do centro do Abismo Boreal. As fissuras no céu recortado o saudaram, gritando trovões ensurdecedores.

Volgo ergueu os braços e a pele retorcida pulsou, negra pelas tatuagens dos Espectros e ansiosa para liberar seus prisioneiros.

— Aqui começou, aqui terminará! — o mago gritou, jogando os braços para cima.

A energia negra saiu de suas mãos como lavas de um vulcão, atingindo novamente um ponto invisível no céu. Diferentemente da primeira vez, foi como se o próprio ar trincasse, espalhando incontáveis rachaduras por todo o firmamento, revelando uma espécie de malha entre as realidades.

Aquela era a última magia que Nopporn havia criado, usando o feitiço kaput, desenvolvido por ela com a ajuda de poucos em quem ela confiava, e pelo qual ela renunciara a própria vida para poder se tornar parte da proteção máxima que impedia qualquer alteração no fluxo do tempo desde o fim das Guerras Espectrais.

Volgo intensificou ainda mais sua magia, liberando totalmente o poder de todos os Espectros em seu corpo. A malha protetora se partiu e ruiu, deixando de existir.

Toda a ilha de Ev've estremeceu, e o Abismo Boreal abaixo dele explodiu.

Velhos Amigos

Os Mares Boreais se tornaram redemoinhos violentos, as águas multicoloridas perdendo o brilho, como se as cores morressem em sombras doentias.

Em um mundo sem nome, em um deserto amarelo, um enorme porta-exércitos surgiu, com o casco ainda molhado por águas invisíveis. Em outro lugar, em outro tempo, um cavaleiro tenta recuperar o controle de seu cavalo, enquanto sua montaria empina e relincha, afastando-se de dezenas de armas de fogo que surgem na estrada. O cavaleiro saca sua espada, buscando entender que tipo de bruxaria é aquela. No reino mais desenvolvido de todo o Multiverso, animais pré-históricos andam nas ruas, como se nunca tivessem sido extintos.

O Abismo Boreal agora era tão somente um espaço vazio, onde nenhuma forma de vida poderia existir, nem mesmo como conceito. As vibrações do Abismo eram erráticas, e as energias que emanavam, caóticas. Nenhuma ordem, nenhuma regra. Não mais.

Volgo sorriu. Naquele local, seu antigo eu deixara de existir, e, em seu lugar, uma nova história começara.

Uma voz familiar, perdida havia milênios, surgiu atrás dele.

— Você... Como ainda está vivo?

O mago olhou para trás, procurando a dona da voz, encontrando a figura de uma mulher. Era somente uma aparição, que poderia sumir tão facilmente como uma palavra ao vento. No rosto opaco dela, apenas os olhos estreitos se mantinham vivos, repletos de dor.

— Eu não esperava — ele disse — que algo de você tivesse sobrevivido, Nopporn! — Ela se aproximou, tocando sua face com dedos fantasmagóricos. Ele não recuou ao toque. — Tampouco esperava — continuou, encarando-a — que uma antiga amiga me reconhecesse nessa forma.

— Não importa em qual forma você se oculte — ela sorriu —, eu reconheceria o brilho da sua alma mil vezes, meu nobre e velho amigo Monjor Volgo.

Verdade Sinistra

— Amigos não traem! — Ele a encarou, com os olhos ardendo em brasas.

— Eu nunca fiz isso. Nunca...

Os olhos do feiticeiro ficaram vermelhos de ira, e ele avançou sobre Nopporn, com as mãos segurando o etéreo pescoço dela.

— Você permitiu que os Espectros vivessem. Você decidiu usar o sistema solar ao redor do meu planeta como local para uma armadilha, para capturá-los.

O corpo de Nopporn tremulou, imaterial, afastando-se das garras de Monjor Volgo sem dificuldades.

— Era a única coisa a fazer. Se não os prendêssemos naquele momento, talvez nunca mais tivéssemos outra chance. Infelizmente, perdas foram inevitáveis.

— *Você* foi a culpada da minha família morrer... Sua assassina! — As palavras dele saíram sofridas.

— Eu fiz o que era preciso! — ela afirmou com a voz branda, seu vulto tremulando por um instante.

— Eu também fiz o que era preciso. O que era preciso para ter o meu mundo de volta. Eu fiz tudo por amor! Amor pela minha família, meus filhos e filhas, aqueles que você e tantos outros deixaram morrer.

Ela se agitou levemente, arfando com o esforço de se manter ali.

— Seus motivos nunca foram amor, Monjor. Por confundir um sentimento tão nobre, você quebrou... quebrou o feitiço que protegia o fio do tempo. Destruiu a barreira... Você nunca entendeu o que era a barreira...

— Uma barreira que me impedia de voltar no tempo para salvar a minha família. Mas não se preocupe, Nopporn. — Ele abriu os braços, alegre e confiante. — Tudo ficará bem. Eu posso voltar ao passado agora e consertar os nossos erros, destruir os Espectros e salvar a minha família! Eu posso salvar a todos!

O mago sorriu, pronto a lançar em si o feitiço de transporte, retornando para o momento certo para pôr fim a tudo aquilo.

— A barreira era outra prisão, e você a destruiu! — Nopporn declarou, com franco pesar.

Monjor Volgo não ouviu, perdido em seu júbilo. Novamente, sorriu por um instante, mas seu sorriso se transformou em uma careta de dor.

Suas costas começaram a queimar. Seus ossos estalaram, como se algo os quebrasse por dentro.

— Não vê? — Ela apontou para as tatuagens em sua pele, com os olhos cheios de lágrimas. — Você deu a eles tudo o que queriam.

— Não! Não! Eu controlo os Espectros! Eu venci!

— Não, homenzinho — declararam milhares de vozes, saídas de sua boca. E, com júbilo, anunciaram a verdade sinistra: — *Nós* vencemos!

Senhores da Destruição

— Não! Não é possível — Monjor Volgo gritou. Foi um grito tão humano e fraco que Nopporn chegou a se apiedar dele. — O poder é meu! Meu!

O que restava da essência incorpórea de Nopporn tremulou, fraquejando. Os resquícios de sua consciência, assim como a barreira do tempo, sumiram, deixando o antigo amigo flutuando sozinho no vazio e negro interior do Abismo Boreal.

Monjor Volgo sentiu as gemas se quebrarem por completo em suas costas e testa, possibilitando que a essência de seus prisioneiros escapasse como um enxame obscuro.

Com violência, as tatuagens em sua pele explodiram em uma gosma negra e densa, abandonando o corpo de Monjor, que rapidamente diminuiu de tamanho. Sua cabeça voltou a ter cabelos, loiros e compridos. Seus olhos perderam a negritude, recuperando o tom azul profundo. Seus músculos perderam o aspecto cadavérico e sua pele recuperou a tez bronzeada de um caçador.

Olhou para as próprias mãos, vendo-as agora com um aspecto que não via fazia séculos. Naquele momento, percebeu que falhara. Uma sensação de perda e uma tristeza insuportável invadiram seu coração. Todos os seus pecados não deixariam mais de existir. Guerras, traições, manipulações. Incontáveis mortes e sofrimento. Tudo o que havia feito para salvar sua família. Tudo fora em vão.

Outrora fora um homem importante por seu dinamismo, liderança e coragem. Lado a lado com criaturas fenomenais, lutara por ideais nobres contra as forças de um mal que ameaçava todo o Multiverso. Mas, quando Nopporn e seus companheiros decidiram usar uma oportunidade para criar uma armadilha e capturar os Espectros, em vez de destruí-los, acabaram por ser responsáveis pela destruição do seu mundo e pela morte da sua família.

Naquele dia, a semente de dor e ódio foi plantada em seu coração. Incapaz de suportar, perdera a razão, sucumbindo a uma althama incontrolável. Tomado pela Maré Vermelha que inundou seu coração e encobriu sua mente, atirou-se no então desprotegido Abismo Boreal, na esperança de morrer e se juntar à sua família perdida.

No entanto, quando seu corpo atingiu o fluxo das águas boreais, caiu em um turbilhão de marés que o arrastou pela linha do tempo e pelas distâncias do interespaço, lançando-o anos à frente, em um mundo inóspito e hostil. Ao acordar em uma praia de seixos negros, estava diferente. Sua Maru vital fora alterada. Seu coração estava despedaçado, e sua mente, confusa. O destino lhe dera uma estranha e nova vida. Uma vida seca, cheia de ódio e remorso.

Ele se tornara um homem solitário, amargurado e sem motivos para viver. Havia tentado tirar a própria vida incontáveis vezes, mas até o direito de escolher acabar com sua existência fora tomado pelo fluxo das águas multicoloridas. Sua sina se tornara apenas existir.

Afastado de tudo e de todos, permaneceu recluso em uma caverna longínqua, amargurado e sem motivos para viver, sem conseguir sequer morrer. A clausura e os séculos de reflexões delirantes fizeram crescer em sua mente transtornada uma ideia. Em seus devaneios, vislumbrou uma forma de corrigir tudo, uma maneira de salvar sua família. Precisava voltar no tempo, um pouco antes de seu planeta ser consumido pelos Espectros. Assim corrigiria os erros do passado, criando um novo futuro onde ele não seria mais aquele homem amargurado e sua família estaria viva novamente.

Resolvido a tomar as rédeas do próprio destino, decidiu seguir em frente. Precisava aprender. Precisava saber como poderia voltar no tempo. Guardou no mais profundo e escuro canto do seu coração o caçador Monjor, com toda a sua história de vida, e assumiu a identidade de Volgo, um homem sem passado, com um único objetivo na vida.

Enfim partiu, em busca do conhecimento e dos meios para realizar esse objetivo.

Ano após ano, aprendeu. Década após década, estudou. Caminhou por terras desconhecidas, navegou por águas turbulentas, viajou para mundos e reinos. Em séculos, conheceu mistérios há muito perdidos. Desvendou segredos, descobriu como manipular energias e magias, tornando-se um mestre em diversas artes.

No entanto, havia uma barreira que não conseguia vencer. Quando de sua tentativa de suicídio no Abismo Boreal, as marés e o fio do tempo sofreram turbulências com impactos brutais para universos inteiros do Multiverso. Nopporn, então, decidiu isolar o Abismo, criar proteções físicas e mágicas ao seu redor, impossibilitando qualquer nova tentativa de manipulação do fluxo de águas multicoloridas.

Mas havia ainda uma última barreira. Uma que impedia que o fio do tempo fosse alterado em qualquer lugar do Multiverso. Além de evitar novas tentativas de uso do Abismo Boreal, paradoxos temporais eram a própria consequência da manifestação de seres como os Espectros.

Dessa forma, ao chegar a uma idade avançada, Nopporn renunciara à sua vida para usar a própria essência na criação de uma barreira de proteção, contra a manipulação do tempo.

Assim, a amaldiçoada barreira impede o avanço do feiticeiro. Não importava quanto estudasse, fosse com os Magos da Estrela Azul, fosse com os próprios Senhores de Castelo, nenhuma ordem ou clã conhecia um feitiço que pudesse quebrar tamanha barreira imposta por Nopporn no Multiverso.

Entretanto, toda magia tem uma vulnerabilidade e toda barreira possui uma fraqueza. Usando o conhecimento adquirido ao longo dos séculos, o mago formulou um plano. Usaria a Maru negativa dos Espectros para romper a barreira de Nopporn. Contudo, precisaria das gemas-prisão e, para tal, teria de descobrir o paradeiro dos Gaiagons. Após encontrar um dos guardiões colossais, teria de encontrar uma forma de extrair a gema-prisão, achar um modo de abri-la e um meio de controlar os Espectros. Seu plano era complexo e levaria tempo, mas poderia ser realizado.

Voltar pelo fio do tempo, interferir na história, mudar o passado e salvar sua família. O futuro mudaria. Monjor, aquele homem de outrora, continuaria a viver feliz com os seus, em vez de se tornar um ser amargurado pelo arrependimento. O mago Volgo seria apagado da existência, levando consigo todos os pecados e atrocidades. O Multiverso estaria livre dos Espectros e, enfim, a paz seria alcançada.

Assim pensara Volgo, que por milênios se tornara um pária da sociedade, um manipulador de mentes, um quebrador de vontades, colocando déspotas e tiranos sob seu domínio, criando uma rede de asseclas no submundo.

Mas agora, de volta ao seu corpo original, Volgo não mais existia. Havia apenas Monjor, indefeso, flutuando no vazio do Abismo Boreal colapsado.

Monjor limpou o rosto com as mãos, sentindo a face molhada de lágrimas. Encarando os Espectros, apontou para eles, com uma ira incontrolável nos olhos.

— Vocês destruíram o meu planeta! — exclamou, enraivecido, com o corpo fulgurando em uma aura avermelhada.

Os Espectros gargalharam, já totalmente fora do seu antigo hospedeiro e libertador. Sua jornada junto a Volgo os tornara mais que simples animais, transformando-os em seres pensantes, com desejos e planos. Se, quando eram apenas forças da natureza, fora possível enclausurá-los, agora, que não havia ninguém que pudesse combatê-los, estavam completamente livres.

— Seu planeta foi o último que nos alimentou — milhares de vozes espectrais disseram ao mesmo tempo, satisfeitas. — Sua essência saborosa ainda está dentro de nós.

— Eu só quero a minha família de volta! — Monjor gritou, expandindo sua aura.

— Então se junte a ela! — gritaram os Espectros em resposta, avançando sobre ele.

Monjor concentrou-se ainda mais. Suas roupas esfarrapadas se incendiaram e seus olhos se iluminaram. Com um grito ensandecido, uniu as mãos à frente do corpo e disparou um raio rubro tão intenso que crescia conforme se afastava do corpo. O jato de energia era como um sol vermelho enraivecido lançando toda a sua força destruidora, atingindo os Espectros com violência, espalhando fagulhas do tamanho de cometas.

Os corpos dos Espectros se revolveram ao receber o golpe, sentindo a força de Monjor. Milhares de gritos de dor e raiva se misturaram ao som de suas carnes negras, dilaceradas.

Com seus corpos transformados em uma massa escura, eles se moveram em uníssono, unindo-se como um único e gigantesco animal. Como uma onda negra e viscosa, sobrepujaram a energia de Monjor e avançaram sobre ele, encobrindo-o e se fechando ao seu redor.

Aquele corpo denso e escuro, iluminado de rubro por dentro, se expandiu e se contraiu rapidamente, reduzindo seu tamanho de forma drástica. Os últimos resquícios da magia vermelha desapareceram, e, no vazio do Abismo Boreal, apenas a massa negra flutuava.

Os Espectros estavam livres, poderiam ir para qualquer tempo e lugar e consumir incontáveis realidades.

Graças a Monjor Volgo, eles se tornaram os Senhores da Destruição.

Caminho sem Volta

O céu era um retalho de realidades, umas dentro das outras, e as fissuras explodiam em clarões aterradores.

Kullat mal conseguia se mexer. O cajado de Volgo o pregara no chão e as faixas rubras o ataram, fixando-o ao solo no fundo da cratera. Cada respiro causava uma nova onda de dor. A madeira incandescente queimava suas entranhas, transformando todo suspiro em agonia.

Repentinamente, sentiu a pressão ao redor do corpo ceder. As faixas que o prendiam se afrouxaram, perdendo o brilho e se transformando em panos comuns, que se esfarelaram ao vento. O cajado, que brilhava em vermelho, lançando raios repetidamente em seu corpo, começou a perder força, até ficar inerte.

Um borrão transparente, como uma onda de calor no deserto, o fez acreditar que sua mente já delirava, caminhando rapidamente para a morte. O borrão se aproximou e Kullat imaginou seu nome ser chamado.

Kullat!

A voz em sua cabeça era suave, trazendo calma e serenidade.

O cajado.

Ele está livre.

Pegue o cajado, Kullat!

Havia algo maior naquela voz, uma perseverança imaculada. A ordem o fez se mexer, trazendo força e fé quando tudo o mais se findava. Sua mão tocou a madeira, agora fria e inerte.

Mão e cajado brilharam intensamente com uma cor perolada, a mesma cor das chamas que Kullat criava desde criança. Faixas de energia peroladas surgiram, enrodilhando-se em sua mão e ao redor de todo o cajado.

Uma sensação morna o invadiu. As faixas sumiram, deixando um estranho formigamento que percorreu seu braço, espalhando-se pelo peito. Não era uma sensação ruim. Pelo contrário, era como se o cajado tivesse vida própria, usando sua existência para captar a Maru em volta, oferecendo-a ao cavaleiro de bom grado, sem exigir nada em troca.

Com um movimento lento, fechou os dedos. O sentimento que o dominou foi o de encontrar algo há muito perdido. Algo que sempre deveria ter estado com ele.

Seu corpo foi inundado de energia. Uma força poderosa que percorreu suas células, curando os ferimentos e criando chamas em seus punhos. Da ponta do cajado brilhante, filetes de luz surgiram, solidificando-se em faixas brancas já muito familiares ao cavaleiro. Com carinho, elas se estenderam, enrolando-se calidamente em seus dedos e punhos, entregando-se por inteiro. As Faixas de Jord estavam de volta ao seu portador.

Sem esforço, Kullat retirou o cajado do abdome, o corpo se regenerando como se nunca houvesse sido ferido.

A voz ecoou em sua mente.

Agora você é o portador do Cajado de Jord. Seja rápido, antes que o nada seja eterno!

Seus olhos brilharam, recebendo rapidamente a consciência do que acontecera com Monjor Volgo e os Espectros.

Apesar do choque de saber que seu antigo ídolo era também seu pior inimigo, o cavaleiro sabia que não havia tempo a perder. Segurando o cajado com força, chamas bruxulearam em seus dedos. Sem hesitar, partiu, voando como um raio para dentro do Abismo Boreal, seguindo para um caminho sem volta.

A Última Esperança

Entrar no Abismo Boreal foi como mergulhar em um pântano lodoso. O ar segurava seus movimentos, limitando seu avanço. O cavaleiro semicerrou os olhos, tentando enxergar pela luz que transbordava do abismo.

No que já fora um dia o centro de todo o Multiverso, figuras incompreensíveis mudavam de forma, de lulas grotescas a silhuetas bizarramente humanoides, adaptando sua biologia, criando corpos de pele gelatinosa, com apêndices nas têmporas e membros longos e fortes. O crânio alongado e a postura bípede, de cabeça erguida, espelhavam orgulho.

Eram uma legião, centenas deles, todos em transe e gigantescos. As energias do Abismo tremiam ao redor dos corpos negros, e os trovões acima ribombavam cada vez mais alto.

Um borrão de luz surgiu à sua frente, ofuscando-lhe a visão.

Eles estão destruindo tudo...

A voz era cristalina e suave. A mesma voz que lhe ordenara a pegar o cajado. E ele a ouvia diretamente em sua mente.

— Nopporn? — questionou, reconhecendo a voz da visão que compartilhara com o Gaiagon.

A voz declarou, com tristeza:

Nopporn não existe mais...

O borrão de luz tremeluziu, transformando-se em uma mulher de beleza inigualável. A mais bela que Kullat já vira na vida.

A figura bruxuleou momentaneamente.

— Quem é você? — perguntou, hipnotizado pela beleza celestial.

Um vento forte agitou o manto do cavaleiro, como se estivesse dentro de um tufão. Segurando o Cajado de Jord com as mãos enfaixadas, tentava manter o equilíbrio. A figura parecia imune à ação do vento.

Deram-me diferentes nomes ao longo das eras.

Khrommer?, pensou ele, confuso.

A figura respondeu, lendo a mente do cavaleiro.

Nomes não importam. Busquei esta forma e esta voz em sua mente para que me compreendesse. Não temos muito tempo. Os Espectros — a figura fez uma pausa, se esforçando para continuar —, *eles estão destruindo tudo, forçando o espaço com sua fome insaciável, ameaçando destruir o tempo. As realidades estão sendo consumidas, alimentando os Espectros. Se nada for feito, em pouco tempo tudo o que você conhece como vida deixará de existir.*

A figura piscou, na tentativa de se manter íntegra. Fissuras surgiram naquele vazio, como se uma força descomunal puxasse as extremidades do poço, rasgando a realidade ao redor.

Mundos inteiros sumiram sem nenhum vestígio. Bilhões de seres foram extintos em apenas alguns instantes. E a cada morte os Espectros cresciam, incorporando toda a essência das vidas que haviam tomado, ganhando proporções monstruosas, maiores que sóis.

— Faça alguma coisa — ele suplicou para a entidade, puxando o cajado para junto do corpo. O ventou se intensificou e um uivo surdo machucou-lhe os ouvidos. — Já perdemos demais. Use seu poder. Faça alguma coisa!

Minha essência está ligada à minha criação. E minha criação os está alimentando. Se eu tentar destruí-los, tudo acabará ainda mais rápido. Eu não posso combatê-los. Mas você pode!

— Eu? — Kullat questionou, espantado.

Você é a última esperança do Multiverso!

A Renúncia

Quando entrou no Abismo Boreal, Kullat tinha ciência de que aquele era um caminho sem volta. Mas esperava morrer combatendo os Espectros, não receber uma proposta como aquela.

— Eu não posso destruí-los! — Kullat relutou.

Então o Multiverso perecerá.

— Eu... — Ele tentou encontrar uma alternativa, mas sabia que não havia nenhuma. — Eu entendo, mas não sei como fazer isso. Minha força não é suficiente para tal!

Eu serei a sua força! Use o cajado. Ele conseguirá conduzir minha energia restante. Seu corpo irá contê-la, e as Faixas irão manipulá--la.

— Mas você morrerá! — Kullat exclamou, espantado.

A figura tremeluziu, perdendo a força.

É a única forma. Destrua-os e talvez consiga salvar a existência. O destino agora repousa em suas mãos.

A imagem se tornou um facho de luz que o envolveu por inteiro. O cajado brilhou intensamente, desaparecendo de sua mão.

Seu corpo foi tomado por sensações indescritíveis. Era como se a própria vida e a existência fluíssem para dentro dele através do cajado. Sua comunhão foi plena, e seu corpo deixou de existir como forma física, transmutando para algo extramaterial, intangível, mas ainda assim mais real do que jamais havia sido. As Faixas de Jord ganharam chamas cristalinas, puras e repletas de poder, um poder tão grande quanto a vida.

Os Espectros tomaram ciência de sua existência. Grunhiram e urraram, tomados de terror, um sentimento que nunca haviam experimentado.

Kullat sentiu tudo em volta se encolher. As enormes estruturas destruídas, criadas para conter e vigiar o Abismo Boreal, pareciam apenas gravetos derrubados no chão, rodeados de grama. Grama que um dia fora uma floresta tão grande, capaz de ser vista das montanhas ao norte. A costa, onde centenas de navios e máquinas de guerra tinham manchado a areia fina, não passava de um pequeno ponto escuro, indefinido e sem vida. A imponente ilha no centro de tudo era agora apenas um torrão de terra, com Mares Boreais descoloridos a escorrer ao largo.

Kullat, de Oririn, não existia mais.

Em seu lugar, surgira uma entidade completa em si mesma, que se expandia. Abrindo os braços, tocou as bordas dos universos. Seu poder era infinito, insuperável.

Mas as fissuras ardiam, como feridas cada vez mais esgarçadas. Sentia os Mares Boreais se remexerem, perdendo-se rapidamente em redemoinhos cósmicos. A realidade continuava maculada, o tempo continuava como um vidro quebrado, com rachaduras e buracos.

Sentiu sua existência sendo dilacerada pelas fissuras. Todo o Multiverso estava entrando em colapso. Os Espectros se debatiam, consumindo galáxias inteiras.

Com um movimento, segurou os Espectros na palma das mãos, entendendo o tamanho do poder que continha. Poderia usar uma parte de sua nova energia para esmagá-los com um simples aperto, obliterando-os de uma vez por todas da existência. Com isso, o Multiverso se estabilizaria e ele assumiria o lugar daquela entidade que se sacrificara para salvar sua criação.

No entanto, apesar de tanto poder, Kullat ainda se sentia um simples homem, com sua visão de vida, seus conceitos e os valores que sempre o moldaram: o amor da família, a força da amizade, o milagre da vida.

Esmagar os Espectros era como negar a existência a todos os outros. E, dentro deles, ele sentia a presença e a essência de bilhões de vidas, milhares de realidades consumidas. Se os matasse, acabaria definitivamente com todas aquelas almas. Por outro lado, também não poderia deixá-los ir. Suas existências haviam sido deturpadas demais, e sua Maru negativa não se encaixava no Multiverso. Não havia como aquela essência continuar existindo sem voltar a consumir as realidades.

Em algum lugar dentro daquela massa em suas mãos, reconheceu os Gaiagons Meath, Seath e Teath.

Você deve decidir, disseram todas as vozes em uníssono. O som foi como um carinho, repleto de verdade, sabedoria e esperança. *Uma vez que decida, não há mais volta. Seu caminho é seu e apenas seu.*

Assim como vieram, eles se foram, deixando Kullat segurando a pequena porção negra e raivosa que os Espectros haviam se tornado. Vendo a massa agitada, tentando se agarrar desesperadamente a seus dedos como se fosse piche quente, o cavaleiro tomou uma decisão.

Pegando uma porção de águas boreais em uma das mãos, uniu-a àquela que sustentava a massa negra e se concentrou. Sentiu seu corpo extramaterial sofrer, mas não desistiu. Toda a essência de Kullat vibrou, e seu corpo começou a diminuir.

Os Espectros se desmancharam, misturando suas Marus, ao mesmo tempo em que a essência de todos aqueles e tudo aquilo que havia sido destruído por eles se transformava, em meio às águas multicoloridas.

Seu eu foi sendo consumido, assim como seu corpo transcendental. Com um aperto forte, mas gentil, transferiu quase todo o seu poder para as mãos, cedendo sua força àquelas essências, condensando tudo em um único ponto, equilibrado com a mesma quantidade de Maru negativa dos Espectros e a Maru positiva do Multiverso.

As mãos de Kullat não existiam mais. Seu corpo não existia mais. Ele se tornara apenas uma existência, um Espírito, convertido, mesclado a todas as almas, lembranças e conhecimentos. Tudo o que existira e fora destruído pelos Espectros havia sido preservado. Toda uma existência, concentrada em um ponto minúsculo, como uma semente pronta a eclodir, florescer e se desenvolver, em uma nova e única realidade.

Usando o restante de sua força criadora, rasgou o manto da existência, indo além do Multiverso, acessando um ponto onde as águas boreais nunca haviam tocado, onde apenas o nada existia.

Consciente de que aquele seria seu último ato, sua renúncia à própria existência, Kullat se lançou para dentro das trevas, que o engoliram e se fecharam, isolando-o para sempre do Multiverso.

E aquela realidade era sem forma e vazia. E havia trevas sobre a face do abismo, e o Espírito de Kullat pairava sobre a face das águas boreais.

E disse Kullat:

— *Yëhy håor!* *

---

* Haja luz!

No Princípio...

Era apenas o vazio.

Igual àquilo, nunca existira.

Momentos e distâncias não havia. Nenhuma estrela, nem planetas, nem galáxias. E, em um átimo, no nada surgiu algo.

Concentrado, denso e focado, com uma energia incomensurável. Algo minúsculo que existiu por um momento infinitesimal. O suficiente para que tempo e distância começassem a existir. Contraída em si mesma, a energia colapsou e, em uma fração de um instante do recém-existente novo fio do tempo, explodiu, criando tudo onde antes só existia o nada. Um novo universo, uma nova realidade, totalmente isolada de todo o restante da criação.

Carregava em sua expansão vertiginosa todo o conhecimento e a Maru de incontáveis universos, as essências de uma infinidade de seres vivos e a sabedoria adquirida em eras de vivência. Com o tempo, a ordem se estabeleceria no caos e a vida surgiria nessa nova realidade, em uma Terra onde as lembranças de outra existência permaneceriam na memória e na mente dos arautos do Multiverso, como ecos de vidas existentes *há muitas e muitas eras*.

△

Nobre castelar,

Sabemos que você deve ter inúmeras perguntas e sentimentos conflitantes sobre o que acabou de ler.

Por isso, vamos lhe fazer um pedido.
Ou melhor, lhe daremos um conselho:
Feche este livro agora e só retorne daqui a uma semana!

Aproveite esse tempo para refletir sobre toda a jornada, desde as primeiras palavras do volume 1 da série até a última frase que você acabou de ler.

Esperamos, sinceramente, que siga nosso conselho.

Um forte abraço,
G. Brasman & G. Norris

△

Aos Navegantes dos Mares Boreais

Carta do Brasman aos leitores

Olá! Sou eu, o Brasman.

Se você seguiu o conselho, ótimo, pois teve tempo para reagir a um final assim, tão abrupto, de um livro *apressado*. Creio eu, essa semana foi suficiente para sentir e refletir sobre o que o fim da série *Crônicas dos Senhores de Castelo* lhe trouxe. Agradeço por ter dado esse tempo e voltado aqui, para continuar a viver esta história.

Mas, se você ainda seguiu lendo, então não pare mais e continue em frente, pois há muito ainda a ser descoberto.

O que lhe contarei agora é importante para completar sua experiência. Compartilharei com você uma breve história do Multiverso e também um pouco do que o futuro nos reserva.

O ano era 2007. Durante uma conversa despretensiosa numa tarde agradável, falávamos, Norris e eu, sobre quadrinhos, filmes e livros. Desse bate-papo surgiu a ideia de um lugar onde tudo seria aceito. Um lugar diferente, onde o impossível não existiria. No meio da conversa, o Norris me perguntou: "E a Terra, faria parte dessa realidade?"

Após uma longa reflexão e um gole de café, a resposta que lhe dei foi mais ou menos assim: "Haja luz!"

Diante de sua expressão de "O que tem no seu café?", continuei: "A Terra faz parte dessa realidade, mas de forma diferente! Nosso universo seria uma 'herança' desse lugar, que não existe mais; seria um novo início, e tudo o que existe, todo o nosso conhecimento, mitologia e cultura seriam resquícios de tudo o que um dia já havia existido. E nós seríamos o resultado do colapso do Multiverso!"

A expressão de "O que tem no seu café?" virou uma de "Melhor não contrariar esse louco". O que importa é que, com esse conceito em mente, estávamos livres para inventar o que quiséssemos. Assim, por puro divertimento, criamos o Multiverso. Durante almoços e cafés, moldamos a linha mestra de todo o Multiverso, a Ordem dos Senhores de Castelo, seus milênios de histórias, acontecimentos e, principalmente, o ápice e a queda do mais poderoso grupo de todos os tempos e universos.

Durante esse período, fui assombrado pela ideia de que tudo aquilo um dia se tornaria a *nossa* realidade, em que dois amigos seriam inspirados por memórias passadas, transformados em "arautos do Multiverso". Essa foi também a primeira de muitas discordâncias que Norris e eu tivemos (quem sabe um dia contamos tudo em um livro de memórias). Enfim, ambos concordávamos que algo tão grande e rico como o Multiverso deveria ser compartilhado, multiplicado, dividido com todos. Mas, para o Norris, isso nunca deveria ter fim, enquanto para mim tudo acabaria com a frase que foi o início de tudo e que também deveria marcar o seu fim: "Haja luz!"

Nesse ponto, Norris e eu divergimos em 2007 e, por dez anos, continuamos a divergir. Nesta noite de 2 de outubro de 2017, quando estou escrevendo esta breve história do Multiverso, a divergência ainda existe.

Você deve estar se perguntando: "Mas então o Multiverso acabou?" Eu respondo: "Sim, acabou. Finito. Kaput!" Isso foi feito para respeitar aquela visão do Brasman autor... de 2007.

Mas agora vem a parte que gerou toda esta carta. Como o Norris e eu escrevemos em dupla, preciso respeitar a opinião do meu companheiro de jornada. É por isso que informo, nobre castelar, que o Multiverso *tem que continuar* (SURPRESA!).

OPA! Mais um livro? Mas a série *Crônicas dos Senhores de Castelo* não acabou?

Essas talvez sejam mais algumas perguntas que surjam em sua mente. E eu preciso compartilhar algo com você antes de responder.

Tudo o que o Norris e eu criamos durante toda esta década de trabalho foi pensado com muito carinho e cuidado, com detalhes que podem levar mais algumas décadas até que sejam todos revelados. E há algo especial sobre o nome dos livros que você precisa saber.

Queríamos, de alguma forma, mostrar quão importantes são as escolhas em nossa vida. O poder da escolha e a força da amizade (livro 1), os sentimentos profundos em nossa alma, resultado das escolhas que fazemos ao longo da vida (livro 2), e o mais puro e duro reflexo da vida, mostrando que precisamos estar preparados para lidar com situações em que não temos escolha (livro 3).

Já o livro 4, que se chamaria *Império das trevas*, demonstraria que muitas escolhas que fazemos (pensando em fazer o bem) podem ter efeitos catastróficos (como aquelas feitas por Nopporn e seus amigos, ou a de Monjor de *se tornar* Volgo para tentar salvar sua família). Contudo, tantas coisas aconteceram na vida pessoal do Norris e na minha (como a morte da minha madrinha Joana, a inspiradora da Yaa; e a morte do pai do Norris, o "Silv", pai de Kullat) que seria impossível não refletir isso em nossa obra final. Nós tivemos de renunciar a muitas coisas para chegar até aqui. Tivemos de lutar batalhas incríveis para continuar a trazer o Multiverso até vocês (mais um item para o livro de memórias), e uma das renúncias mais doloridas de todas foi ter de aceitar que o mercado livreiro do Brasil mudou, o investimento para publicar foi às alturas, o que dificultaria o acesso dos castelares aos livros.

Enfim, apesar de tantas mudanças e obstáculos, precisávamos encontrar uma forma de levar o fim da série aos castelares, a você. E, como a editora nos *desafiou* a finalizar a história em apenas um livro, do tamanho do primeiro, tivemos que nos ater ao cerne da história.

Finalizar a saga no quarto livro, e com uma quantidade de páginas equivalente a praticamente um terço do necessário, se mostrou um desafio árduo. (Espero que tenhamos conseguido vencê-lo, mesmo que parcialmente.) Com tudo isso, nós mudamos e sentimos que deveríamos mudar também o nome do último livro para *Renúncia*, como um símbolo e uma homenagem.

Agora sim posso responder às perguntas: "Mais um livro? Mas a série *Crônicas dos Senhores de Castelo* não acabou?"

Sim... e não. Tivemos muito trabalho e decisões dificílimas e acabamos renunciando a contar detalhes há muito guardados, como o que aconteceu com nosso querido Azio e nossa amada (e também odiada) Laryssa, como eles deixaram de ser um prisioneiro e uma garota ingênua para se tornar os poderosos rei e rainha dos binalianos. Então pensamos em uma alternativa. Não sabemos quando nem como, mas teremos ao menos mais um livro. *Uma luz no fim do caminho* será o livro "4,5", pois acontecerá em paralelo ao livro 4 e contará a história de Azio e Laryssa, culminando com sua participação na batalha final em Ev've. E, no fim desse novo volume, serão incluídos três capítulos a mais de *Renúncia*.

Com isso, enfim, você poderá saber como o Multiverso pode continuar a existir e o que o futuro reserva para a nova saga dos Senhores de Castelo (SURPRESA DE NOVO!).

Sim! Já temos uma nova história delineada, contando o que acontecerá na próxima saga (a qual esperamos que você também acompanhe), e que vai narrar uma aventura surpreendente! E, só para constar, há uma conexão direta com toda a série *Crônicas dos Senhores de Castelo* que vai deixar você de queixo caído.

Bom, é isso (ufa!).

Depois de tanto "falar", só me resta agradecer por sua coragem de seguir até aqui, compartilhando conosco tantas emoções e tanto tempo de sua vida. Isso é o que me faz continuar. Poder compartilhar minhas histórias e criações com você é uma honra e um prazer. E é por isso que quero lhe dar uma última informação. A experiência de poder dividir essas histórias é tão incrível que tomei a decisão de deixar minha profissão no mercado financeiro e apostar de vez na vida de autor. Assim, conseguirei tempo para escrever e criar mais histórias fantásticas e de ficção que estão engavetadas há anos para que você, que me lê agora, possa continuar viajando comigo pelos mundos do impossível, pelas realidades fantásticas e pela imaginação sem limites.

Se tiver interesse em continuar a viver essa jornada comigo, convido você a acessar meu site, www.gustavobrasman.com, e se juntar a mim pelo "Fique por dentro", que é uma forma simples de mantermos contato e de eu poder lhe informar sobre as novidades dos Senhores de Castelo, além de outras histórias de explodir a cabeça.

Enfim, meu MUITÍSSIMO OBRIGADO por tudo, que sua jornada seja longa e próspera, e sua estrada, repleta de alegrias.

Quanto a mim, desejo poder continuar contando com sua presença em minha vida.

Um forte abraço, ou melhor, como eu sempre digo...

Um abrax do Brasman!

2 de outubro de 2017, 22h39

P.S.: De outubro até meados de dezembro resolvi rever o livro inteiro, duas vezes, para deixá-lo ainda melhor. Enfim, enrolei o Norris esse tempo todo e pedi para ele mandar uma carta aos leitores sem mostrar as mudanças que fiz. Principalmente no final, pois o livro não acabava no "Haja luz!". Você verá na sequência a reação dele quando soube. Fiz questão de compartilhar aqui o e-mail que ele me mandou ontem.
#FUI

22 de dezembro de 2017, 23h30

P.S.2: Quase um ano se passou. A saga quase foi cancelada, mas novamente lutamos com afinco para trazer este livro a você. Com o projeto novamente nos trilhos, um novo desafio: o livro não poderia ter nenhuma ilustração. Depois de mais alguns Namgibs vencidos, conseguimos uma alternativa, viabilizando a produção. Enfim, hoje a versão final do livro está sendo enviada para diagramação. Se o Multiverso nos ajudar (ele sempre nos ajuda), você deve agora estar lendo estas últimas palavras. Novamente, obrigado por nos acompanhar até aqui!
#FUI2

27 de novembro de 2018, 20h55

Carta do Norris aos leitores

Foi no verão de 2007 que os Senhores de Castelo foram criados, em uma mesa de café de onde se podia avistar um estacionamento cheio de carros. Embora já existisse em um conceito rudimentar, algo como um pulsar na mente deste desavisado, nunca ganharia corpo sem que outra força, de igual ou maior criatividade, somasse seus devaneios e desafios para que as coisas saíssem da ideia e entrassem no papel. Foram necessários inúmeros cafés (e sabe-se lá quantos almoços, jantares e aniversários) para que você, nobre leitor, pudesse conhecer os meandros do Multiverso.

O ponto de partida sempre foi aquele café, mas também havia uma crescente e incômoda vontade de ler histórias que não apareciam por aí. Eu estava saturado de ir às livrarias e não comprar nada, pois nenhum livro me fazia acreditar na história que contava. Minha insatisfação me levou a querer ler outras histórias. Histórias de um autômato em um mundo medieval, com objetos mágicos e poderosos feiticeiros. Uma floresta guardada por um ser fantástico de uma perna só, um vulcão cheio de bestas, que talvez não sejam tão monstruosas assim. Dragões que dividem o céu com máquinas a vapor, uma sociedade preconceituosa e desigual, ligada a uma força antiga e poderosa. E, no centro de tudo isso, dois caras. Dois caras poderosos. Talvez por ter tanta injustiça (tanto neste mundo como no Multiverso, e, acredite, não foi intencional, pelo menos não no começo) e por perceber que o injusto sempre parece ter mais sorte e capacidade para seguir em frente, mesmo com as mazelas que ele causa, a decisão de dar aos justos poderes quase infinitos me parecia a escolha mais óbvia. Diante do tamanho poder do Bem, o Mal também se adaptou, mudou e transformou-se no Multiverso. Para cada rajada branca, teria que haver uma rajada vermelha. Para cada tiro de Amadanti, teria um contrafeitiço, um escudo ou uma proteção. Para uma Ordem do Bem, haveria um Exército do Mal. Os dois lados se mesclam, afinal ninguém, nem mesmo o mais poderoso e mais antigo feiticeiro do Multiverso, é completamente mau, do mesmo modo que sua contraparte branca não pode (e não deve) ser completamente boa. Assim, nem mesmo um universo onde homens seguram montanhas ou são capazes de atirar uma joia em um redemoinho e acertar o alvo está livre da maior constante cósmica: o Equilíbrio.

Esse equilíbrio também veio do lado de cá da escrita. Equilíbrio para entender para onde tais forças iriam, quais vozes seriam ouvidas e quais não. Você, nobre leitor, ajudou muito nesse processo, com seus e-mails curiosos (sempre querendo um spoiler ou outro), elogiando o que estava bom e reclamando do que estava ruim. Um trabalho até inconsciente da sua parte, devo dizer, mas de profundo impacto no livro que você tem em mãos agora. Aliás, devo confessar: este livro, e todos os anteriores a ele, só está com você agora por causa de uma pessoa: G. Brasman. Quando começamos a escrever juntos, naquele café de que falei há pouco, minha ideia era apenas me divertir (uma ideia que não abandonei, por mais que tente). Quem mais acreditou na obra (e me fez acreditar também) foi ele. Foi ele quem pesquisou sobre publicação, buscou contatos, fez parcerias e, com inabalável empenho, conseguiu que aquele conto, que virou livro e depois saga, fosse publicado. Quando fomos chamados para a Bienal de São Paulo (não lembro o ano, talvez 2010), eu estava feliz por poder participar, como autor, de um evento assim. Ele, em contrapartida, pensava em outras coisas, pensava no futuro da saga. Criou um material espetacular da obra e passou a Bienal inteira andando para lá e para cá (comigo a tiracolo, feito um assistente perdido em meio a tantos livros e pessoas), buscando editoras e editores, conversando, explorando oportunidades e divulgando a nossa obra. Tanto esforço rendeu uma ligação da Verus Editora já quando estávamos no ônibus de volta para Curitiba. O restante vocês já sabem.

Tenho sorte de ter esse cara como amigo, irmão e parceiro nas voltas que damos pelo Multiverso, e deixo aqui o meu muito obrigado. Sem o Brasman, os Senhores de Castelo ainda estariam na gaveta, e talvez nós nunca pudéssemos nos encontrar.

Outras pessoas também depositaram muita fé nessa empreitada. Além da nossa família (sendo Pedro Girardi, pai do Brasman, o nosso fã número 1), inúmeros leitores, fãs e amigos incentivaram a continuidade da nossa obra. Dani, minha esposa, entende que a escrita é um ato solitário, mas nunca me deixou sozinho. Uma xícara de café, um cupcake e um beijo resolviam o problema. Leitores como Derek Muggiati, Keetrin e Keitty Oliveira, Evaldo Pedroso, Maria Isabel, Paula Vendramini, o pessoal da Editora Estronho, Marcelo Amado e Celly Borges, Carlos Nogarolli, Valter Cardoso, Thiago Tizzot, que nos cedeu um mundo inteiro para explorar, Anna Carolina Schermak, do blog Pausa para um Café, e vários outros se tornaram amigos, alguns colegas de profissão, mas todos, incluindo aqueles que não citei (não fiquem chateados, vocês são uma legião e eu não me lembro de tudo mesmo — fazer o quê?, sinal da idade, já que são mais de dez anos nessa estrada), sempre estarão aqui, permeando estas páginas, seja em um personagem, seja em uma situação ou em um breve e-mail, dizendo quanto os Senhores de Castelo mudaram a sua vida.

Eu escrevo esta carta tentando não me despedir. Não é fácil acabar com as coisas. Leva tempo para digerir e mais tempo ainda para se adaptar. Fico com aquela sensação de querer falar mais sobre Kullat, Thagir e companhia. O desejo de contar mais sobre as profundas mudanças na Ordem depois da Era Oririana e, claro, falar de Laryssa e Azio. Esse último é meu personagem favorito e já tem sua história traçada. De todos, Azio foi o único que escolheu o próprio destino, eu apenas relatei, mas cada decisão e cada atitude foram do autômato. A verdade é que Azio e Laryssa se tornaram tão importantes que não couberam neste livro. Não se trata de um *deus ex machina* da saga (se você está lendo isso depois que leu o livro, sabe do que estou falando) nem de uma desculpa, mas apenas da verdade. A história deles ganhou proporção, e infelizmente (ou felizmente) não havia páginas suficientes para caber aqui. Então, todo esse material virou outro projeto, outro livro. Não sei se essa história chegará até você; se depender de mim (e, claro, do Brasman), pode contar com ela em sua estante em algum momento.

Naquele café em 2007, abri uma porta na minha vida que não se fecha mais. Sou escritor de fato, apesar de ter demorado a assimilar isso, mesmo depois de mais de vinte mil livros vendidos. Faz parte agora do que sou, e aprendi a viver muito bem com isso. No mercado brasileiro, minha escrita é marginal, de pouco impacto e sucesso, mas escolhi essa linha — ficção fantástica — e devo me ater a ela porque é divertido. O meu primeiro motivo continua sendo o mais importante.

Entendo que a vida é um eterno exercício de desapego, e nesse desapego surgem novas ideias e sentimentos. Há planos como OuterSpace, uma space opera que nasceu deste livro, outra viagem a Tannhäuser, porque eu já esqueci o que fiz lá da primeira vez, e mais alguns encontros com Kullat, porque eu gosto dele. E eu espero me encontrar com você, nobre leitor, novamente nessas histórias. Não se preocupe, Brasman vai estar lá também. Antigos mundos voltam para, talvez, ganhar sua chance ao sol, com novas ideias, mais maduras e mais excitantes. Novas sagas, novos heróis e vilões, novas cidades dos sonhos, novos caminhos nos Mares Boreais e seus horizontes multicoloridos. É com essas novas coisas que eu deixo você, meu estimado leitor castelar. E é com elas que me despeço, em paz com os Senhores de Castelo.

Todo fim é um começo.

G. Norris
Verão de 2017

Sobre Aquele Fim

E-mail pessoal do Norris para o Brasman

De: G. Norris
Para: G. Brasman
Data: 21 de dezembro de 2017 10:37
Assunto: L4 — Sobre aquele fim

Salve,

Eu nem sei como começar este texto. Sinceramente, não sei mesmo.

Depois daquele almoço — churrasco com Coca de vidro, graças a Khrommer —, quando você me contou o que fez com o final do livro, confesso que estava ansioso para ver as mudanças, um pouco incomodado com o fato de você ter "mutilado" o final.

Quando recebi a última versão, quase fui direto para o fim. Eu precisava ver o que tinha sido feito, mas consegui me controlar e comecei a ler do começo.

Comecei a ler sem ver as alterações. Ler com olhos de leitor e, quando dei por mim, 102 páginas já tinham se passado. Foi a mesma sensação que tive ao ler o livro 1. Eu me pegava pensando: *Mas quem escreveu isso? Não se parece nada com o que eu ou o Guga escrevemos. Como essa frase ficou tão boa? Nossa! Tinha esquecido esse gancho.* (E buscava no livro 1, 2 ou 3 a referência para depois voltar a ler e sorrir com a consistência da história.) Não demorei mais que dois dias para terminar, e aí as coisas começaram a mudar.

O final ficou muito bom. Chocante até. Explica e convence com coerência, mas deixa, sem sombra de dúvida, um som inacabado na mente. Um som que incomoda e que me fez ficar mais irritado ainda com aquele fim tão abrupto.

Eu quero que o Multiverso continue. Sempre quis. Aquele final não é o que eu quero.

Aquele fim vai contra qualquer pensamento meu sobre a saga. Pensei em te ligar, discutir (como tantas vezes fizemos nesses dez anos), expor meus argumentos e procurar aquele equilíbrio entre as minhas ideias e as suas. Porém, antes de fazer isso, resolvi ler a sua carta ao leitor. E foi lá que as coisas mudaram de novo.

O final é bom, mas o epílogo é genial! A forma como você explicou o fim da saga, expondo a nossa preocupação com o leitor em relação a Laryssa e Azio, Kullat e o Multiverso, as duras dúvidas que tivemos, as renúncias que fizemos e, principalmente, as perdas que sofremos. *Agradeço por me lembrar disso, e tanto Yaa como Silv estão orgulhosos da homenagem.*

A continuidade existe, e, ao atender aos caprichos de ambos os autores, finalmente encontrei a paz. Com o Multiverso em expansão, posso respirar mais aliviado. Essas histórias são os Mares Boreais, invisíveis e maleáveis, que permeiam e ligam, com névoa e águas coloridas, mentes distintas como a sua e a minha. Precisamos passar por eles para chegar a lugares novos.

Sabe, eu nunca quis sucesso. Acho que já tenho a minha cota de felicidade na vida e ela é boa demais. Mas eu o desejo a você. *Não porque você merece ou coisa que o valha*, o mundo não é tão justo assim, mas porque eu acredito em você.

Lá naquele café, em 2007, nasceram os Senhores de Castelo, mas também se criou uma amizade muito rica. *Kullat e Thagir aprovariam. A vida imita a arte, veja você.* Sei que vou te aguentar sabe-se Deus por mais quantos anos, e esse é um pensamento reconfortante.

E eu, de coração, te agradeço.

G. Norris / Gustavo Tezelli

Impresso no Brasil pelo Sistema Cameron da Divisão Gráfica da
DISTRIBUIDORA RECORD DE SERVIÇOS DE IMPRENSA S.A.